John von Düffel

EGO

John von Düffel

EGO

Roman

DuMont

Dank

Till
Beat
Katja

Erste Auflage 2001

Ausstattung und Umschlag: Groothuis & Consorten
Gesetzt aus der Adobe Garamond
Gedruckt auf säurefreiem und chlorfrei gebleichtem Papier
Satz: Greiner & Reichel, Köln
Druck und Verarbeitung: Clausen & Bosse, Leck
Printed in Germany
ISBN-3-7701-5814-8

Es schlug einen Drachen des Helden starke Hand.
Er badete in dem Blute; fest wie Horn ist er jetzt.
Man hat es oft vernommen, daß keine Waffe ihn verletzt.

Das Nibelungenlied

I. TAG

Wenn die materielle Existenz gesichert ist,
fängt der Kampf ums Überleben erst an.

H. Brown, Mental Strategies

1

Noch fünf Millimeter. Ich darf gar nicht daran denken, daß es am Anfang sieben waren – oder mehr, zu einer Zeit, als ich noch nicht gemessen habe! Eigentlich könnte ich ganz zufrieden sein. Aber ich bin's nicht. Ich will meinen Nabel auf Null bringen. Ich hasse es, in ein Loch zu starren, wenn ich mir meine Bauchpartie ansehe. Eine verdammte Grube. Oder ein Grübchen, mittlerweile. Es lenkt von meinen Bauchmuskeln ab. Ich muß unbedingt an meiner Nabeltiefe arbeiten.

Ich mache spontan fünfzehn Crunches in Superzeitlupe und schließe drei Sätze à zwanzig Liegestütze an. Klassisch und mit versetzten Armen. Man soll den Fitness-Impuls nie unterdrükken. Währenddessen schaue ich mir meine Oberarme an und meine Laune steigt. Ich bin kein Bizeps-Fanatiker. So ein Bizeps ist im Grunde nur eine Beule. Aber mein Trizeps ist wirklich sehenswert. Ein echter Reliefmuskel. Nichts modelliert einen Oberarm so eindrucksvoll wie ein gut trainierter Trizeps.

Ich stelle mich wieder vor den Spiegel. Auf den ersten Blick scheint mein Nabel wie ausradiert. Meine Laune bessert sich zusehends. Ich bin ein großer Anhänger des ersten Blicks. Nichts ist mysteriöser als die Frage, wie man unmittelbar auf einen anderen Menschen wirkt. Dazu muß man alles vergessen, was man von sich weiß. Man darf sich noch nie gesehen haben.

Ich starre eine Weile auf das Regal mit den Pflegeserien und versuche mich zu erinnern, wann, wo und warum ich was gekauft habe. Dann schwenke ich wie zufällig auf den Spiegel. Wieder nichts. Erst bei näherem Hinsehen entdecke ich meinen Nabel etwas unterhalb der mittleren Bauchmuskeln in meinem durchtrainierten Sixpack. Näheres Hinsehen zählt auch, aber nicht so wie der erste Blick, der Blickfang. Wenn man die Leute dazu bringt, näher hinzusehen, ist das Ziel schon so gut wie erreicht.

Im großen und ganzen kann ich mit dem Trainingsstand leben. Bis jetzt! Mein Nabel macht wirklich Fortschritte. Er ist nicht mehr das Loch, das er mal war. Wenn ich das Sixpack etwas anhebe, sieht man, daß er leicht schräg verläuft. An der Unterseite ist er ein wenig flacher. Weiter oben sinkt er um etwa zwei Millimeter ab – die Stelle, an der ich immer messe. Neu ist das Häutchen, das sich um den oberen Rand spannt. Dreieinhalb Monate habe ich gebraucht, um das herauszuarbeiten. Ein entscheidendes Detail, weil es den ganzen Nabel straff erscheinen läßt. Ich weiß nicht, ob es einen Namen dafür gibt. Sollte es aber!

Wie wäre es mit ›Nabellid‹?

Ein solches Nabellid ist eine echte Errungenschaft. Es unterscheidet einen durchtrainierten Nabel von den formlosen Kratern im Fleisch. Es zieht eine klare Grenze zwischen den schwammig weichen Bauchhöhlen und dem Nabel mit Kontur. Und es verleiht der ganzen Bauchpartie einen besonderen Charakter, wenn sich das Nabellid über dem Grübchen ein klein wenig wölbt. Nur eine Idee. Irgendwie wirkt das sehr raffiniert.

Ich bin von meinem Anblick hell begeistert und mache noch einmal fünfzehn Crunches in Supersuperzeitlupe, damit das so bleibt. Man muß absolut Athlet sein! Währenddessen schaue ich auf die Uhr, um sicherzugehen, daß ich vor lauter Euphorie nicht schneller werde. Crunches sind nur etwas wert, wenn man die Schwungkraft nicht ausnutzt und sämtliche Körperspannung aus den Bauchmuskeln holt.

Natürlich registriere ich, daß es höchste Zeit ist, mich anzuziehen. Frühstück habe ich in Gedanken schon gestrichen. Ich würde es dem heutigen Tag nicht verzeihen, wenn ich mich jetzt unterbrechen müßte. Für die letzten Wiederholungen nehme ich mir besonders viel Zeit. Mit bloßem Auge läßt sich kaum eine Bewegung erkennen. Die Crunches bestehen nur noch aus Stillhalten und Muskelzittern. In der Rinne zwischen meinen geraden Bauchmuskeln sammelt sich Schweiß.

Ich sollte jetzt längst bei den Schuhen sein. Trotzdem hänge ich noch zwei Sätze à zehn Klimmzüge dran – einmal mit weitem, einmal mit geschlossenem Griff. Normalerweise bin ich um diese Uhrzeit aus der Tür, aber es gelingt mir, bei den Aufwärts- und Abwärtsbewegungen jegliches Pendeln zu vermeiden. Und dieses Gefühl von perfekter Körperbeherrschung spornt mich dermaßen an, daß ich noch eine Serie Sitzklimmzüge mit angewinkelten Oberschenkeln durchziehe. Meine Bauchmuskeln vibrieren vor Anspannung. Mir ist natürlich klar, daß ich jetzt noch einmal duschen muß.

Ich greife zum Telefon, um meine Sekretärin anzurufen, weil es wohl wieder eine halbe Stunde später wird. Vorher hole ich mehrmals tief Luft. Es würde nicht zu mir passen, wenn ich außer Atem wäre. Sie nimmt erst nach dem vierten Klingeln ab, was mir Gelegenheit für ein paar Lockerungsübungen gibt. Während ich mit ihr spreche, gehe ich in meinem Schlafzimmer umher und federe in ein leichtes Stretching bei jedem Schritt. Irgendwie mag ich ihre Stimme, wenn sie streng sein will.

Meine Oberschenkel fühlen sich gut an. Mit den Waden sollte ich es nicht übertreiben. Ich gehe weiter ins Wohnzimmer und spiegele mich in der Fensterfront. Mein ganzer Körper glänzt vor Schweiß. Ich absolviere ein paar Dehnübungen im

Hüftbereich, während sie meinen Terminkalender herunterbetet. Ich stöhne, stimme zu. Dann posiere ich mit einem Gefühl von Unschlagbarkeit und bitte sie, mir für neun Uhr einen Energie-Snack ins Büro kommen zu lassen, dazu einen frisch gepreßten Orangensaft und zwei Flaschen stilles Wasser. Absolut ohne Kohlensäure! Außerdem möchte ich, daß sie mir – wie auch immer – eine Extrastunde fürs Fitness-Studio freischaufelt.

Bevor sie protestieren kann, bin ich schon in der Küche und reiße mit den Zähnen die Lasche meines Kraftshakes auf. Ich frage mich, ob ich an ihrer Stelle sehr in mich verliebt wäre, und trinke einen Schluck. Dann sage ich ihr etwas Nettes zum Abschied. Ich habe die beste Sekretärin der Welt.

Unter der Dusche plötzlich ein Anflug von Bedauern. Der Temperaturwechsler überzieht meine Haut mit heißkalten Nadelstichen, das Gefühl von Straffheit und kompakter Kraft. Ich könnte vor Fitness zerspringen. Der Nacken massiv, meine Brustmuskeln wie von Wasser glasiert, die Brustwarzen pfenniggroß und mehr als eine Handspanne auseinander, so wie ich es immer wollte. Mir ist nach Weinen zumute. Ich presse Daumen und Zeigefinger tief in die Augenhöhlen. Wasser prasselt auf meine Stirn und rinnt mir in den halb geöffneten Mund. Meine erste Vermutung ist, es könnte vielleicht ein verfrühter Schub von Erschöpfung sein. Dann wird mir klar, daß ich so deprimiert bin, weil mir im Moment niemand zusieht. Es ist einfach unglaublich schade.

Beim Frottieren spiele ich mit dem Gedanken, wegen heute abend Isabell anzurufen. Ich stelle mich vor den Garderobenspiegel und kleide mich an. Natürlich könnte ich auch auf Risiko setzen und mich beim Spättraining im Studio anderweitig umschauen. Aber was, wenn sich alle wieder nur für ihre eigenen Körper interessieren? Ich kämpfe mit den Knöpfen meines Hemdes, mir zittern die Finger vor Wut. Es muß doch in meinem Bekanntenkreis wenigstens eine Person geben, die meinen Anblick, verdammt noch mal, zu schätzen weiß!

Meine Hals- und Nackenmuskulatur hat dermaßen zugelegt, daß sich der Kragenknopf kaum noch schließen läßt. Ich bin in Bestform und keiner sieht es. Es ist eine Schande. Im Anzug erkennt man allenfalls Kontur und Volumen meiner Schulterpartie, nicht aber die vielen Einzelheiten, an denen ich so liebevoll gearbeitet habe. Ich bin jetzt wirklich kurz davor, Isabell anzurufen. Vielleicht könnte ich mich mit ihr zum Training verabreden?

Ich binde mir die Krawatte und komme wieder einmal über meine Brustbehaarung ins Grübeln. Ein Zeichen dafür, wie aufgewühlt ich bin! Bislang habe ich mich standhaft geweigert, dem Trend zur männlichen Barbusigkeit zu folgen. Ich sehe in meinem Fall absolut keinen Enthaarungsbedarf. Rücken und Schultern sind bei mir schon von Natur aus unbehaart. Und von der Brustpartie bis zum Nabel läuft nur ein leichter Flaum, der sich unter dem Einfluß von Wasser und Sonne schnell aufhellt bis hin zu einem leuchtenden Weißblond, was an den Badestränden immer ein Hingucker war. Ich mag diese unschuldigen goldenen Härchen.

Und nicht nur ich! Mir fallen aus dem Stand mindestens zwanzig Komplimente ein, die ich meiner Brustbehaarung verdanke. Das Spektrum reicht von »deine romanischen Löckchen« (Julia, letzten Winter, als meine Haarfarbe etwas dunkler war) bis hin zu »süßer Engelsflaum« (Miriam auf einem Kurztrip nach Mauritius vor anderthalb Monaten). Warum also rasieren? Nur damit ich aussehe wie all die anderen Lackaffen, die sich künstlich enthaaren müssen, um als homo sapiens durchzugehen? Ich weiß genau, daß mein Brusthaar etwas Besonderes ist. Doch ich kann machen, was ich will. Immer wenn es mir schlecht geht, werde ich unsicher.

Im Fitness-Studio bin ich inzwischen einer der wenigen, die noch Brustbehaarung tragen – wenn nicht sogar der einzige auf unserer Trainingsebene! (Ich rede nicht von Achselhaaren. Mit Achselhaaren kommt man in den Laden nicht mal rein.) Als letzter hat sich, wenn ich mich richtig erinnere, Jason enthaart. Oder Nils-Peter. Aber den habe ich schon eine Weile nicht gesehen. Möglicherweise hat er sich wegen seiner Sommersprossen gleich einer kompletten Hauttransplantation unterzogen.

Natürlich könnte ich mich auf den Standpunkt stellen, daß mich das alles nichts angeht, weil ich es nicht nötig habe, was von der Sache her stimmt. Beunruhigend finde ich nur, daß ich in letzter Zeit kein einziges männliches Model mit Brustbehaarung gesehen habe. Da kann einem schon mulmig werden. Man möchte schließlich nicht der letzte sein, der noch mit Tennissocken rumläuft.

Ich unterdrücke den Impuls, meinen Oberkörper zu rasieren – das würde meinen ganzen Zeitplan über den Haufen werfen. Nur nichts überstürzen, flehe ich mein Spiegelbild an. Der Schrecken steht mir ins Gesicht geschrieben. Noch während ich zur Tür eile, muß ich mir versprechen, meine Entscheidung – wie auch immer sie ausfällt – wenigstens einmal zu überschlafen. Zu meiner eigenen Sicherheit. Nicht, daß ich Maßnahmen ergreife, die ich hinterher bereue!

Aber es ist schon so, sage ich mir, als ich mich in der Spiegelrückwand der Fahrstuhlkabine wiedersehe, daß ich in dieser ganzen Argumentation bisher einen wesentlichen Aspekt außer acht gelassen habe. Mir ist schleierhaft, wie das passieren konnte, schließlich kaue ich die Brusthaar-Problematik nicht zum ersten Mal durch. Doch bis heute habe ich nicht bedacht, daß Haare auf der Brust – und seien sie noch so affenfern – die Aufmerksamkeit von meinem Körper abziehen. Mein monatelanger Kampf gegen die Nabeltiefe war also völlig umsonst. Mehr noch! Womöglich wird nicht nur mein unter Qualen hervorgebrachtes Nabellid, sondern das gesamte Bauch-Brust-Relief durch diese Härchen praktisch nivelliert. Und selbst wenn ›nivelliert‹ ein zu hartes Wort ist, so lenkt meine Behaarung doch zumindest davon ab. Ich sehe verboten blaß aus, dabei war ich gestern eine Stunde im Solarium.

Ich stürze aus dem Fahrstuhl und laufe durch die Tiefgarage. Kalter Schweiß steht auf meiner Stirn. Ich kann mich nur mit Mühe auf den Beinen halten. Alles dreht sich. Als ich meinen Wagen erreiche, muß ich mich anlehnen. Mit letzter Kraft drücke ich den Piepser, bevor die Alarmanlage losgeht. Ich schnappe nach Luft. Der Geruch von Benzin, Altöl und Kohlenmonoxid. Abwärme aus dem Lüftungsschacht. Mir wird übel. Ich reiße die Tür auf und lasse mich auf den Fahrersitz fallen. Die Lederpolster riechen wie neu, aber beißend. Niesreiz in der Nasenwurzel. Mein Magen hebt sich samt Kraftshake. Meine Selbstbeherrschung ist kinoreif.

Ich fröstele, als ich die Tür zuschlage, und stelle die Klimaanlage auf warm. Mein nächster Griff ist das Autotelefon. Es bleibt mir nichts anderes übrig. Noch bevor ich die Tiefgarage verlassen habe, rufe ich Isabell im Büro an. »Bitte, sei da, sei zu sprechen!« hauche ich beschwörend gegen die Windschutzscheibe, während ich mich in den Verkehr einfädele. Dann nimmt sie ab, und ich bin enttäuscht.

Sie hat ein bißchen zuviel Zeit für mich, was mir sofort das Gefühl gibt, einen Fehler gemacht zu haben. Wenn sie mit mir reden will, dann sollte sie eigentlich mich anrufen und nicht umgekehrt, abgesehen davon, daß ich wohl kaum abnehmen würde, wenn es mir besser ginge. Wieso hat sie um diese Uhrzeit noch keine Klienten, wo sie doch angeblich so gefragt ist?

Ich schalte Isabell von der Freisprechanlage auf Handapparat, weil ich nicht möchte, daß ihre Telefonstimme meinen ganzen Wagen ausfüllt. Kurzzeitig lande ich bei Vivaldi auf der Warteschleife, dann knüpft sie nahtlos an unsere letzte Aussprache an, von der ich nur ein vages Unbehagen zurückbehalten habe. Ihr Ton klingt kompromißbereit, aber man weiß nie. Mir fällt eine Szene aus einem James-Bond-Film ein, in der 007 von einem barbrüstigen japanischen Kämpfer gefragt wird, was das Geheimnis seines Erfolgs bei Frauen ist. »Ein Vogel nistet nicht gerne in einem kahlen Baum«, antwortet Roger Moore mit Blick auf seine schamlockige Brustbehaarung – oder war es Sean Connery? Was soviel heißt wie: Dieser Film ist mit Sicherheit über zwanzig Jahre alt. Alles andere als ein Trost.

Isabell erklärt mir noch einmal, daß sie mich nicht unter Druck setzen will, während ich so tue, als wüßte ich, wovon sie spricht. Mir wird langsam klar, daß ich die Antwort auf die Frage aller Fragen nicht erhalten werde. Nicht in diesem Gespräch. Jedenfalls sehe ich keine Möglichkeit, mitten in einer Diskussion über den Kinderwunsch von Karrierefrauen Anfang Dreißig so ganz nebenbei zu bemerken: »Ach, übrigens, wie findest du eigentlich meine Brustbehaarung?« Ich lege den Hörer auf den Beifahrersitz und überhole lächelnd eine Polizeistreife. Doch es macht nicht den gewohnten Spaß.

Es ist hoffnungslos. Selbst wenn sich unsere Unterhaltung wieder persönlicheren Dingen zuwenden würde, könnte Isabell mir nicht die Antwort geben, die ich so dringend brauche. Attraktivitätsfragen lassen sich nur durch Frauen entscheiden, die nicht in mich verliebt sind, geschweige denn weitergehende Absichten hegen, von denen ich lieber nichts wissen will. Mit einer Einzelmeinung ist mir nicht geholfen. Attraktivität ist Mehrheitssache, ein statistischer Wert. Und je länger ich darüber nachdenke, desto weniger scheint es mir möglich, in diesem Punkt auf einigermaßen anständige Weise Gewißheit zu erlangen.

Ich stehe schon halb auf dem Parkplatz, als Isabell mich fragt, wie es mir geht und was ich denn auf dem Herzen habe. Sie ist immer für eine Überraschung gut. Es wäre natürlich völlig abwegig, jetzt die Wahrheit zu sagen. Also schlage ich ihr für heute abend ein gemeinsames Training vor, zugegebenermaßen mit dem Hintergedanken, daß es einfacher sein dürfte, das Gespräch wie zufällig auf meine Brustbehaarung zu lenken, wenn wir schon einmal dabei sind.

Isabell zögert für ihre Verhältnisse erstaunlich lange, was mich zum ersten Mal hellhörig werden läßt. Irgendwo in meinen Eingeweiden regt sich unverhofft eine Spur von Begehren. Ich versuche, an ihren Nacken zu denken, wenn sie sich das Haar zum Duschen hochsteckt. Der Schwung ihrer Taille fällt mir ein, ihr sagenhafter Apfelpo. Vielleicht liege ich insgesamt doch nicht so falsch mit ihr. Sie ist eine der schönsten Frauen, die mir je begegnet sind, wenn auch ein bißchen zu entgegenkommend. Und es hat mir bisher alles andere als geschadet, inoffiziell mit ihr verlobt zu sein. Ich weiß nur nicht, ob ich es noch lange ertrage, von allen Seiten zu hören, wie perfekt sie ist.

»Muß es das Fitness-Studio sein?« fragt sie zurück, und an der Art, wie sie das sagt, merke ich sofort, daß es beste männliche Intuition war, einen Treffpunkt vorzuschlagen, der wenigstens halbwegs öffentlich ist. Ich möchte heute nicht mit ihr allein sein. Und sei es auch nur, um in der Brusthaarfrage unter Umständen eine zweite Meinung einzuholen.

»Also dann«, sage ich abschließend, es ist weniger eine Aufforderung als eine Feststellung. Sie antwortet nicht. Aber sie wird da sein heute abend. Ich weiß es. Und sie weiß, daß ich es weiß.

2

Schon als ich das Bürogebäude betrete, habe ich das untrügliche Gefühl, dieser Tag könnte besser werden als erwartet. Zumindest sehe ich mal wieder besser aus, als es mir geht. Zwei Besucherinnen, die im Foyer an der gläsernen Pförtnerloge stehen, tuscheln aufgeregt, als ich vorbeigehe. Noch während ich im Fahrstuhl verschwinde, spüre ich ihre Blicke auf meinem Po. Ich hätte Lust, sofort etwas für meine Gesäßmuskulatur zu tun, und kann meinen Eifer nur zügeln, indem ich mir vornehme, diesem Bereich beim nächsten Zirkeltraining mehr Aufmerksamkeit zu widmen.

Der Seitenwandspiegel der Fahrstuhlkabine zeigt mein Profil, was mich aufbaut. Form und Farbe sind wieder da. Die inneren Kämpfe sieht man mir nicht an, keine Spur. Auf meine Oberfläche ist Verlaß. Aber dafür habe ich auch hart gearbeitet.

Auf dem Gang begegne ich einer jungen Kollegin, die mir vor wenigen Tagen vorgestellt wurde. An ihren Namen kann ich mich beim besten Willen nicht erinnern. Sie besitzt alle körperlichen Eigenschaften, die ein konzentriertes Zuhören in ihrer Nähe verunmöglichen. Natürlich mache ich nicht den Fehler, sie anzustarren, sondern denke unangestrengt über ganz etwas anderes nach, das ich sofort wieder vergesse. Erst, als ich mir sicher bin, daß sie mich ansieht, erwidere ich flüchtig ihren Blick und lächele zerstreut. Sie schlägt sofort die Augen nieder. Volltreffer! Mitten auf dem Gang bleibt sie stehen und schaut sich nach mir um. Eine solche Sofortwirkung hatte ich seit Tagen nicht mehr. Ich glaube, sie hieß Susanne. Oder war das ihre Vorgängerin?

Schwungvoll öffne ich die Tür zum Vorzimmer meines Büros. Meine Sekretärin steht automatisch auf, als sie mich sieht. Sie muß das nicht. Es ist ein Reflex. Offenbar hat sie sich in dem Dreivierteljahr, das sie jetzt bei mir ist, noch immer nicht an meinen Anblick gewöhnt.

Sie ist ein bißchen sprachlos, doch ich gehe mit einer lockeren Begrüßung darüber hinweg. Ihre Erwiderung kommt beinahe flüsternd, mal etwas zu wenig Atem, dann wieder ein Hauch zuviel. Wenn man mich jetzt fragen würde, wie verliebt sie in mich ist, würde ich sagen: sehr. Aber ich bin mit solchen Urteilen äußerst vorsichtig. Sicher ist nur, so wie ihr Atem geht, daß sie an Sex mit mir denkt. Doch dagegen habe ich nichts. Im Gegenteil, das ist gut fürs Betriebsklima.

Noch im Stehen sehe ich meine Post durch. Meistens verrät schon das Briefpapier, worum es geht. Meine Sekretärin stellt sich neben mich, redlich bemüht, die eine oder andere Erläuterung einzustreuen. Ihr Kopf, in dem ich herumspuke, taucht neben meiner Schulter auf. Mein Blick streift ihre glatte Stirn, hinter der ich wohne. Ihre Brust hebt und senkt sich, sie atmet schwer. Ich gäbe etwas dafür zu wissen, was sie heute nacht von mir geträumt hat.

Sie läuft mir nach, während ich mein Büro betrete und die Anzugjacke lässig schultere, weil das meinen Oberkörper besser zu Geltung bringt. Ich spiele kurz mit dem Gedanken, auch die Ärmel meines Hemdes hochzukrempeln, doch dafür ist es noch zu früh am Tag.

Auf dem Schreibtisch wartet mein Frühstück: Reiswaffeln mit Putenbrust, Kirschtomaten, Gurkensterne, ein doppeltes Haferknäcke mit Nußmus, dazu entkernte Apfelscheiben, Quark mit Leinöl und Rosinen, ein Glas frisch gepreßter Orangensaft und genügend stilles Wasser, um ein Buschfeuer auszupinkeln. Sie meint es wirklich gut mit mir. Für einen kurzen Moment verspüre ich eine warme Hungerwelle in der

Magengegend. Vor allem den Orangensaft sollte ich trinken, bevor sämtliche Vitamine zerfallen sind. Aber ich bringe es nicht über mich. Es wäre mir sehr unangenehm, wenn sie mir beim Essen zusieht. Ich möchte das Bild nicht zerstören, das sie von mir hat.

Mit einem gelungen scheuen Lächeln bedanke ich mich bei meiner Sekretärin, rühre aber nichts an. Je mehr ich darüber nachdenke, desto obszöner erscheint mir der Vorgang des Essens, überhaupt Nahrungsaufnahme in Gegenwart anderer. Was vor ein paar Sekunden noch Appetit war, verwandelt sich in Ekel. Unter meiner Zunge sammelt sich Speichel in Strömen. Ich habe einen bitteren Geschmack im Mund. Tränen steigen mir in die Augen, als ich sie bitte, Platz zu nehmen. Ich mache ihr ein Kompliment, ohne zu wissen, wofür.

Wie jeden Morgen setzt sie sich auf den Besucherstuhl vor meinem Schreibtisch und schlägt die Beine züchtig übereinander. Ihre Unterschenkel sind so lang, daß sie ein wenig schräg zur Stuhlachse zum Stehen kommen. Ich registriere ihren unbeschreiblich hohen Spann und die schlanken, makellosen Waden, die sie eng aneinanderschmiegt. Über ihre Schienbeine läuft ein perlonartiger Glanz. Die länglichen Knie gleichen einander vollkommen, zwillingshaft.

Ich lasse mich nur andeutungsweise auf meinem Schreibtischstuhl nieder, stemme mich dann über die Armlehnen wieder in den Stand und gehe an der Fensterfront auf und ab, während sie noch einmal meine Termine aufsagt. Ihre Stimme klingt warm und weniger streng als sonst, sie scheint unmittelbar aus ihrem Bauch zu kommen.

Unterdessen suche ich den günstigsten Winkel zum Gegenlicht und verharre einen Augenblick im Profil, um meinen Brustkasten gebührend hervorzuheben. Dann stelle ich mich mit dem Rücken zu ihr, stecke die Hände in die Hosentaschen und lasse sehr langsam die Muskeln spielen. Mein weißes Hemd müßte bei diesen Lichtverhältnissen beinahe transparent sein, mein Oberkörper eine dunkle Silhouette. Ich pumpe zunächst die Arme auf und halte dann die Spannung in der Schultermuskulatur. Wenn sie von ihren Notizen aufschaut, müßte sie jetzt meinen Rücken sehen wie einen V-förmigen Scherenschnitt auf hellem Grund. Ich lausche ihrer Stimme, um herauszuhören, wann sie mit den Augen andockt.

So langsam packt mich der Ehrgeiz. Ich will wissen, wie weit ich gehen muß, damit es ihr die Sprache verschlägt. Ich will sie dazu bringen, daß sie ihren Text vergißt! Unmerklich knicke ich mit der Hüfte ein. Dann neige ich den Oberkörper ein wenig zur Seite, kreuze die Arme vor der Brust und taste mit beiden Händen wie selbstvergessen über meinen breiten Rükken. Ich wiege mich eine Weile in dieser virtuellen Umarmung, während ich mit den Fingerspitzen sacht über meinen massigen Schultergürtel streiche. Ich möchte ihr eine Vorstellung davon vermitteln, wie es sich anfühlt, mich zu berühren. Ich will, daß sie davon träumt.

Sie schweigt jetzt. Schwer zu sagen, ob sie nicht weiterweiß oder womöglich schon fertig ist. Ich habe nicht so genau hingehört. Als ich mich zu ihr umdrehe, sieht sie mich an. Fragend vielleicht. Ihr Mund steht einen Spalt offen, die Lippen sind leicht geschürzt, erwartungsvoll oder auch staunend, ich werde nicht ganz schlau daraus. Sie hat ein schönes Gesicht, absolut ebenmäßig. Möglicherweise ist es deshalb so schwer zu deuten, vielleicht aber auch nur, weil es mich nicht interessiert.

Ich gehe ein Stück auf sie zu, um zu sehen, wie lange sie das aushält, diesen Blick, die Nähe, das Schweigen. Dabei lächele ich geheimnisvoll, indem ich gleichzeitig an ihre schmalen

Zwillingsknie und an den Orangensaft denke, der sich in seinem Glas allmählich selbst zersetzt. Schon nach zwei, drei Schritten fährt sie fort, betont geschäftlich. Sie bemüht sich um einen leichten Vorwurf in der Stimme, der aber schnell verzittert, je näher ich ihr komme. Es sieht ganz so aus, als hätte sie Angst vor mir. Ich lächele weiter, doch jetzt muß ich mich nicht mehr dafür anstrengen.

Wie in Gedanken gehe ich an ihr vorbei, umrunde ihren Stuhl zur Hälfte und bleibe dann in ihrem Rücken stehen. Sie redet weiter geradeaus ins Leere, sie wagt es nicht, sich umzudrehen, auch dann nicht, als ich meine Arme auf die Stuhllehne stütze und mich zu ihr hinunterbeuge. In dem Hauch ihres süßen Parfüms spüre ich ihre Körperwärme. Das linke Ohrläppchen ganz nah. Winzige Härchen auf ihrer Haut. Ich gebe vor, mich für ihre Notizen zu interessieren, und überfliege den vollgeschriebenen Kalender, den sie auf ihren Oberschenkeln ausgebreitet hat. Die Sehnen in ihrem Hals ziehen an, sie schluckt. Es sieht aus, als würde sich die Beuge ihrer Schulter mir entgegenheben. Ich muß ein Gähnen unterdrücken.

Genug für heute. Ich richte mich wieder auf und spüre einen Tatendrang, von dem ich weiß, daß ich ihn nicht länger bremsen darf. Energie zu stauen ist mindestens so anstrengend wie sie zu verbrauchen. Ich skizziere den Schlachtplan für den Tag und bitte meine Sekretärin, gleich die ersten Telefonate durchzustellen. Sie wirkt überrascht von so viel plötzlichem Elan. Etwas verloren steht sie da, mitten im Raum, ihren Kalender vor der Brust wie einen Schild, den sie mit ihren Unterarmen festklammert. An sich ein ganz beachtliches Detail, weil unter dem Druck des Einbands ihre Brüste ein Stück weit über die BH-Körbchen hinausquellen. Aber dafür habe ich jetzt keine Zeit.

Ich gehe voraus und halte ihr die Tür auf. Sie schaut mich noch immer wie verwundert an, vermutlich geht ihr das alles zu schnell, doch das ist nicht mein Problem. Ich merke, wie mich der Anblick ihrer symmetrischen Gesichtshälften gegen meinen Willen schläfrig macht. Es hat etwas Hypnotisches, längere Zeit in ein Gesicht zu starren, das sich selbst so ähnlich sieht. In meinem Kopf formiert sich bereits das erste Geschäft des Tages. Ich weiß genau, was ich sagen werde. Ich weiß vor allem, wie ich es sagen werde. Es kommt darauf an, von einer Sache hundertprozentig überzeugt zu sein, nur dann ist man auch überzeugend.

Sie tut, als müßte sie sich an mir vorbeizwängen. Dabei ist der Türrahmen zu Dreivierteln frei. Die Spitzen ihrer Brüste berühren mich leicht. Wir betrachten das als ein Versehen. Mir soll es recht sein. Ich lese ihren Namen auf dem Einband: »Viola Sch…« Der restliche Schriftzug wird von ihrem Daumen verdeckt und einem etwas aufdringlichen, beige lackierten Fingernagel in Kurzspatenform. Es ist auch nicht wichtig. Ich stutze nur, weil ich an sie bisher immer nur als »meine Sekretärin« gedacht habe. Für einen Sekundenbruchteil frage ich mich, für wen sie wohl »Viola« ist, was mir ein breites Grinsen entlockt. Wer immer das sein mag, der Arme wird es schwer haben, mit ihrem Bild von mir zu konkurrieren. Ich münze meine Schadenfreude in ein Lächeln um, das ich ihr schenke. Dann schließe ich die Tür. Viola, das Veilchen. Ich glaube, ich hatte einmal eine Jugendfreundin, die so hieß. Vielleicht aber auch nicht.

Ich schiebe das Frühstück beiseite, ohne einen Bissen anzurühren. Wie auf Kommando klingelt das Telefon. Ich nehme den Tag in Angriff und bin von der ersten Minute an gut. Gerade die Aufgaben, auf die ich mich nicht monatelang vorbereitet habe, löse ich am elegantesten. Ich bin begeistert von der Leichtigkeit, mit der ich die Probleme in den Griff bekomme, immer gut gelaunt und voller Zuversicht. Doch am meisten bewundere ich mich für meine Ernsthaftigkeit. Bei allem Optimismus wirke ich hundert Prozent seriös, was mich dermaßen beflügelt, daß ich noch drei heikle Beratersachen hinterher erledige, kleine Firmen mit vielen Fragen und wenig Geld. Es ist immer wieder dasselbe Problem. Ihnen fehlt die Orientierung, ihnen fehlt Sicherheit. Und die bekommen sie von mir. Ich bin der zuversichtlichste Mensch auf der Welt.

Es ist ein verdammt guter Tag, auch wenn ich bei meinem nächsten Telefontermin in eine langwierige Diskussion über ausländisches Investitionsengagement und EU-Recht verwickelt werde, ein Bereich, bei dem wir normalerweise juristischen Beistand einschalten. Doch ich bin derartig in Fahrt, daß ich das Vertrauen in meine Kompetenz, das ich mit jedem Satz gewinne, nicht durch fremde Expertisen erschüttern möchte. Es bleibt mir immer noch genügend Zeit, mich nachher abzusichern.

Währenddessen überlege ich, ob ich gut beraten war, mich an einem Tag wie diesem schon so früh auf Isabell festzulegen. Heute wäre sicherlich mehr drin. Meine Sorge, im Fitness-Studio keine Beachtung zu finden, erscheint mir auf einmal lächerlich. Ich bin in der Form meines Lebens. Ich bin der Liebling aller Trainerinnen. Meine Attraktivität ist auf dem Höhepunkt.

Ich kritzele mit einem Bleistift Isabells Nummer auf ein Blatt Papier und streiche sie wieder durch. Ich könnte sie anrufen und absagen. Es sei irgend etwas dazwischengekommen. Möglich ist das. Aber ich will heute abend auf jeden Fall trainieren, und es würde meiner Konzentration schaden, wenn ich ständig befürchten müßte, daß Isabell trotz meiner Absage ins Studio kommt. Eine Szene mit ihr vor den Augen meiner Trainerinnen ist so ziemlich das letzte, was ich momentan gebrauchen kann.

Wir reden uns ein bißchen fest beim Thema Marktdifferenzierung und EU-Norm, während ich im stillen meine sogenannte männliche Intuition verfluche. Es war wirklich eine Schnapsidee, Isabell ausgerechnet zum Training einzuladen. Irgendein überteuertes Restaurant hätte es auch getan, wo man ganz nach Laune die Serviette auf den Tisch knallen kann und auf Nimmerwiedersehen verschwindet. Aber doch nicht das Fitness-Studio! Der Ort, an dem ich tagaus, tagein meinen Schweiß vergieße und jeder über jeden Bescheid weiß, vom neuesten Trennungsgerücht bis hin zum Leistenbruch vor vier Jahren an der Langhantel!

Ich schlage vor, die Genehmigungsverfahren im Detail zunächst einmal auszuklammern, da verbindliche Normvorgaben an und für sich einen Vorteil gegenüber alteingesessenen inländischen Anbietern darstellen. Schließlich muß die traditionelle Produktion meist mit großem Aufwand umgerüstet werden, während neue Investoren ohne jede Vorbelastung in den Markt einsteigen können. Die Marktakzeptanz freilich ist eine andere Sache. In der Regel gehört die Sympathie dem Altbewährten. Aber dafür stehen anderweitige Signale zur Verfügung wie die Übernahme regionaler Standorte und ein tief gestaffelter Preis. Natürlich könnte ich Isabell in irgendeinen Edelschuppen umbestellen. Sie würde mit Freuden zusagen, sie würde sogar die Rechnung übernehmen, wie immer, wenn wir uns in ihren Kreisen bewegen. Aber in einem Fünf-Sterne-Restaurant kann ich wiederum nicht trainieren. Die Lage ist ziemlich ausweglos.

Ich bringe die Diskussion ohne erkennbare Mühe auf einen vielversprechenden Zwischenstand und schlage dann vor, zunächst die Datenlage zu aktualisieren, bevor wir in die entscheidende Gesprächsphase übergehen. Dabei höre ich mich so vernünftig und überzeugend an, daß ich am liebsten in Tränen ausbrechen würde. Bedauerlicherweise kann ich die Anerkennung, die mir vom anderen Ende der Leitung entgegengebracht wird, nicht wirklich genießen. Es bleibt ein Rest von Unzufriedenheit. Bestätigung am Telefon hält nie lange vor.

Ich knipse das Gespräch weg, ohne mir meine aufkommende Schwermut anmerken zu lassen. Für einen Moment wünsche ich mir, ganz und gar meine Wirkung zu sein, unanfechtbar und vollkommen, irgendwo da draußen in der Welt. Aber zum Seufzen bleibt mir nicht die Zeit. Gefühle werden immer nur so wichtig, wie man sie läßt.

Ich will gerade aufspringen, um mir etwas Bewegung zu verschaffen, als das Telefon wieder klingelt. Es ist Viola mit Isabell in der Leitung, ausgerechnet jetzt. Doch da ich wider besseres Wissen hoffe, sie könnte vielleicht für heute absagen und mich von meinem Dilemma erlösen, nehme ich das Gespräch an. Sie ruft von einem ihrer Firmenhandys an, was mich dazu ermutigt, ein paar einhändige Liegestütze diagonal zur Schreibtischkante zu versuchen. Falls meine Sprachverständlichkeit darunter leiden sollte, schiebe ich das auf den schlechten Empfang.

Ich stütze die rechte Hand auf die Schreibtischplatte und senke meinen Körper langsam wie eine Bahnschranke in eine 45 Grad Position. Den Hörer halte ich links. Es knackt ein wenig in den Gelenken, aber das geht gut und gerne als atmosphärische Störung durch.

Isabell erläutert kurz, wo und mit wem sie gerade unterwegs ist, Namen, die ich mir merken sollte, doch ich habe schon lange nicht mehr den Überblick über ihre Geschäfte. »Großbaustelle«, sagt sie, »überarbeitetes Finanzierungskonzept«, während ich damit beschäftigt bin, nicht das Gleichgewicht zu verlieren.

Noch zwanzig Zentimeter bis zur Tischplatte. Die Poren im Holz treten bedrohlich hervor. Ich müßte den Ellbogen jetzt noch weiter beugen. Doch eine innere Stimme sagt mir, daß ich kurz davor bin, mit der Stirn frontal auf die Tischkante zu schlagen.

Indessen rühmt Isabell die Projektarchitektur, was ich zum Anlaß nehme, mich wieder zurück in die Ausgangsposition zu stemmen. Mein Handgelenk knirscht wie zerstoßenes Glas. Sphärisches Rauschen vom Blut, das mir in den Kopf schießt. Ich schnaube zweimal überdeutlich zum Zeichen dafür, daß ich ganz Ohr bin.

Mein Blick fällt auf den ehemals frisch gepreßten Orangensaft, der in seinem Glas vor sich hin verwest. Einzelne Fasern von Fruchtfleisch vertrocknen wie blaßgelbe Schuppen am Rand. Der üppige weiße Schaum ist auf einen mickrigen Bläschenkranz zusammengeschrumpft, der abwechselnd an zerflossenen Speichel und an miserabel gespültes Geschirr erinnert. Ich versuche eine weitere einarmige Diagonale, mein Puls hämmert. Isabell erzählt von einer langjährigen Geschäftsfreundin, die sie gerade getroffen hat. Der Gedanke an Frühstück erscheint mir so abwegig wie noch nie.

Ich komme wieder nur bis auf zwanzig Zentimeter an die Tischplatte heran. Dann ist Schluß. Doch diesmal versuche ich, meine Position zu halten, um wenigstens die statische Muskelbelastung auszureizen. Isabell hört gar nicht mehr von ihrer Freundin und deren Erfolgsgeschichte auf, verliert aber kein Wort darüber, wie sie aussieht. Ich bin inzwischen dazu übergegangen, durch knapp hervorgestoßene »Hm«- und »Ha«-Laute zu dokumentieren, daß es mich gibt.

Als ich versuche, die Uhr auf der anderen Schreibtischseite in den Blick zu bekommen – wofür ich den Nacken stark überstrecken muß –, bleibe ich an dem Quark mit Leinöl und Rosinen hängen. Auch hier die ersten Verfallserscheinungen: getrocknete Quarkspritzer, mal eher kalkig, mal vergilbt, die Oberfläche brüchig und von erosionsartigen Furchen durchzogen, so als wäre eine erbarmungslose Dürreperiode über diese Quarkschale hinweggegangen.

Isabell flüstert jetzt nur noch, offenbar ist ihre Freundin in der Nähe. Ich verstehe kein einziges Wort mehr und plaziere mein Interesse bekundendes Stöhnen auf Verdacht. Das Problem sind nicht meine Muskeln, auch wenn ich vielleicht nicht mehr die Kraft habe, mich aus dieser Lage jemals wieder herauszustemmen. Das Problem ist mein Magen. Ich hätte den Kraftshake nicht so hinunterstürzen sollen.

Zu spät! Ich kann der bis zur Gaumenwurzel aufsteigenden Übelkeit nur Herr werden, indem ich mir vorstelle, wie ich Viola dazu zwinge, dieses sich selbst kompostierende Frühstück vor meinen Augen restlos aufzuessen. Ich würde sie zwingen, mir mit vollem Mund ihr Leben zu erzählen. Ich würde mich an den Essensbrocken weiden, die ihr über die Lippen quellen und halbzerkaut an ihrer Kinnspitze hängenbleiben. Ich würde ihr mit einem Löffel um den Mund fahren und ihre Oberlippe mit Quarkspritzern verkleistern. Ich würde so viel frisch gepreßten Orangensaft hinterherschütten, daß ihr die Mundwinkel überlaufen und das klumpige Fruchtfleisch ins Dekolleté tropft. Ich würde mir in Ruhe überlegen, was ich mit den Putenbrustscheiben, Kirschtomaten und Gurkensternchen anstelle, bevor ich dann, zu guter Letzt, die Reiswaffeln zerkrümele und wie Konfetti auf ihren vollen Bauch herabrieseln lasse.

»Ja, ich verstehe«, stöhne ich. Isabell spricht wieder Normallautstärke, aber ich bin durch die Muskelanstrengung so geschwächt, daß ich nur höre, wie mir das Blut durch den Kopf paukt. Langsam gehe ich vor meinem Schreibtisch in die Knie, ich kann nichts dagegen tun. Das Gespräch rauscht entschieden an mir vorbei.

»Wie, mitbringen?« versuche ich einzuhaken.

»Sie ist sehr sportlich, du wirst sehen ...« Isabell spricht jetzt wieder im Flüsterton, aber so zischelnd, daß es schmerzt.

»Du willst deine Freundin mit zum Training bringen?« Meine Stimme überschlägt sich fast, das ist die Erschöpfung. Ich muß eine kleine Atempause einlegen, bevor ich weiterreden kann.

»Ich muß jetzt Schluß machen«, unterbricht mich Isabell schon im Ansatz, so als hätte ich sie viel zu lange aufgehalten. Ich lande unsanft auf den Kniescheiben. Meine Stirn tropft. Der Hörer in meiner linken Hand ist klatschnaß und gibt nur noch ein Rauschen von sich. Aufgelegt. Erst nach und nach begreife ich, daß dieser Anruf eine Retourkutsche von ihr war. Aber das macht nichts. Im Gegenteil. Es weckt meinen Kampfgeist. Isabell ist immer für eine Überraschung gut.

3

Ich stehe mit ein paar Konzepten am Kopierer und halte Ausschau nach Susanne der Zweiten. Ich muß hier nicht stehen, aber es geht mir bedeutend besser auf dem Gang, wo permanent Leute vorbeikommen, die mich grüßen, auch wenn ich keine Ahnung habe, wer sie sind. Das ist der einzige Nachteil bei meinem Beruf, den ich ansonsten liebe wie mich selbst, daß ich zuviel am Telefon arbeite, wo meine optischen Qualitäten nicht richtig zur Geltung kommen. Gerade an Tagen wie diesem ist das besonders schmerzlich. Wer weiß, ob ich morgen noch so gut aussehe.

Natürlich bin ich mir völlig im klaren darüber, daß es nicht ganz standesgemäß ist, Kopierarbeiten zu übernehmen. Ich sollte das meine Sekretärin machen lassen. Doch es wäre einfach schade, all diese Blicke zu verpassen, die ich gut gebrauchen kann, ohne sie nötig zu haben. Aufmerksamkeit sollte man nicht nur erregen, man muß sie auch zu nehmen wissen.

Susanne II. ist weit und breit nicht zu sehen. Es fällt mir im Augenblick sogar schwer, mich an sie zu erinnern. Offenbar gehört sie zu den Menschen, bei denen man sich entweder das Gesicht oder den Namen merken kann, aber nie beides. Eine der neuen Sekretärinnen kommt mit einer Unterschriftenmappe im Arm auf mich zu. Schon von weitem lächelt sie ziemlich unvorteilhaft in die Breite, was ich ihr zuliebe ignoriere.

In Riechnähe ihres auffallend düsteren Parfüms bleibt sie stehen und schaut sich hilfesuchend um. Wahrscheinlich hat sie es eilig, will mich aber nicht stören, eine ziemlich verzwickte Situation für sie, das verstehe ich gut. In der Zwischenzeit betrachte ich ihre Beine und stelle mit Befriedigung fest, daß meine Sekretärin weitaus schönere hat. Ich finde das nur gerecht. Schließlich stehen die Beine meiner Sekretärin gewissermaßen für mich, und es käme mir irgendwie unangemessen vor, mich durch Knallwaden vertreten zu lassen.

Ihr Busen über der Unterschriftenmappe ist allerdings erheblich repräsentativer, weshalb ich mich dann doch entscheide, sie voll warmer Verwunderung zu bemerken. Der Charme, den ich versprühe, ist mit Händen zu greifen.

»Haben Sie viel«, frage ich galant. Dabei trete ich einen kleinen Schritt von dem Kopierer zurück, um meine Bereitschaft zu unterstreichen, ihr den Vortritt zu lassen und solange ihr Hinterteil zu begutachten.

»Nein, nein, machen Sie nur ...« Ein Hauch ihres Nachtfalterparfüms erreicht mich mit ihrem Atem.

»Wenn es bei Ihnen schnell geht, könnte ich Sie kurz dazwischenschieben«, sage ich und schaue ihr dabei so treuherzig in die Augen, als würde ich eine zweideutige Bemerkung nicht einmal erkennen, wenn um mich herum lauter Warnlämpchen aufblinken. Sie beschließt, das als einen Scherz aufzufassen, und lacht eine Idee zu laut drauflos. Sie hat ein tiefes, zum Doppelkinn neigendes Lachen, bauchgestützt. Ihr Busen bebt bedenklich. Ganz automatisch fällt mir der Satz ein: »Wir haben Frau M. als eine offenherzige Mitarbeiterin kennen- und schätzengelernt.«

»Nicht nötig, ich warte gern.«

Sie läßt ihren mascaraschweren Blick zu meinem Po hinuntergleiten. Vielleicht wäre jetzt der Moment gewesen, die Manschetten meines Hemdes hochzukrempeln und meine durchtrainierten Unterarme ins Spiel zu bringen. Aber Frau M., die Offenherzige, scheint genau zu wissen, was sie will. Sie schwenkt noch einmal kurz auf meinen Adamsapfel, den ich zusammen mit ein paar Halsmuskelsträngen gerade noch rechtzeitig hervortreten lasse. Dann geht sie eher flüchtig über meinen flachen Bauch hinweg, um noch einmal ausgiebig Po und Lenden in Augenschein zu nehmen, einschließlich der Stabilität meiner Oberschenkel.

Wie um den Kopiervorgang zu beschleunigen, stütze ich mich mit beiden Armen auf den Einzelblatteinzug. Mein Trizeps entfaltet seine wunderbar modellierte Fließform. Der dünne Hemdstoff schmiegt sich eng an das geflochtene Muskelfleisch. Ich lächele.

»Bin gleich soweit!«

»Keine Eile«, sagt sie in einem ruhigen, routinierten Ton mit Blick auf meine Oberschenkelmuskulatur, die ich von den Knien aufwärts langsam anspanne, um dem gesamten Gesäßbereich noch mehr Relief zu geben. Ich bin dermaßen damit beschäftigt, angeschaut zu werden, daß ich meine Sekretärin erst jetzt bemerke. Wie festgemauert steht sie auf dem Gang. In ihrem Gesicht spiegeln sich Fassungslosigkeit und Entsetzen in den Grenzen der Ausdrucksmöglichkeiten, die ihre maskenhafte Schönheit zuläßt. Vielleicht langweilt sie sich auch nur.

»Lassen Sie mich das doch machen«, schreitet Viola auf ihren schönen Beinen ein und streckt ihre vor Nagellack blitzenden Finger nach meinen Papieren aus. Frau M. schaut unverwandt auf, so als könnte sie ihre Rivalin mit dem nächsten Lidschlag einfach wegblinzeln.

Doch Viola läßt sich nicht aufhalten. Sie nimmt mir die Papiere aus der Hand, beugt sich über das Kopiergerät und entfernt sorgfältig sämtliche Duplikate aus dem Sortierer, wobei sie eine hervorragende Figur macht und den Blick auf ihre formidablen Kniekehlen lenkt. Mit fliegenden Fingern, die sie in regelmäßigen Abständen durch eine reptilienhafte Zungenbewegung benetzt, zählt sie die Exemplare durch und vergleicht dabei die Kopien zielsicher mit dem Original. Sie vergißt auch nicht, einen abschließenden Kontrollblick unter den Kopieraufsatz zu werfen, den sie mit einer balletteusen Armbewegung hochklappt und für einen Moment in der Schwebe hält. Unfaßbar, wie gekonnt sie auf diese Weise ihre Taille in Szene setzt.

Das alles sind natürlich Argumente, die im direkten Vergleich sehr zugunsten von Viola sprechen. Sie ist das potentielle Titelblatt und damit genau das, was ein Vorzimmer braucht. Glücklich der Chef, dem solche Beine vorausgehen. Beneidenswert der Mann, dessen tägliche Belange so sportiv und formvollendet auf den Weg gebracht werden. Meine Sekretärin dürfte schwer zu überbieten sein, was mich mit einem solchen Stolz erfüllt, daß ich nun endgültig meine Manschetten aufknöpfe und die Ärmel bis zu den Ellbogen hochkrempele.

Viola macht sich auf das anmutigste an der Heft- und Klammerfunktion des Kopierers zu schaffen, während ich die Arme wie gelangweilt vor der Brust verschränke. In dieser Haltung lassen sich die Trainingserfolge eines konzentrierten Unterarmworkouts am wirkungsvollsten präsentieren. Dabei sollte man die Hände in den Armbeugen zu Fäusten ballen und die Fingermuskeln spielen lassen. Ein ruhendes Muskeltableau ist immer nur halb so interessant wie eine lebendige, funktionierende Klaviatur!

Ich trete einen Schritt zurück, um einen günstigeren Lichteinfallswinkel zu erwischen. Erst der entsprechende Schattenwurf verleiht dem Muskelspiel der Unterarme die gebührende Dramatik und Tiefe. Dann spanne ich den Oberarmspeichenmuskel an, der sich wuchtig über die Armbeuge erhebt und die Haut über der gesamten Unterarmpartie strafft. Parallel dazu beschreibt der lange radikale Handstrecker einen imposanten Bogen, bevor er unter einem Geflecht von Daumenmuskeln abtaucht. Gut gefällt mir heute der Kleinfingerstrecker, der sich wie eine Sehne vom Ellbogen bis zum äußeren Handrücken hinzieht und in seinem Verlauf den gemeinsamen Fingerstrekker gestochen scharf vom ulnaren Handstrecker absetzt. Den darunterliegenden ulnaren Handbeuger bemühe ich selten. Er liegt weitgehend im Schlagschatten des Streckmuskels und rundet das Bild lediglich ab. Doch ich kann der Versuchung nicht widerstehen, ihn durch ein leichtes Andrücken der Arme in der Tiefe aufscheinen zu lassen, gewissermaßen als ein mystisches Versprechen von mehr.

Alles in allem bin ich von meiner Unterarmpartie beeindruckt, ohne auf plumpe Art damit zufrieden zu sein. Dieses nie ermüdende Stilleben, das ich scheinbar so selbstvergessen vor meiner Brust zur Schau stelle, ist die geballte Arbeit von elfeinhalb Monaten. Es gibt eigentlich nichts an meinen Unterarmen, was ich nicht selbst erschaffen habe. Das einzige, was immer noch so aussieht wie am ersten Tag, sind die Ellbogenhöcker. Schade, daß Susanne II. nicht hier ist.

Statt dessen tauchen Violas symmetrische Gesichtshälften vor mir auf. Inwieweit meine Unterarme Eindruck auf sie gemacht haben, ist schwer zu sagen. Vielleicht sieht sie mich voller Bewunderung an, vielleicht guckt sie auch nur ungeduldig. Wie so oft bin ich auf Vermutungen angewiesen. Für den Bruchteil einer Sekunde überlege ich, ob ich mich nicht nach einer Sekretärin umschauen sollte, die ich verstehe. Doch im selben Moment reicht mir Viola einen Stapel ablagefertiger Kopien und geht, so daß mir nichts anderes übrigbleibt, als es ihr gleichzutun.

Widerstrebend folge ich ihren Vorzeigebeinen. Ich lasse Frau M. nur ungern stehen, doch es hat schon seine Richtigkeit. Violas Waden repräsentieren meine Unterarme, ihre Taille steht für meinen Waschbrettbauch, und ihre maskenhafte Schönheit spiegelt meinen Hang zur Perfektion. Anders der weiche Busen von Frau M., dem nichts in meiner Welt entspricht. Anders ihr von nachtblauen Augendeckeln überschatteter Blick, der nicht mehr sagt, als er sieht. Frau M. würde in keinster Weise zu mir passen. Und dennoch, wenn beide Sekretärinnen mich jetzt fragen würden, mit wem von ihnen ich die Nacht verbringen möchte … würde ich natürlich dankend ablehnen. Aber wenn sie mich wirklich fragen und ich dankend ablehnen würde, dann wäre es im Fall von Frau M. vielleicht ein bißchen mehr, wie soll ich sagen, schade. Und da ärgert es mich schon, daß sie nicht meine Sekretärin ist –, was mich zu dem Schluß bringt, daß ich einen enormen Hunger habe und deshalb zu Sentimentalitäten neige.

Noch im Vorzimmer kehre ich um. Ich kann jetzt nicht wieder zurück ins Büro und einfach so weitertelefonieren, als wäre nichts gewesen, während sich mein Energie-Frühstück allmählich in Muttererde verwandelt. Viola bietet an, mir einen Kaffee zu kochen. Doch das lehne ich seit einem dreiviertel Jahr ab, weil Kaffee dehydriert und ich bei meinem Trainingspensum ohnehin schon gezwungen bin, pro Tag fünf Liter Flüssigkeit zu mir zu nehmen (was beinahe so lästig ist, wie sie in der Nacht wieder von sich zu geben). Allerdings entschließe ich mich ganz gegen meine Gewohnheit zu einem Gang in die Cafeteria. Eventuell ließe sich ein Espresso verantworten. Viola lüge ich an und behaupte, ich sei auf der Suche nach einer seltenen Art von Pampelmusensaft.

In der Cafeteria herrscht wenig Betrieb, knapp eine Stunde vor der Mittagspause. An weit voneinander entfernten Tischen hokken ein paar Büroflüchtige, die sich in ihre Zeitungen vergraben, diverse Lieferanten mit Sitzfleisch und wartengelassene Besucher. Das Defilee der Sekretärinnen folgt erst um zwölf an der Salatbar. Auch Susanne II., von der ich nicht weiß, ob ich sie überhaupt noch wiedererkennen würde, scheint Wichtigeres zu tun zu haben, als sich an Vitrinen mit Gebäck vorbeizuschlängeln. Den ganzen Weg entlang der Tablettschiene betrachte ich mich in den Scheiben. Die Chromverschalung des Kaffeeautomaten wirft meine Umrisse wie durch ein Gestrichel von grauem Nieselregen zurück. Ich suche mit zittrigen Fingern den richtigen Knopf für Espresso.

An der Kasse kommt für mich eine harte Zeit. Es ist zwar nur ein Handwerker im Blaumann vor mir an der Reihe, aber das zwingt mich, einen Moment lang innezuhalten und an Frau M. zu denken, die ich auf einmal begehre, wie ich noch nie eine Frau begehrt habe, während ich vor dem Regal mit den Süßigkeiten stehe und mir klar wird, daß ich an akuter Unterzuckerung leide. Ich bin kurz davor einzubrechen.

Es gibt zwei Möglichkeiten. Entweder ich renne hoch zum Kopierer und reiße Frau M. die Kleider vom Leib oder ich bediene mich bei den Schokoriegeln mit einer solchen Hemmungslosigkeit, daß der Kassiererin nur noch Verpackungsfetzen bleiben, um abzurechnen. Mein Unterkiefer läuft rohrbruchartig mit Speichel voll. Die Knöchel meiner Hände, mit denen ich mich am Verkaufstresen festklammere, treten kalkweiß hervor. Ich bin total durcheinander. Habe ich so einen Hunger, weil ich Frau M. begehre, oder begehre ich Frau M., weil ich so einen Hunger habe? Und wenn ja, worauf warte ich noch?

»Sonst noch einen Wunsch?« Mit einer übertriebenen Preisvorstellung für ein paar Tropfen Kaffeesud reißt mich die Kassiererin aus meinen Tagträumen. Ich zahle und versuche dabei, meine gesamte gedankliche Energie auf ein einziges Ziel zu bündeln: null Nabeltiefe! Ein Schokoriegel zum falschen Zeitpunkt könnte mich gut einen halben Millimeter zurückwerfen.

Ich muß die Espresso-Tasse mit beiden Händen festhalten, während ich auf den nächstliegenden Tisch zusteuere. Schübe von Schüttelfrost wandern durch meinen Körper. Ein bißchen fühle ich mich wie in der Jongliergruppe der ›Anonymen Alkoholiker‹. Den in der Tasse verbliebenen Espresso trinke ich ungesüßt.

Ich schlage den Wirtschaftsteil der Zeitung auf, die an meinem Tisch ausliegt, und vertiefe mich in die Meldungen, die ich alle schon kenne. Ausgerechnet der Wirtschaftsteil bringt immer die wenigsten Fotos – und wenn, dann von Männern, die einander die Hände schütteln und Anzüge tragen, für die sie nicht die richtigen Körper haben. Es ist deprimierend.

Ich blättere weiter zum Sportteil, um heute morgen wenigstens ein paar ästhetische Menschen zu Gesicht zu bekommen. In dem Moment betritt Claaßen die Cafeteria. Ich erkenne ihn augenblicklich an seiner schlechten Körperhaltung und seinem schleppenden Gang. Er gehört zu der Kategorie von hochgewachsenen Typen, die in dem Irrglauben leben, sie hätten etliche Zentimeter zu verschenken.

Claaßen steuert in gebückter Haltung auf die Auslage zu. Er wirkt um Jahrzehnte gealtert. Sein krummer Rücken erreicht nahezu Fragezeichenform. Sein ewig unrasiertes Grübchenkinn nähert sich den Vitrinen, als wolle er die Kuchenauswahl damit scannen.

Ich verschanze mich hinter meiner Zeitung. Doch Claaßen hat mich gesehen. Er schlurft so zielstrebig, wie es ihm nun einmal gegeben ist, in meine Richtung. Nur dem Umstand, daß ich mich haarklein mit der Tabellensituation der Verbandsliga im Damenhandball auseinandersetze, ist es zu verdanken, daß Claaßen abbiegt und sich zwei Tische weiter niederläßt. Ungeniert verschlingt er sein Stück Kuchen, das mindestens 300

Kilokalorien hat und eine so miserable Nährstoffdichte, daß man es schon wenige Stunden nach dem Verzehr als Bauchfett wieder absaugen kann. Wenn ich Claaßen wäre, würde ich gleich nach dem letzten Bissen eine halbe Stunde auf dem Stairmaster einschieben. Aber ich bin nicht Claaßen, und wenn ich er wäre, wäre mir das wahrscheinlich auch egal. Ich gebe auf und grüße.

»Na, was macht das Geschäft?« fragt Claaßen lautstark über zwei Tische hinweg, ohne den Betrieb seiner Kuchengabel einzustellen, »von dir hört man ja Wunderdinge!« Eine Behauptung, die ich weder bestätige noch dementiere. Unterdessen frage ich mich, was das kleinere Übel wäre, meine Personalakte öffentlich ausrufen zu lassen oder mich zu Claaßen an den Tisch zu setzen. Doch er kommt mir zuvor.

»Der große Meister hat wieder mal bedeutungsvoll gemurmelt, wir expandieren«, sagt er und rückt sich den Stuhl neben mir zurecht. Seinen Teller schiebt er halbwegs zu mir hin, so als wolle er die restlichen Kuchentrümmer mit mir teilen. Dann schlägt er einen konspirativen Ton an: »Sieht aus, als stünde uns bald eine Beförderung ins Haus.«

Claaßen ist ein Taktiker. Er würde so etwas nie sagen, wenn er mir damit nicht schaden könnte. Ich setze ein wissendes Lächeln auf, um wenigstens so auszusehen, als würde ich ihn durchschauen. Das Hinterhältige an Claaßen ist, daß man ihn immer unterschätzt.

»In der obersten Etage fängt jetzt das große Stühlerücken an«, verkündet er mit einem Seitenblick auf die Zeitung, die ich vielleicht doch nicht aufmerksam genug gelesen habe. Dabei stopft er sich genüßlich die letzten Bissen in den Mund. Er hilft sogar mit dem Daumen nach, leckt ihn ab und tupft die restlichen Krümel vom Teller, was mich völlig aus dem Konzept bringt.

»Anruf bei unserem Reisebüro«, Claaßen beugt sich flüsternd zu mir vor, sein Kinn kommt mir bedrohlich nahe, »die Seniorpartner fliegen ein zur Kandidatenkür.« Ich bin längst nicht mehr der blutige Anfänger, der bei solch einer Bemerkung das Gesicht verzieht. Statt dessen zähle ich die am weitesten hervorsprießenden Barthaare in seinem Grübchen. Es sind acht.

Doch Claaßen läßt nicht locker: »Vielleicht sollten wir mal zusammen essen gehen, irgendwohin, wo wir reden können.«

»Ja, vielleicht«, sage ich so vage wie möglich. Ich habe das unbestimmte Gefühl, daß Claaßen etwas weiß, was ich nicht weiß. Oder daß ich etwas weiß, was Claaßen nicht weiß, von dem ich aber nicht weiß, daß er es wissen will.

»Hast du heute mittag schon was vor?«

»Ich hatte gerade mein zweites Frühstück«, lüge ich schlagfertig. Ich will gar nicht erst den Eindruck aufkommen lassen, dieses ständige Gerede vom Essen könnte mir zu schaffen machen. Claaßen schaue ich fest in die Augen wie immer, wenn ich die Unwahrheit sage, während mir eine kubistische Hungervision von Frau M. durchs Hirn zieht.

»Also, ich könnte noch so ein Stück Kuchen vertragen ...« Claaßen hebt seinen leeren Teller hoch und dreht ihn leicht in der Luft, »soll ich dir irgendwas mitbringen?«

Ich schüttele den Kopf, während Claaßen sich auf den Weg macht und ein weiteres Mal die Vitrinen abschreitet. Ich muß Frau M. haben. Ich muß etwas essen. Und ich darf nicht daran denken, wie es um Claaßens Nabel bestellt ist, dessen kraterförmige Vertiefung sich unter dem Hemdstoff abzeichnet, als er sich wieder zu mir setzt. Auf seinem Teller liegt ein Stück Käsesahne mit Rumrosinen, Mandelsplittern und Schlagrahm.

Claaßen ißt und redet weiter, aber ich bin nicht mehr imstande zuzuhören. Ich bin das Opfer seiner kulinarischen Zermürbungstaktik. In meinen Handflächen fließt kalter Schweiß. Ich weiß, daß es wichtig ist, was er sagt. Ich weiß, daß er von mir spricht. Das Thema ist meine Karriere. Aber mein Blutzuckerspiegel hat solch einen historischen Tiefstand erreicht, daß es mir völlig unmöglich ist, seinen Gedankengängen zu folgen. Bei jedem zweiten Wort verformt sich sein Kinngrübchen. Ich sollte nicht hinsehen, natürlich, aber es zieht Furchen und Falten, verbreitert und verjüngt sich, als wolle es mir etwas zumorsen. Nur mit Mühe kann ich den Blick abwenden. Doch wie unter Zwang landet er eine Etage tiefer auf den Speckröllchen, die über Claaßens Krokogürtel quellen. Ein Déjà-vu. Irgendwie habe ich das Gefühl, diesen Fleischwülsten heute schon einmal begegnet zu sein. Dann wird mir klar, daß ich sie mit der Busenfalte von Frau M. verwechsele, was mich auf die Idee bringt, sie könnte womöglich Claaßens neue Sekretärin sein.

Ich bin erledigt.

»... also, was willst du mehr?« fragt Claaßen mit großer Geste, nachdem er die letzten Rumrosinen von seinem Teller gepickt hat: »Du siehst gut aus, du hast genau die richtige Freundin, der große Meister hat einen Narren an dir gefressen – du mußt dich schon ziemlich dumm anstellen, damit du die Leiter nicht nach oben fällst!«

Was ich mehr will? Ich will Claaßens sofortigen Tod durch Herzverfettung. Ich will, daß Frau M. ganz allein mir gehört. Ich will mich endlich einmal wieder satt essen oder wenigstens eine Person um mich herum, die meine Fortschritte im Nabelbereich zu würdigen weiß, damit ich die nötige Kraft schöpfe, um weiterzumachen!

Claaßen hat mich da, wo er mich haben wollte. Ich bin kurz davor, mit ihm in irgendein Schnellrestaurant zu gehen und mir den Bauch vollzuschlagen. Ich kann an nichts anderes denken als daran, was er mit der geballten Energie von zwei Stückchen Käsesahnekuchen im Magen mit Frau M. alles anstellen könnte. Und ich weiß wirklich nicht, wozu ich fähig wäre, wenn sie jetzt in ihrer grandiosen Üppigkeit an der Salatbar aufkreuzen würde.

»Vielleicht ist Mittagessen gar keine schlechte Idee«, sage ich leichthin, es kommt dem Eingeständnis einer Niederlage gleich. Am liebsten würde ich so schnell wie möglich von hier verschwinden. Aber Claaßen hat es nicht eilig. »Ach, übrigens«, sagt er seelenruhig, »ein Herr Weilheimer hat überall im Haus nach dir gefragt.«

»Weinheimer?!« rutscht es mir heraus. Ich bin völlig perplex, seit Monaten habe ich nichts mehr von ihm gehört und dachte schon, er würde mich endlich in Ruhe lassen. »Hat er gesagt, was er will?« Ich versuche, belanglos zu klingen. Doch ich sehe an Claaßens Grinsen, daß ich mich verraten habe. Er wittert die Leiche im Keller.

»Es ging um irgendein Jubiläum, eine – wie war das Wort? – ›Wiedergeburtstagsparty‹, zu der er dich einladen wollte.« Es ist nicht gesagt, daß Claaßen Bescheid weiß. Doch es wird mehr als nur ein Mittagessen brauchen, um ihn von der Fährte abzubringen. Ich zucke müde mit den Achseln, während ich in Gedanken überschlage, inwiefern mich das Weinheimer-Problem erpreßbar macht.

»Gehen wir?« frage ich abschließend und schiebe meinen Stuhl zurück. Ich weiß genau, wie Claaßen sich jetzt fühlt. Er hält sich für einen genialen Beobachter, weil er bei mir einen wunden Punkt entdeckt zu haben glaubt. Die Runde geht an ihn. Er lächelt siegessicher, aber das kann ich besser als er.

Wir gehen.

4

Es ist nicht, wie Claaßen denkt. Das Problem mit Herrn Weinheimer fing zwar mit Frau Weinheimer an, aber ganz so, wie Claaßen denkt, ist es nicht. Und erst seitdem es nicht so ist, spreche ich überhaupt von einem Problem, genauer gesagt, von der ›Weinheimer-Krise‹.

Es begann vor etwas mehr als einem Jahr. Mit Isabell bahnte sich damals schon etwas Ernstes an. Meine Möglichkeiten, sie hinzuhalten, waren so gut wie erschöpft. Beruflich hing ich ziemlich in der Luft. Ich war auf ihre Unterstützung angewiesen. Sie hatte mir zu meinem Job bei Stickroth & Partner verholfen und sorgte im Hintergrund für gutes Wetter, als es bei mir ergebnistechnisch nicht so lief. Ich wollte also nicht undankbar sein. Dafür war Isabell viel zu wichtig. Wir einigten uns schließlich darauf, ich sei noch nicht so weit und bräuchte Zeit.

Genauso war es. Ich mußte Ordnung in mein Leben bringen und beendete als erstes meinen Flirt mit Caroline, obwohl sie wie keine zweite meine Pobacken verehrte (»du hast den schönsten Steiß der Welt« – beim Nacktbaden an der Ligurischen Küste). Doch unsere Affäre ließ sich nicht länger mit meinem Interesse an Monika vereinbaren, die in der Tourismusbranche tätig war. Worin ihr Job genau bestand, habe ich nie erfahren, soviel Zeit hatten wir nicht. Aber sie war diejenige, die auf die Idee kam, eine Woche gemeinsam nach Barbados zu fliegen, was dann nicht klappte, weil Monika so entsetzt war über die Art, wie ich Caroline angeblich »abserviert« hatte. Dabei war sie ganz von selbst gegangen, nachdem ich ihr von Monika erzählt hatte. Also flog ich am Ende allein nach Barbados, was mir zur Abwechslung mal ganz gut tat, und Isabell konnte ich sagen, ich hätte endlich reinen Tisch gemacht.

Ich war in einer dieser clubähnlichen Ferienanlagen untergebracht, inklusive Vollversorgung, Ganztags-Entertainment und mehreren Privatstränden. Die Hälfte der Hotelbungalows war mit Amerikanern belegt, was zur Folge hatte, daß die Fitnessräume überfüllt waren und die Strände ziemlich leer. Wenn die Amerikaner ans Wasser wollten, gingen sie meist an einen der Pools oder ließen sich mit Shuttlebussen auf die Karibikseite von Barbados bringen. Dort gab es das türkisblaue, unvorstellbar glatte Wasser, wie man es sonst nur in Hotelpools findet. Der Atlantik diesseits der Insel war den meisten Urlaubern zu bewegt, folglich hatte ich meine Ruhe am Strand.

Zu der Zeit war ich noch nicht so in Form. Fitness lief eher nebenher. Manchmal ließ ich ganze Tage einfach aus, manchmal kam ich schon nach einer halben Stunde wieder aus dem Studio. Das wäre heute natürlich undenkbar, aber damals hat es gereicht, um immer ein bißchen besser auszusehen als die anderen. Schönheit ist relativ.

Ich lebte tatsächlich so mönchisch, wie ich es Isabell versprochen hatte. Morgens, nach dem Frühstück im palmenüberdachten Speisesaal, legte ich mich zum Sonnenbaden an einen von Felsen eingefaßten Privatstrand. Und dort blieb ich den ganzen Tag über liegen, einsam und unangestrengt, halb in Gedanken, halb mit dem Blick über dem Meer. Die Stunden verstrichen. Kaum jemand beachtete mich. Ich war allein und genoß es. Das ging zweieinhalb Tage so. Dann kamen die Weinheimers.

Mit Frau Weinheimer fing alles an, insoweit stimmt Claaßens Verdacht. Sie hatte die schönsten Schlüsselbeine der Welt – und die hat sie vermutlich noch! –, Schlüsselbeine, so unglaublich eben und unverbogen, daß man sich kaum etwas Beglückenderes vorstellen kann, als mit dem Finger immer nur diese eine Linie entlangzustreichen. Wo andere Schulterpartien durch hähnchenschlegelartige Krümmungen auffallen, wo sich normalerweise Knochenbögen und Gelenkhöcker hervortun, lief bei Frau Weinheimer nur dieser gleichbleibend gerade Strich unter der Haut einmal von ihrem Hals bis zur Schulter und wieder zurück. Ihre Schlüsselbeine waren die Attraktion von Barbados. Und von dem Moment an, als ich sie zum ersten Mal sah, war an Alleinsein nicht mehr zu denken.

Zu diesem Zeitpunkt war das Problem mit Herrn Weinheimer absolut kein Problem. Weinheimer war Schwimmer – und das ist er heute ganz bestimmt nicht mehr! Er hatte sich seinerzeit für Barbados entschieden, weil er von der Idee fasziniert war, wahlweise sowohl im Atlantik als auch im karibischen Meer herumkraulen zu können. Von daher war er die meiste Zeit im Wasser, während ich mit Frau Weinheimer am Strand saß und plauderte. Wenn sie lachte und dabei den Kopf zurückwarf, zeigten sich ihre Schlüsselbeine so blank, daß ich fast den Verstand verlor. Wir lachten viel.

Das Problem mit Herrn Weinheimer begann erst an dem Tag, als er wegen einer Sturmwarnung nicht ins Wasser durfte. Irgendein Hurrikan tobte entlang der Atlantikküste auf Florida zu, und es bestand die Gefahr, daß seine Ausläufer auch unsere Insel streiften. Es war allerdings überhaupt nicht stürmisch. Eine graue Wolkenmasse hing unbewegt über dem Meer. Die Brandung war vielleicht etwas stärker als sonst. Doch es herrschte nahezu Windstille. Und weil nicht das geringste Lüftchen ging, war es aufgrund der hohen Luftfeuchtigkeit ungeheuer schwül und drückend. Ich weiß das alles noch so genau, weil wir zunächst zu dritt am menschenleeren Strand saßen und mehrere Stunden über das Wetter redeten. Dann entschied sich Herr Weinheimer, sein Glück im Pool zu versuchen, so daß seine Frau und ich unseren Gesprächsfaden wieder aufnehmen konnten.

Aber der Pool war mit einem Teppich von kleinen Gewitterfliegen bedeckt, die tot und unappetitlich im Wasser schwammen, während am Beckenrand lauter Amerikaner lagerten und farbenfrohe Cocktails aus rüsselartigen Strohhalmkonstruktionen schlürften. Deshalb blieb Herr Weinheimer nicht lange dort. Seine Frau und ich hatten uns nicht einmal warmgeredet, als er zeternd an den Strand zurückkam. »Wenn dieser dämliche Hurrikan sich nicht bald entscheidet, ob er nun kommt oder weiterzieht«, ließ er jeden wissen, der es hören wollte, »reise ich ab!« Unsere Bestürzung darüber hielt sich in Grenzen. Doch Weinheimer gab keine Ruhe: »Also, einer von uns muß sich jetzt bewegen, entweder er oder ich, aber dieses Rumsitzen und Warten, das ist mir einfach zu blöd!«

Solche Sätze bleiben im Gedächtnis, denn im nachhinein haben sie einen anderen Klang. Damals lachten wir, Frau Weinheimer herzlich und ich etwas verhalten, weil ich ihre Schlüsselbeine nicht aus den Augen verlieren wollte. Sie warf den Kopf in den Nacken, so daß sich ihre Haut um Hals und Schultern straffte. Ihre Schlüsselbeine waren wirklich makellos.

Ich habe mich hinterher oft gefragt, ob alles ganz anders gekommen wäre, wenn wir nicht so gelacht hätten, vor allem Frau Weinheimer nicht und vor allem nicht so. Vielleicht war es gerade dieses Lachen, das für Herrn Weinheimer den letzten Ausschlag gab. Jedenfalls rannte er, nur mit Badehose und Chlorbrille bekleidet, hinunter zum Wasser und schrie sinngemäß so etwas wie, wenn der Sturm nicht zu ihm käme, dann käme er eben zum Sturm – der genaue Wortlaut ging im Tosen der Brandung unter –, und um dem Nachdruck zu verleihen, schleuderte er eine derart hilflose Drohgebärde gegen die gigantische Wolkenfront, daß wir noch lauter lachen mußten. Wenn das nicht den Ausschlag gab, was dann?

Weinheimer stürzte sich nicht gleich in die Wogen, sonst wäre uns das Lachen sicherlich vergangen. Er stelzte zunächst eine Weile im knöcheltiefen Wasser hin und her, um die Oberfläche nach toten Gewitterfliegen abzusuchen. (Frau Weinheimer nannte ihn »den wählerischen Kormoran«, ich sagte, glaube ich, »der Haubentaucher«.) Doch es waren anscheinend nicht so viele Fliegen auf dem Meer wie in dem Hotelpool oder sie verteilten sich hier besser. Jedenfalls befand Herr Weinheimer den Atlantik für genießbar, preßte seine Chlorbrille fest auf die Augen und schwamm ein paar Züge in den sich auftuenden Wellentälern.

Die Brandung war wirklich nicht wesentlich stärker als sonst. Wie üblich behielten wir Weinheimers Kopf, so gut es ging, im Blick. Hinter den Wellenkämmen verschwand er kurz, aber noch bevor man ihn ernsthaft vermissen konnte, tauchte er wieder auf: ein dunkler Fleck im weißschäumenden Meer, Herr Weinheimer in seinem Element.

Es gab keinen Grund zur Beunruhigung. Frau Weinheimer und ich unterhielten uns so angeregt wie immer, vielleicht noch ein wenig angeregter, weil die Gefahr bestand, daß Herr Weinheimer jederzeit wieder aus dem Wasser steigen konnte, früher als üblich und von Kopf bis Fuß mit toten Gewitterfliegen übersät. Vielleicht dankten wir dem Sturm sogar insgeheim dafür, daß er uns gezeigt hatte, wie kostbar die Zeit ohne Weinheimer war. Auf jeden Fall genossen wir die wenigen weinheimerlosen Minuten des Tages noch mehr als sonst. Gut möglich, daß wir seinen auf den Wogen wippenden Schopf dabei kurzzeitig aus den Augen verloren.

Es sollte das letzte Mal sein, daß wir ihn und uns vergaßen.

Ich glaube noch heute, daß es Seevögel waren, die plötzlich anfingen zu schreien, Möwen wahrscheinlich, die der aufkommende Wind hochgescheucht hatte. Doch Frau Weinheimer bestritt das von Anfang an. Sie war überzeugt, wir hätten Weinheimers Stimme gehört, obwohl das bei der Brandung an Telepathie grenzen würde. Wir haben nie wieder darüber gesprochen. Aber was auch immer uns alarmiert hatte, wir wußten sofort, daß es ernst war. Erst zu diesem Zeitpunkt, würde ich sagen, hatten wir ein Weinheimer-Problem.

Es dauerte eine Weile, bis wir ihn im Wasser ausmachen konnten, den schwarzen Fleck, der Weinheimer sein sollte. Und als wir ihn endlich wieder im Blick hatten, war es genau genommen kein Fleck mehr, sondern nur noch ein kleiner schwarzer Punkt. Der Wind hatte aufgefrischt, Brecher kamen auf, und es sah aus, als würde Weinheimer von einer starken Strömung immer weiter aufs offene Meer getrieben.

Wir sprangen auf und rannten ans Wasser. Frau Weinheimer schrie und wedelte mit den Armen, ich machte es ihr nach. Wir wateten schon bis zu den Knien in den auslaufenden Wellen, aber Weinheimer war immer noch weit weg. Für einen Moment schien es, als würde er uns sehen und zurückwinken, aber offenbar wehrte er sich nur verzweifelt gegen die Gischt und die Wellen, die auf ihn einstürzten. Er kam nicht mehr dagegen an.

»Tu was«, schrie Frau Weinheimer mich an, »tu doch was!« Ich winkte und rief noch lauter als vorher. Was sollte ich sonst tun? Ich bin kein guter Schwimmer, nie gewesen. Seit Jahren hatte ich nicht mehr getan, als dann und wann in hüfttiefen Hotelpools herumzuplanschen. Von mir jetzt zu verlangen, daß ich in den Atlantik springe, war einfach absurd. Ich hätte es bei dem Seegang kaum geschafft, mich selber über Wasser zu halten, geschweige denn, jemanden vor dem Ertrinken zu retten. Ich wußte nicht einmal, wie das geht. Weinheimer war der Schwimmer. Wenn er es nicht schaffte, wer dann?

Seine Frau wurde hysterisch. Sie fing an, um sich zu schlagen, schrie und schluchzte mir ins Gesicht. Ihre zu Krallen verkrampften Hände trafen mich an Brust und Rücken. Ich versuchte, ihre Handgelenke festzuhalten, aber sie riß sich immer wieder los. »Tu was! Tu doch was!« kreischte sie in einem fort, als gäbe es nur noch diese zwei, drei Wörter. Es war sinnlos, auf sie einzureden. Das war keine Sprache mehr, es war nur noch Geheul.

Wahrscheinlich hätten die Chancen besser gestanden, wenn Frau Weinheimer ins Wasser gegangen wäre. Sie schwamm mit Sicherheit schneller und besser als ich. Vor allem hatte sie Übung! Aber das konnte ich ihr in ihrem Zustand nicht erklären. Sie sah nur mich. Sie sah meinen Körper. Sie mußte glauben, daß die Muskeln, in die sie sich verliebt hatte, nicht nur zur Zierde da waren. Sie hatte meine Oberarme – die nichts waren im Vergleich zu heute! – als »Kunstwerk« bestaunt und betastet (bei einem kleinen Kletterausflug in das Felsenpanorama der Bucht). Sie war überzeugt davon, daß ich stark bin. Sie hielt mich für kräftiger und männlicher als ihren Mann, das war schließlich der Sinn meines Trainings. Dabei hatte ich meine Muskeln nie zu etwas anderem gebraucht als zum Erhalten und Vermehren meiner Muskeln. Sie waren – genau wie Frau Weinheimer sagte – ein Kunstwerk: nicht zum täglichen Gebrauch bestimmt, sondern nur dazu da, um angeschaut zu werden. Aber das hätte ich ihr nicht einmal erklären können, wenn sie nicht hysterisch gewesen wäre.

Für einen Moment dachte ich daran, Hilfe zu holen. Bis zur Hotelrezeption waren es gut fünf Minuten. Dazu kamen noch einmal fünf Minuten Rückweg, vorausgesetzt, es würde sich auf die Schnelle überhaupt jemand finden, der helfen konnte. Soviel Zeit hatten wir nicht. Aber das war auch nicht der Gedanke. Hilfe holen wäre ein guter Vorwand gewesen, um einfach wegzulaufen.

Ich bekam den rechten Arm von Frau Weinheimer zu fassen, drehte ihn ihr auf den Rücken und zwang sie in die Knie. Sie schrie hell auf –, ob vor Schmerz oder Entsetzen, war nicht zu erkennen, sie schrie überhaupt, sie hörte gar nicht mehr auf. Ich drückte ihren Kopf in den Rückstrom aus Salzwasser und Sand, der um unsere Knöchel sprudelte, ich weiß selbst nicht, warum ich das tat. Dann riß ich mir die Kleider vom Leib und rannte in die Wellen. Ich glaubte nicht eine Sekunde daran, Weinheimer retten zu können. Ich wollte nur nicht wahrhaben, daß mein Körper zu nichts in der Lage war.

Schon vom Strand aus war es schwer gewesen, Weinheimer ins Visier zu bekommen. Im Wasser war es fast unmöglich. Nur manchmal, wenn wir beide nahezu gleichzeitig von den Wellen gehoben wurden, konnte ich ihn in dem hin- und herrollenden Grau für einen Augenblick orten. Doch schon zwei, drei Wellenschläge genügten, um mich so herumzuwirbeln, daß ich selbst nicht mehr wußte, wo ich war. Der Strand verschwand bis auf die Palmenspitzen hinter Wellenbergen. Nur manchmal kam schaukelnd ein Stück Küste in Sicht. Frau Weinheimer war weder zu sehen noch zu hören, und Herr Weinheimer trieb irgendwo da draußen zwischen Schaumkronen und Gewitterwolken. Es war aussichtslos. Ich mußte zurück.

Ich versuchte verzweifelt, dahin zu paddeln, wo ich zuletzt ein Stückchen Strand gesehen hatte. Meine Arme wurden immer schwerer. Ich spürte, wie die Strömung mit mir machte, was sie wollte. Mein Gestrampel war völlig bedeutungslos. Mehrere Verschlagungen trafen mich von der Seite, eine weitere überspülte mich von hinten. Ich schluckte in vollen Zügen Wasser und konnte den Kopf gerade noch lange genug hochreißen, um an dem Brechreiz herumzuwürgen, den das warme Salzwasser auslöste. Dann traf mich schon wieder die nächste Welle. Ich verlor die Orientierung, bekam keine Luft mehr. Immer, wenn ich daran denke, überkommt mich Todesangst, auch heute noch. Aber damals, in dem entscheidenden Augenblick, war ich zu sehr damit beschäftigt zu kämpfen. Ich wußte zwar, daß ich Angst hatte. Doch ich konnte sie nicht spüren. Sie war nur ein Gedanke, kein Gefühl. Dafür fehlte die Zeit.

Ich hatte mich vollkommen überschätzt. Vielleicht war es mir nur darum gegangen zu zeigen, wie sehr ich Weinheimer überlegen war. Vielleicht dachte ich auch, keine Brandung der Welt könnte mir etwas anhaben. Doch was auch immer ich mir im Wasser beweisen wollte, ich hatte mich in meinem Körper getäuscht. Ich war machtlos.

Es ist schwer, klüger zu sein als das eigene Spiegelbild und nicht an das zu glauben, was man sieht. Genau wie Frau Weinheimer hatte ich mich in ein Bild von mir verliebt, vielleicht nicht ganz so unkritisch wie sie, aber doch soweit, daß ich verblendet war. Im Meer mußte ich auf einmal erkennen, daß dieses Bild keinen Bestand hatte. Mein Siegertum war Illusion, in Wirklichkeit vermochte ich nichts. Und obwohl das nur ein vergleichsweise kleiner Teil des Problems war angesichts dessen, was auf dem Spiel stand, war es nicht unwichtig. Es war der Teil des Problems, mit dem die Weinheimer-Krise begann.

Ich kämpfte schon längst nicht mehr darum, wieder an Land zu kommen. Ich kämpfte nur noch um Luft. Es hätte mir von Anfang an klar sein müssen, daß es nur zwei Möglichkeiten gab: Ich konnte Weinheimer entweder retten oder mit ihm untergehen. Alles andere war ausgeschlossen. Von dem Augenblick an, als ich ins Wasser ging, war ich verdammt. Mein Leben und Weinheimers Leben waren auf einmal untrennbar miteinander verbunden. Ich konnte nicht ohne ihn zurückkommen. Ein Mann, der herausschwimmt, um einen anderen zu retten, und ohne ihn zurückkommt, ist ein Mörder. Oder ein Versager. In jedem Fall hat er das Leben eines Menschen auf dem Gewissen.

Und er hat ab einem bestimmten Punkt nur noch an seine eigene Haut gedacht. Das ist klein. Wenn ein Mann ins Wasser springt, um einen anderen zu retten, ist das der Beginn einer großen Geste. Es ist ein Bild. Doch damit hat er sich festgelegt. Er kann nur als Retter zurückkommen oder gar nicht. Er muß ein Held sein, tot oder lebendig, ein Held oder ein Märtyrer. Etwas anderes läßt das Bild nicht zu. Es erlaubt kein Versagen. Wer mit leeren Händen zurückkommt, hat ein Tabu gebrochen. Er hat am Ende nur seine eigene Haut gerettet und sich dabei an der Geste versündigt, von der er ausgegangen war. Das ist kein Verbrechen, es ist schlimmer als das. Es ist klein, nicht nur, weil er sich damit schuldig gemacht hat oder lächerlich oder beides. Er hat sein Bild zerstört. Statt an dieses Bild zu denken, hat er ab einem gewissen Punkt nur noch an sich gedacht, ans nackte Überleben. Und damit hat er jedes Recht auf ein Bild seiner selbst verwirkt.

Ich hustete und würgte Wasser. Zwischen den Brechattacken japste ich nach Luft und versuchte, weiterzuschwimmen, zwecklos. Die Strömung war zu stark. Es hatte keinen Sinn, sich dagegen zu wehren. Ich konnte nicht mehr. Ich hatte verloren. Ich brauchte mir das nicht einzugestehen, es war eine simple physische Tatsache.

Eine merkwürdige Ruhe stellte sich ein. Ich kämpfte nicht länger gegen den Rückstrom der Wellen an, ich ließ mich einfach treiben und konnte mich auf einmal über Wasser halten. Ich bekam wieder Luft. Es war ein Fehler gewesen, einen Kampf aufzunehmen, den ich nur verlieren konnte. Aber wahrscheinlich war ich nicht Schwimmer genug, um diesen Fehler auf Dauer mit einer Möglichkeit zu verwechseln. Dafür hatte ich weder die Technik noch die Kondition. Ich gab auf, und es ging.

Als ich nach einem breiten Wellengürtel in das nächste Tal sackte, war plötzlich Weinheimer neben mir. Keine drei Meter weiter pendelte sein schwarzer Schopf wie eine Boje im Wasser. Er war völlig erschöpft. Vermutlich hatte er seine ganze Kraft verbraucht, nur um sich auf der Stelle zu halten. Ich weiß nicht, ob er mich sah. Ich weiß nicht, ob er überhaupt noch etwas sehen konnte oder blind war vor Erschöpfung. Sein Kopf wippte schwer und schläfrig mit dem Seegang auf und ab. Ich rief ihn. Ich brüllte immer wieder seinen Namen. Aber er drehte sich nicht um.

Ich schwamm einige seitliche Züge. Ich wollte vor allem vermeiden, daß einer der aufschwappenden Wellengipfel uns wieder trennt, Weinheimer und mich, einen Mann, den ich kaum kannte und dessen Frau mir nur durch ihre Schlüsselbeine aufgefallen war.

Bis ich ihn erreichte, dauerte es eine Ewigkeit. Er trieb mit dem Rücken zu mir im Wasser. Sein Kopf nickte vorwärts und rollte dann zurück in den Nacken. Er sank. Ich bekam ihn an der Schulter zu fassen, rutschte aber wieder ab. Dann mengte ich meine Hände unter seine Achseln. Ich hatte ihn nun, doch ich mußte unentwegt mit den Beinen strampeln, um nicht mit ihm unterzugehen. Das konnte nicht funktionieren. Es kostete zuviel Kraft. Länger als ein, zwei Minuten konnte ich soviel Gewicht nicht halten.

»Weinheimer!« Ich schüttelte seinen schlaffen, schweren Körper, keuchte und schrie, »Weinheimer, verdammt noch mal, wie rette ich dich?« Ich schrie es ihm direkt ins Ohr, zweimal, dreimal. Aber Weinheimer sagte nichts.

Ich versuchte, ihn weiter aus dem Wasser zu stemmen, tauchte dabei aber selber unter und mußte seinen Oberkörper wieder absinken lassen, um Luft zu holen. Wir wechselten uns gewissermaßen mit dem Atmen ab – was hatte ich mit diesem Mann eigentlich zu schaffen? – und pendelten eine Weile im Wasser wie zwei Bleigewichte auf einer Waage. Doch meine Kräfte ließen nach. Ich brachte seinen Körper kaum mehr an die Oberfläche. Auch meine Bemühungen, ihn gleichmäßiger aufs Wasser zu legen, schlugen fehl. Er sackte immer wieder ab. Ich konnte ihn nicht länger heben oder halten. Also probierte ich es mit Schleppen.

Ich hielt seinen Arm fest und drehte mich auf den Bauch. Der Gedanke war, ihn beim Brustschwimmen wie einen Sack auf den Rücken zu nehmen. Dazu mußte ich unter ihn tauchen und seinen Körper schultern. Sein Gewicht drückte mich hinab. Ich dachte, ich könnte auf diese Weise vielleicht ein paar Züge unter Wasser schaffen. Aber Weinheimer war zu schwer. Ich kam nicht wieder hoch. Die Luft wurde knapp. Ich versuchte, ihn abzuschütteln, aber es ging nicht. Ich hatte mich in seinem leblosen Körper verfangen.

Panik überkam mich. Ich strampelte und schlug nach allen Seiten. Deswegen begriff ich nicht gleich, was es bedeutete, als ich plötzlich mit den Zehenspitzen auf Grund stieß. Ich schrie auf vor Schmerz und verlor das letzte bißchen Luft, das ich noch in den Lungen hatte. Aber meine Füße faßten reflexartig nach, bis mir auf einmal klar wurde, daß es fester Boden war, den ich berührte, Steine, Felsengrund. Ich konnte mich aufrichten, ich konnte stehen!

Ich stemmte Weinheimer beiseite und riß den Kopf aus dem Wasser. Die nächsten Wellen rollten seitwärts heran, doch mir blieb Zeit für ein, zwei Atemzüge, bevor die Brandung wieder über mich hinwegging. Ich verlor noch einmal kurz den Boden unter den Füßen, taumelte, wurde aber nur ein paar Meter weiter in Richtung Felsen gespült, wo ich Halt fand. Ich stand jetzt bis zur Brust im Wasser, keuchte und zog Weinheimer wieder an mich heran, aus dessen Umklammerung ich mich gelöst hatte. Ich preßte ihn an mich und wartete auf die Wellen. Ich weiß nicht, wie lange ich so mit ihm ausharrte.

Es waren nur Seitenausläufer der eigentlichen Brecher, die über die Felsbänke wischten. Aber sie hätten nicht kräftiger sein dürfen. Mit Weinheimer in meinen Armen bot ich reichlich Angriffsfläche. Die Steine schnitten in meine Fußsohlen. Ein höhergelegener Felsen schien in Reichweite, aber ich war zu erschöpft, um hinaufzuklettern. Nur langsam tastete ich mich an Land. Das letzte Stück legte ich kriechend zurück. Weinheimer mußte ich aus dem Wasser schleifen. Die Strömung hatte uns an den Rand der Bucht getrieben. Wenn wir hier keinen Boden unter die Füße bekommen hätten, wäre alles vorbei gewesen. Knapp zwanzig Meter weiter ging es hinaus aufs offene Meer.

Ich hatte Weinheimer zur Hälfte auf einen Felsen gezogen. Weiter schaffte ich es nicht. Dort blieb er ausgestreckt liegen und ich neben ihm. Die Erschöpfung fuhr mit mir Karussell. Doch jedesmal, wenn sich eine Art Schlaf oder Bewußtlosigkeit einstellen wollte, schreckte ich auf und dachte nur den einen Gedanken: Wo ist Weinheimer? Wo ist er? Ich faßte nach seiner Hand und hielt sie fest. Ich hielt sie die ganze Zeit umklammert. Ich ließ auch nicht los, als endlich Hilfe kam. Weinheimer bedeutete mir nichts, aber mein Leben war mit ihm verbunden.

Ich glaube bis heute nicht, daß Frau Weinheimer Hilfe geholt hat. Wahrscheinlich hatte sie irgendwer am Strand entdeckt und dann die Rezeption alarmiert, die ihre Leute ausschickte. Vier Bajaner in Rettungswesten kamen über Land – natürlich ging niemand ins Wasser! Sie hielten sich an einem Seil fest und kletterten die Felsen hinunter. In ihrem gaumigen, aufgeregten Englisch redeten sie durcheinander. Ich setzte mich auf, während sie sich um Weinheimer scharten. Ich sah ihnen nicht einmal zu. Es interessierte mich nicht mehr. Ich starrte nur vor mich hin. Mir war zum Heulen zumute. Dann wurde mir bewußt, daß ich die ganze Zeit an Weinheimers Hand herumknetete, und ich ließ sie fallen.

Weinheimer hatte viel Wasser geschluckt, aber offenbar keines in der Lunge. Die Bajaner kümmerten sich um ihn und machten sich zum Transport bereit. Einer von ihnen wollte mir aufhelfen, ich winkte ab. Doch er wich nicht von meiner Seite. Während die anderen drei mit Weinheimer vorausgingen, blieb ich mit meinem Bewacher zurück. Ich konnte das nicht mitansehen. Ich wollte nicht dabei sein, wenn Herr und Frau Weinheimer sich in die Arme schlossen. Ich hätte ihren Anblick nicht ertragen und erst recht nicht ihren Dank. Ich haßte ihn. Ich haßte sie. Ich wollte niemanden mehr sehen. Ich wollte nur, daß es vorbei ist. Aber es war erst der Anfang der Weinheimer-Krise.

Den Rest des Urlaubs verbrachte ich mit einem Haufen von Amerikanern im Fitnessraum. Ich hatte noch keinen richtigen

Plan, was meinen Körper anging, aber ich wußte, daß ich unmöglich bleiben konnte, wie ich war. Mit ein, zwei Trainern verstand ich mich gut. Sie sagten nicht viel und arbeiteten hart. In den Pausen legten wir uns an den Pool und schlürften bunte, fruchtstrotzende Cocktails aus rüsselartigen Strohhalmkonstruktionen – es war das letzte Mal, daß ich Alkohol trank. Natürlich ging keiner von uns ins Wasser.

Beim Spättraining lernte ich ein Mädchen aus South Carolina kennen, das sich Loretta nannte und Kurse in Aerobic gab. Wir kamen über Haarbänder ins Gespräch. Sie hatte einen breiten, leicht entstellenden Akzent, doch sie war ein Engel im Gymnastikdress.

Die Schlüsselbeine von Frau Weinheimer bekam ich nur noch aus der Ferne zu Gesicht. Ich ging den Weinheimers, wo ich nur konnte, aus dem Weg. Ich empfand einen geradezu körperlichen Widerwillen gegen sie. Es waren dieselben Schlüsselbeine, symmetrisch und makellos, aber sie hatten all ihren Zauber für mich verloren.

Am Morgen vor meiner Abreise fand ich einen Strauß geschmackloser Orchideen auf der Schwelle meines Bungalows, dazu einen Brief und eine Karte. Ich brauchte sie nicht zu lesen, um zu wissen, wer dahintersteckte. Weinheimers Danksagungen riß ich in Stücke. Die Blumen schenkte ich Loretta, die sich auf amerikanische Art sehr darüber freute. Sie war gerade neunzehn geworden, doch ich vermied jeglichen Körperkontakt. Der Gedanke, mit Frau Weinheimer geschlafen zu haben, verekelte mir alles. Ich war heilfroh, als ich wieder im Flugzeug saß, nachdem ich mich vergewissert hatte, daß es nicht die Maschine war, mit der die Weinheimers zurückflogen. Ich werde ihnen nie verzeihen. Und ich bin sicher, daß Claaßen das nicht versteht.

5

Ich bin endlich satt. Ich wußte schon gar nicht mehr, wie das ist. Seit Monaten habe ich nicht mehr warm zu Mittag gegessen. Und fast wäre mir in dem Restaurant, das Claaßen ausgesucht hatte, der Appetit vergangen. Die Apfelschorle schmeckte ziemlich phantasielos. Zur Überbrückung der Wartezeit wurde geschnittenes Stangenweißbrot mit Kräuterbutter gereicht. Lauter leere Kohlenhydrate mit Fett! Nach Vollkornknäcke oder wenigstens einem Stück Zwieback wagte ich gar nicht erst zu fragen. Zum Glück war Isabell nicht mit von der Partie. Sie hätte das Lokal sofort kommentarlos verlassen.

Auf der Mittagskarte standen Menüs, die nur mit einem mehrstündigen Verdauungsschlaf zu bewältigen gewesen wären. Zwanzig Jahre nach Einführung der ›Nouvelle cuisine‹ konnte man sich hier immer noch bewußtlos essen, weshalb Claaßen den Laden wohl für einen Geheimtip hielt.

Ich hatte zunächst einen grünen Salat mit Artischockenherzen und gedünsteten Spargelspitzen bestellt, weil mein Kreislauf einen Schub Folsäure gebrauchen konnte. Das dauerte allerdings eine nährwertvernichtende Viertelstunde. Und als der Salat endlich kam, war er mit soviel Olivenöl angemacht, daß ich ihn mit der Bemerkung »overdressed« zurückgehen lassen mußte.

Allein der Humor und der appetitanregende Hintern unserer Tischkellnerin gaben mir die nötige Geduld. ›Janine‹, wie Claaßen sie unentwegt nannte, besaß ein bemerkenswertes Halbprofil und war damit auf Tischhöhe äußerst präsent. Von daher wartete ich gelassen auf den ungeschälten Boskop-Apfel, den ich nach dem Salatdebakel dringend brauchte, um mein Immunsystem zu stärken. Ich war mit den Nerven am Ende. Und ich hätte es sicher nicht ausgehalten, wenn Janine mir nicht bei meiner zweiten Apfelschorle das Gefühl gegeben hätte, ich könnte jederzeit ihre Telefonnummer bekommen.

Die Hühnerleber (Eisen pur!) mit ungesalzenem Basmatireis, blanchierten Karotten und leicht gedünstetem Brokkoli stimmte mich ungewohnt milde. Ich spielte sogar mit dem Gedanken an einen Nachtisch – oder war es der Gedanke, daß Janine sich über mich beugt und mir die Dessertkarte erläutert? Wir einigten uns schließlich auf eine Schale fettreduziertes Mangomousse mit reichlich Vitamin A zur Anregung der Sexualhormone. Isabell hätte diesen Wink sofort verstanden, auch wenn mir das im Moment gar nicht so lieb gewesen wäre. Bei Janine brauchte es andere Signale. Doch dafür trat sie während des Desserts zweimal in Tuchfühlung mit mir, um zu fragen, ob es schmeckt. Jedesmal streiften ihre halbmondförmigen Hinterbacken meinen Oberarm, und jedesmal sagte ich ja. Meine Stimmung stieg, zusammen mit der Zuversicht, daß Claaßen an seinem Rumpsteak mit fritierten Kartoffelscheiben und einem Häufchen buttertriefender Brechbohnen schon bald eines qualvollen Todes sterben würde. Zum Nachtisch hatte er Vanillepudding in Karamellsoße.

Ich bin satt und denke, ich sollte Isabell anrufen. Falls Claaßen wirklich vorhat, die Weinheimer-Geschichte gegen mich zu verwenden, ist sie die heißeste Adresse. Schließlich war ich aus Barbados mit den besten Vorsätzen zu ihr zurückgekehrt. Ich hatte eine Zeitlang fast gar keine Affären, trainierte härter denn je und war heilfroh, nachts nicht auch noch durch fremde Betten turnen zu müssen. Drei Wochen nach Barbados feierten Isabell und ich inoffiziell Verlobung. Es war unsere schönste Zeit. Ich habe das Thema immer gemieden, aber natürlich ließ ich sie in dem Glauben, ich hätte auf dieser Reise gründlich über uns nachgedacht. Es wäre sehr unschön, wenn sie jetzt von Frau Weinheimers Schlüsselbeinen erfahren würde – zumal sie mir beruflich immer noch sehr schaden kann und Claaßen in direkter Linie davon profitiert. Unauffällig taste ich nach meinem Handy.

Claaßen redet noch immer über mich, aber er sagt mir nichts Neues. Ich bezweifle inzwischen, daß er mehr über Weinheimer weiß als die üblichen Vermutungen angesichts gehörnter Ehemänner, die an meinem Arbeitsplatz aufkreuzen. Was für eine Schwachstelle Weinheimer tatsächlich ist, scheint er nicht mal zu ahnen.

Ihn interessiert ganz etwas anderes. Ich glaube, Claaßen glaubt, ich wüßte Bescheid über mögliche Veränderungen in der obersten Etage. An den Spekulationen über meinen Aufstieg beteilige ich mich nicht. Aber wahrscheinlich erweckt gerade meine Zurückhaltung den Eindruck, ich wüßte mehr, als ich sage. Das ist nicht der Fall. Ich achte nur darauf, Claaßen keine weiteren Informationen zu liefern. Die meiste Zeit wiederhole ich nur mit anderen Worten das, was er gerade gesagt hat. Das macht Claaßen nicht klüger, und so sieht er auch aus. Von daher ist es ein gutes Gespräch.

Ich würde jetzt wirklich gerne Isabells Stimme hören. Es gibt niemanden, der soviel vom Essen versteht wie sie. Sattsein ist ein gefährlicher Zustand. Man wird träge und unaufmerksam. Isabell wüßte, was jetzt helfen würde, um mental hungrig zu bleiben. Ich versuche es mit einem Blick auf Janine, aber schon die Aussicht langweilt mich.

Claaßen bestellt noch einen Cappuccino. Janine kommt und geht mit einem Hüftschwung, den ich zur Kenntnis nehme, ohne etwas dabei zu empfinden. Ich spüre einen Energieschub am ganzen Körper, weiß aber nicht, wohin mit soviel Kraft. Irgendwelche Traubenzucker- und Fructose-Moleküle wirbeln durch meine Blutbahnen. Meine Beine kribbeln vor Bewegungsdrang. Nur mein Kopf ist vor Müdigkeit wie in Watte gepackt. Isabell könnte mir sofort sagen, warum.

Janine lehnt in diskretem Abstand an einer Säule und beobachtet uns. Ihre Hüften sind leicht eingeknickt. Zu irgendeiner dezenten Hintergrundmusik schiebt sie das Becken langsam vor und zurück. Ihr Hintern ist fast nicht zu sehen. Nur eine schmale Sichel zeichnet sich in der Vorwärtsbewegung ab. Ich frage mich, wie man das nennt. Spricht man in einem solchen Fall von zunehmendem oder abnehmendem Mond? Dann vergesse ich, wie ich überhaupt darauf gekommen bin. Ich zähle noch einmal all diejenigen Bartstoppeln in Claaßens Grübchen, die mindestens drei Tage alt sind oder älter. Es sind immer noch acht.

Jetzt wäre vielleicht die Gelegenheit, ganz nebenbei das Sekretärinnen-Thema anzuschneiden. Ich stütze die Ellbogen auf den Tisch und bringe meine Unterarme ins Spiel, um Claaßen seine Unterlegenheit zu demonstrieren. Doch die Frage, wer mit wem auf welche Weise und wie oft, stellt sich mir momentan nicht. Proportional zu meinem Hunger hat auch meine Faszination für Frau M. nachgelassen. Das sind die Gefahren des Sattseins. Alles verliert an Interesse. Gestillter Hunger ist nichts anderes als ein Vorläufer der Depression.

Seelenruhig löffelt Claaßen seinen Cappuccino. Eine Milchflocke rinnt seinem Grübchen entgegen. Abgründe tun sich auf. Irgendwo lacht Janine hell und wie geschmeichelt. Doch das ist ganz weit weg.

Ich hebe zufällig den Blick, als plötzlich Weinheimers Gesicht neben einer Säule auftaucht. Es dauert nicht länger als eine Sekunde, aber wir schauen uns direkt in die Augen. Dann verschwindet er wieder hinter dem Säulenrund. Sein Schatten verharrt im Halbdunkel, lautlos. Er bewegt sich nicht. Doch ich erkenne die Umrisse seines schlammbraunen Jacketts im Widerschein des Speisefischaquariums.

Claaßen setzt seine Cappuccinotasse ab. Die Schaumflocke auf seinem Kinn ist noch vor Erreichen des Grübchens vertrocknet. Ich darf mir nichts anmerken lassen, das ist jetzt das Allerwichtigste. Meine Unterarme über der brombeerfarbenen Tischdecke wirken auf einmal unsagbar schlaff und profillos. Aber ich ziehe sie nicht zurück. Das würde nur noch mehr Aufmerksamkeit auf sie lenken. Ich darf nicht einmal denken, daß ich schwach bin. Ich habe nicht ein Jahr umsonst trainiert.

Janine geht unverschämt nah an mir vorbei. Sie streift mich nicht nur, sie reibt sich fast an mir. Ich kriege Gänsehaut bis auf die Handrücken. Ihr Blick wandert kein einziges Mal zu der Säule, hinter der Weinheimer steht. Claaßen fixiert mich mit zusammengekniffenen Augen. Vielleicht hat ihm mal jemand erzählt, das sähe besonders scharfsinnig aus.

So gelangweilt wie möglich erkundige ich mich nach seinen Urlaubsplänen. Ich weiß selbst nicht, wo ich das höfliche Desinteresse an anderen Menschen jedesmal hernehme. Doch kaum habe ich das Wort »Urlaub« ausgesprochen, als mir plötzlich klar wird, daß Claaßen meine Frage – wie war sie noch gleich? – mißverstehen muß. »Urlaub«, das muß sich für jemanden mit seinem beruflichen Ehrgeiz anhören, als würde er demnächst entlassen, was gar nicht in meiner Macht steht. So kann ich überhaupt nur reden, weil ich selber schon anfange zu glauben, was Claaßen von mir denkt. Ich bin nicht befördert, auch wenn meine Dementis immer unglaubwürdiger klingen. Ich spreche nicht für die oberste Etage, obwohl ich jetzt schon in Andeutungen rede wie sie. Ich weiß nichts Definitives, wobei ich das als Mitglied der obersten Etage jetzt auch sagen würde.

Claaßen sieht mich völlig entgeistert an. Er muß glauben, ich hätte ihm gerade mit seiner fristlosen Kündigung gedroht. Weinheimers Wiederkehr setzt mir mehr zu, als gut ist.

Ich entschuldige mich, wie um die Toilette aufzusuchen. Ich will auf keinen Fall, daß es nach Flucht aussieht. Unter dem Tisch greife ich nach meinem Handy, der Brieftasche, meinen Schlüsseln. Alles andere kann hierbleiben. Lasse ich später holen.

Betont langsam stehe ich auf und tupfe mir dabei mit einer Stoffserviette ausführlich den Mund ab. Niemand soll sagen können, daß ich es eilig hatte. Claaßen lasse ich wissen, daß es mit Urlaubsplänen immer so eine Sache ist. Meistens wird nichts daraus. Damit deute ich genau das Gegenteil von dem an, was ich ihm gerade vor einer Minute angedeutet habe. Auch das gehört zur Sprache der obersten Etage. Der Effekt auf Claaßen ist enorm. Er will etwas erwidern. Doch ich lasse ihn nicht zu Wort kommen, sondern fange einen neuen Satz an und gehe dann mittendrin. Jeder, der uns zuhört, muß davon überzeugt sein, daß ich wiederkomme.

Ohne einen Seitenblick folge ich dem Wegweiser Richtung Toiletten. Ich muß mich sehr beherrschen. Mein Stoffwechsel stellt lauter Energie bereit, die ich im Augenblick nicht brauchen kann. Ich hätte große Lust, zur Herrentoilette zu joggen oder durch einen kurzen Treppensprint wenigstens etwas für meinen Knackarsch zu tun. Leider ist das WC nur über den Flur.

Ich warte, bis die Tür ins Schloß gefallen ist. Dann kontrolliere ich sämtliche Kabinen, um sicherzugehen, daß ich allein bin. Über den beiden Marmorwaschbecken hängt ein großflächiger Wandspiegel mit Goldrahmen, sehr gut ausgeleuchtet. Ein Jammer, daß ich nicht mehr Zeit habe. Ich ziehe mein Handy aus der Hosentasche und gebe meinen PIN-Code ein. Dabei verfolge ich aufmerksam meine Unterarmmuskeln im Spiegel. Durchmesser und Differenzierung der einzelnen Muskelstränge stimmen wieder. Ich stehe vor einem Rätsel. Woher dieser Schwächeanfall über der Brombeertischdecke? Wie ist das möglich nach allem, was ich für meine Unterarme getan habe?

Ungläubig starre ich in den Spiegel. Ich fange an, meinem Körper zu mißtrauen wie in den finstersten Zeiten der Weinheimer-Krise. Es sind gerade solche Augenblicke, in denen man sich rein zufällig in einem Schaufenster oder einer Glastür sieht, die einem zu denken geben. Eine Sekunde lang füllt mich die Sorge um die Flüchtigkeit meines Körper völlig aus. Vermutlich hat auch das Mangomousse, das nun wirklich nicht sein mußte, um meinen Nabel herum angesetzt. Ich habe die Hände schon an der Gürtelschnalle. Doch dabei treten der gemeinsame Fingerstrecker, der lange radikale Handstrecker und – diagonal dazu – der lange Daumenwegzieher so gestochen scharf hervor, daß es mir gelingt, mich zu beruhigen.

Ich begnüge mich damit, meine Brustmuskeln anzuspannen, was die gesamte Vorderansicht hebt, und schaue mir dabei zu, wie ich auf mein Handy schaue. Über Kurzwahlspeicher rufe ich Isabells Notfallnummer ab. Der Empfang auf der Herrentoilette ist teilgestört. Tief senkt sich die Knopfleiste meines Hemdes in den Brustbeingraben zwischen den Muskelovalen. Sogar durch zwei Lagen Textilien betrachtet, befindet sich der Definitionsgrad meiner Brustmuskulatur auf höchstem Niveau. Ein steiler Schatten fällt modellierend in die Mittelfalte meines Oberhemds, während ich die Fliesen nach einem besseren Empfang abschreite. Ich sehe gut aus. Mein Handy klingelt.

Ich erkenne die fremde Nummer auf dem Display sofort. Außer Isabell und meiner Sekretärin ruft mich auf diesem Apparat niemand an. Von daher kann es nur Weinheimer sein. Ich schaue in alle Deckenwinkel der Herrentoilette. Nirgendwo eine Kamera. Trotzdem werde ich das Gefühl nicht los, daß er mich sieht.

Ein Pissoirbecken, dem ich zu nahe gekommen bin, spült automatisch. Ich renne zur Tür, reiße sie auf und gehe mit klingelndem Handy zurück zu unserem Tisch. Weinheimer ist verschwunden. Der Widerschein des Aquariums verliert sich im Nichts. Mein Handy-Jingle wird immer lauter. Ich tue so, als wäre ich der letzte in diesem Lokal, der es bemerkt. Hektisch krame ich in meiner Hosentasche und schalte es aus.

Mit einem entschuldigenden Kopfschütteln setze ich mich wieder zu Claaßen. Doch der schaut ganz woanders hin. Er gibt Janine einen Wink, was so aussehen soll, als verlange er die Rechnung. Erst jetzt wird mir klar, daß er es gewesen sein muß, der Weinheimer hierhergelotst hat. Er wußte als einziger, wo wir landen würden. Ich frage mich, was noch alles passieren muß, damit ich ihn nicht länger unterschätze.

Janine bringt die Rechnung auf einem Silbertablett und zwei Digestifs, die wir nicht bestellt haben. »Eine kleine Aufmerksamkeit des Hauses«, lispelt sie. Ich weiß, daß sie lügt. Sie stellt die beiden Schwenker vor uns hin. Der Geruch von Hochprozentigem steigt mir in die Nase. Weinheimer weiß, daß ich keinen Alkohol trinke. Er weiß auch, seit wann. Das ist seine Art von Humor.

Ohne die Rechnung anzuschauen, lege ich einen Zweihunderter auf das Tablett und fuchtele mit meinem Handy herum, zum Beweis dafür, daß ich es eilig habe. Dann verabschiede ich mich mit großem Bedauern, was bei mir immer echt wirkt. Claaßen lasse ich auf den Digestifs sitzen. Nach der Mahlzeit kann er sie gebrauchen. (Circa 300 Kilokalorien zusätzlich und wieder einen Schritt näher am Grab!) Janine sehe ich nicht länger an als nötig. Sie sollte sich in Zukunft besser überlegen, auf wessen Seite sie steht. Ich werde dieses Restaurant nie wieder betreten.

Ein Taxifahrer streckt mir seinen Arm entgegen und winkt mich in seinen Wagen. Die Tür hat er bereits aufgerissen. Der Motor läuft. Ich lehne ab, doch er zerrt mich weiter, eine Hand an meinem Ellbogen. Ich kann das Nummernschild nicht erkennen. Ich will mir sein Gesicht merken, aber es ist zur Hälfte von einer Schirmmütze verdeckt. Wir sind schon an der Autotür, da reiße ich mich los. Ich laufe. In meinem Rücken höre ich ihn fluchen, doch ich laufe, ohne mich umzuschauen. Es kommt mir gar nicht so vor, als würde ich fliehen. Meine Beine wollen diese Bewegung. Nur ausschreiten, abfedern und wieder ausschreiten. Passanten kommen mir entgegen, denen ich ausweiche. Ich überhole zwei Anzugträger im Gespräch. Ich weiß, daß sie mir nachschauen, kopfschüttelnd vermutlich, aber das ist mir egal. Ich laufe Slalom. Ich genieße die Leichtigkeit der Bewegung, die mir so gemäß ist. Am liebsten würde ich mir jetzt die Schuhe ausziehen und barfuß weiterlaufen. Nur mein Magen ist ein bißchen voll.

Als ich das Bürogebäude erreiche, steht das Taxi schon dort. Ich schwitze leicht, aber angenehm. Keine Bäche, kein Schweißfilm, nur lauter kleine Perlen auf der Stirn und meinen Unterarmen, die im Moment sogar mir imponieren. Ich könnte sie küssen mit ihren goldenen Härchen und dem markanten Geflecht von Adern, das kraftvoll hervortritt bei einem Puls von, schätzungsweise, hundertdreißig.

Ich kann den Taxifahrer in der Menschenmenge vor dem Haupteingang nicht entdecken. Es sind mehrere Schirmmützen darunter. Wenn er es auf mich abgesehen hat, wartet er ohnehin beim Pförtner. Ich nehme die Vortreppe, zwei Stufen am Stück, und achte darauf, auch in der Drehtür nicht aus dem Rhythmus zu kommen, indem ich locker auf der Stelle laufe. Die klimatisierte Luft der Vorhalle jagt mir kalte Schauer über die Haut. Ich behalte einen leichten Laufschritt bei und schlage die Arme vor der Brust zusammen. Der Pförtner diskutiert mit einem Menschen, der sich über die Sprechvorrichtung beugt, als wolle er in sie hineinkriechen. Ich sehe von ihm nur seine hochgezogenen Schultern und ein Stück Nacken, während ich die Zwischentreppe mit einem Kurzsprint hinter mir lasse. Dann trabe ich an der Fahrstuhlgalerie vorbei, weiter zum Treppenhaus. Ich fühle mich gut und vollkommen im Einklang mit mir selbst. Es ist, als wäre Weinheimer nie gewesen.

Bevor ich zum eigentlichen Gipfelsturm ansetze, schüttele ich noch einmal Arme und Beine aus. Wenn ich die restlichen Telefonate schnell erledige und dabei ein bißchen Gymnastik mache, könnte ich aus dem Laden hier wieder raus sein, noch bevor ich völlig abgekühlt bin. Vielleicht sollte ich Isabell anrufen und unsere Verabredung ein paar Stunden vorverlegen in der Hoffnung, daß ihr das überhaupt nicht paßt. Je früher ich gehe, desto größer die Auswahl im Fitness-Studio. Der Gedanke an meine Trainerinnen motiviert mich. Welche von ihnen es heute sein wird, halte ich mir offen. Aber ich bin fest entschlossen. Mich packt eine immense Lust, mich zu quälen. Ein paar Sekretärinnen mit meiner Figur zu beeindrucken ist einfach. Aber einer Trainerin zu gefallen, die sich mit Körpern auskennt, das gehört zu den größten Herausforderungen, denen einen Mann sich stellen kann.

Ich starte über zwölf Stockwerke ohne Pause plus Skipping in den Zwischengeschossen. Beim Treppensprint sollte man lediglich mit den Fußballen aufsetzen und sich so schnell wie möglich wieder abstoßen. Nur so erreicht man maximale Schrittgeschwindigkeit. Auf den Treppenabsätzen skippe ich im Zeitraffer und ziehe die Knie so weit wie möglich an. Mein Puls steigt auf hundertfünfzig. Ich beschleunige die Schrittfrequenz. Schweißperlen auf meiner Stirn quellen zu Tropfen und laufen mir über die Augenbrauen. Mein Hemd ist durch. Meine Unterarme spritzen auf die Stufen. Aber nur eine Trainingsnull würde jetzt aufgeben.

Kurz vor der neunten Etage strauchele ich leicht und greife nach dem Geländer, um mich abzustützen. Leichter Schwindel. Mir ist schwarz vor Augen. Ich bin weit über die anaerobe Schwelle hinaus. Aber ich muß zurück und die Treppe noch mal machen. So ein Gestolpere kann ich nicht auf mir sitzen lassen, das würde ich mir nie verzeihen. Auf Etage elf dann unglaubliche Glücksgefühle. Mein Blick hat sich bis auf Münzgröße verengt. Ich sehe nur noch Stufenkanten und Treppenabsätze. Der Rest ist verschwommen. Aber ich könnte jetzt endlos weitermachen. Ich erreiche die Zwölf und stürze zum Auslaufen hinaus auf den Gang. Ein wollüstiger Schmerz durchzieht meine Waden und Oberschenkel, die Pulsfrequenz schnellt über hundertsiebzig. Ich torkele an zwei gesichtslosen Kollegen vorbei und ramme den Kopierer, auf dem ich zwei Pfützen in Form meiner Hände hinterlasse. Eine Mitarbeiterin kommt mir entgegen, aber ich kann nur raten, um wen es sich handelt. Eine unserer zahlreichen Susannen vermutlich. Sie bleibt stehen, ich laufe weiter. Susannen neigen zum Stehenbleiben. Auf den letzten Metern spüre ich die Sauerstoffschuld am ganzen Körper. Meine Lungen bersten. Mein Puls tobt. Ich reiße die Tür zu meinem Büro auf und bin da.

Viola springt auf, als sie mich sieht. Sie könnte etwas mehr Begeisterung zeigen, schließlich bin ich der Marathonmann! Doch anscheinend habe ich sie erschreckt. Ich muß furchtbar aussehen, aber ich fühle mich fabelhaft. Bei ihr ist es offenbar umgekehrt.

»Die oberste Etage hat schon viermal angerufen!«

Ich verstehe nicht ganz, was daran so aufregend sein soll, aber gut. Ich will Viola nicht noch mehr verstören. Ich schwitze. Ich bin von den Anstrengungen meines Extremtrainings gezeichnet. Doch ich habe für ihre Belange ein offenes Ohr. Aufmunternd schaue ich sie an, wofür ich meine letzten Kraftreserven mobilisieren muß. Es wäre schön, wenn sie endlich zur Sache käme. Unterdessen tropfe ich in meinem Vorzimmer die Auslegware voll.

»Die oberste Etage hat viermal angerufen«, wiederholt sie, »und ich wußte nicht, wo Sie sind!« Ihre Stimme zittert – ist es Wut oder Nervosität? Für ihre Verhältnisse wird sie erstaunlich deutlich. Doch ich bin dermaßen in meinem Körper angekommen, daß ich auch das verkraften kann. Ich schaue schuldbewußt auf meine Schuhspitzen und trete dabei abwechselnd von einem Bein aufs andere, um meine Fußgelenke auszuschütteln.

Irgendein Halswirbel knackt, als ich anfange, den Kopf kreisen zu lassen, so daß ich nicht ganz mitbekomme, was die oberste Etage nun eigentlich von mir will. Ich wundere mich nur, daß auch Viola vom »großen Meister« spricht. Ganz entfernt streift mich der Verdacht, Claaßen könnte sie vielleicht hinter meinem Rücken gebrieft haben. Aber ich bin zu sehr im Serotonin-Rausch, um diesem Gedanken nachzuhängen, zumal Viola jetzt beinahe gebetsmühlenartig den Namen »Dr. Stickroth« wiederholt. Also habe ich mich wohl einfach nur verhört, was sehr gut sein kann. Die Verspannung in meinem Nacken hat sich inzwischen derart festgesetzt, daß sich bei jeder

Umdrehung ein alarmierendes Knirschen vom Rückenmark bis unter meine Hirnschale schraubt.

»… und deswegen bittet die oberste Etage dringend um Bestätigung, weil es so eine besondere Ehre ist, daß Dr. Stickroth Sie morgen bei sich zu Hause empfängt. Sie haben sich den Termin doch freigehalten. Das habe ich Ihnen schon vor Wochen gesagt …«

Ich frage mich ganz nebenbei, ob Claaßen von Frau M. auch solche Vorträge zu hören bekommt oder ob seine Sekretärin nicht eine größere Gelassenheit an den Tag legt. Vielleicht könnte ich bald jemand Robusteres gebrauchen. Ich kühle allmählich aus. Mein nasses Hemd klebt mir am Rücken. Wo ich auch zupfe und ziehe, überall feuchtkalter Stoff. Jetzt kommt die kritische Phase. Wenn ich mich nicht sofort vernünftig abwärme, habe ich morgen eine Erkältung, was mich auf 65 Prozent meiner physischen Leistungsfähigkeit zurückwerfen würde, und das wäre bei meiner augenblicklichen Form ein herber Rückschlag.

»Dann bestellen Sie den Damen da oben schöne Grüße und herzlichen Dank. Ich stehe morgen pünktlich um elf – «

»Um zehn!« Viola ist wirklich wütend.

»– um zehn beim großen Meister vor der Haustür. Es ist mir eine Ehre undsoweiter. Ach, und vergessen Sie nicht, mir seine Adresse und eine kurze Wegbeschreibung rauszusuchen, damit ich auch, Sie wissen schon.«

Ich habe es eilig. Zwischen der zentralen Trainingseinheit und dem Abwärmen sollten nicht mehr als ein, zwei Minuten liegen, sonst versteift die gesamte Muskulatur.

»Und außerdem …« setzt Viola noch einmal nach, fast klingt es, als wolle sie mir drohen, aber dafür habe ich jetzt wirklich keine Zeit mehr. Ich schließe die Tür zu meinem Büro und absolviere ein paar Rumpfbeugen mit gekreuzten Beinen zwecks Dehnung der hinteren Oberschenkelmuskulatur einschließlich Gesäß und Rücken. Dann gehe ich in Schrittstellung mit dem Gesicht zur Wand, stemme beide Arme gegen die Holztäfelung und strecke das jeweils hintere Bein durch. Die Verkürzung, die ich in den Wadenmuskeln spüre, nähert sich der Grenze zum Krampf. Ich hätte keine Sekunde länger warten dürfen.

So eine Einladung zum Hausbesuch beim großen Meister ist sicher eine Ehre, Viola hat schon recht – auch wenn ihr Timing absolut unsensibel war. Das erklärt natürlich Claaßens heutige Belagerung. Er muß wie immer Wind von der Sache bekommen haben. Wahrscheinlich wundert er sich, wie ich mit einer solchen Chance vor Augen derart locker bleiben kann. Ich kann von Glück reden, daß ich vorhin noch nichts davon wußte.

Ich wechsele zurück in den Stand, winkele jeweils ein Bein an und ziehe die Ferse beidhändig hoch bis zu den Hinterbacken. Die Anspannung in meinen vorderen Oberschenkeln löst sich mit einem warmen, faserigen Prickeln. Das alte Triumphgefühl kehrt zurück. Ich werde es ihnen allen zeigen, Claaßen, meinen Trainerinnen und Frau M. Ich werde den großen Meister morgen um den Finger wickeln, Viola feuern und Isabell in die Wüste schicken. Ich werde die oberste Etage stürmen und für Weinheimer und all die anderen ewig unerreichbar sein. Davon bin ich so felsenfest überzeugt, daß ich ausnahmsweise sogar das Abwärmen unterbreche und meine Hände zu Jubelfäusten balle. Ich reiße die Arme hoch und danke Gott, denn ich weiß, daß Weinheimer mir jetzt nichts mehr anhaben kann. Sämtliche Schwächen sind eliminiert, jede Spur von Versagen getilgt, ich bin am Ziel! Dann sehe ich auf meinem Schreibtisch einen Strauß geschmackloser Orchideen mit einem Brief und einer Karte. Ich brauche sie nicht zu lesen, um zu wissen, wer dahintersteckt. Nichts kann mich davon abhalten, dieses obszöne Gewächs in den Mülleimer zu schmeißen. Doch noch während ich auf den Schreibtisch zustürze, meldet sich Viola über Intercom mit einer bis zur Unkenntlichkeit monotonen Stimme.

»Und außerdem war ein Herr Weinheimer hier, er hat mich gebeten, sie noch einmal ausdrücklich an Ihr Jublilälum« – Papierrascheln – »an Ihre ›Wiedergeburtstagsparty‹ zu erinnern.«

6

Ich gehe die Liste der Klienten durch, die Viola mir gegeben hat. Das meiste erledige ich vom Handy aus. Zwei Treffen für heute nachmittag sage ich kurzfristig ab und kläre das Nötigste telefonisch. Es ist zwar immer besser, wenn man sich Auge in Auge gegenübersitzt. Es ist vor allem seriöser. Aber dafür müßte ich den Fitness-Komplex verlassen, und dazu bin ich heute nicht mehr bereit.

Zum Sauna-und-Massage-Trakt haben alle Trainingsebenen Zugang. Deswegen sieht man hier gelegentlich auch Körper, wie Gott sie schuf. Es ist noch vor Feierabend und von daher nicht besonders voll. Zwei, drei hausfrauenähnliche Wesen treiben im Whirlpool. Der Schlammbadebereich scheint gut besucht. In der gemischten Sauna hockt ein Pärchen, er ein eher südländischer Typ (mit Achsel- und Brustbehaarung!), sie, ihrer Maniküre nach zu urteilen, wohlhabend. Die Tagesschminke, die sie aufgetragen hat, hält sich erstaunlich lange und verläuft dann doch. Als ihr die Wimperntusche auf die Knie tropft, verschwinden die beiden turtelnd unter den Wechselduschen. Es war das einzig richtige, gleich in die Sauna zu gehen, nach all dem Ärger im Büro. Ich gieße noch eine Kelle auf. Dann bitte ich eine Masseuse, die Musikberieselung leiser zu stellen und telefoniere ungestört.

Börsengänge sind wieder mal das Thema der Saison. Gerade die Start-upler mit Liquiditätsengpässen meinen immer, wenn sie es bis zum Börsengang schaffen, sind all ihre Probleme gelöst. Börse ist das Zauberwort, Börse ist magisch. Es gibt angenehmere Dinge, als jemandem klarzumachen, daß das zwar generell zutrifft, aber nicht für ihn, solange die Idee noch nicht reif ist. An der Börse – Magie hin oder her – überleben nur solide Ideen.

Ich schwitze schön. Ich weiß nicht, welcher Laune der Natur ich das zu verdanken habe, aber es gibt bei mir keine ausgesprochenen Schweißzentren, deren Drüsenarmada Sturzbäche absondert. Ich transpiriere gleichmäßig aus allen Poren. Dadurch wirkt mein Schweiß immer frisch. Man könnte von einem harmonischen Tropfenwurf sprechen, der sich spielerisch mit meinem bronzefarbenen Teint verbindet. Bedauerlicherweise ist wieder einmal niemand da, der das zu schätzen weiß.

Ich müßte wahrscheinlich nur halb soviel reden, wenn ich die Leute, mit denen ich spreche, vor mir hätte. Aber so, im Schweiße meines Angesichts, macht es mir richtig Spaß zu telefonieren. Ich mag das Gefühl von Schwerstarbeit bei 80 Grad Celsius und tropischer Luftfeuchtigkeit, wenn jeder Atemzug zum Kraftakt wird. Das ist Leistung. Wie unbefriedigend wäre es dagegen, jetzt in irgendeinem vollklimatisierten Konferenzraum zu sitzen mit lauter Thermoskannen und Obstsaftfläschchen auf dem Tisch, um genau dasselbe zu sagen. Ich hasse diese Elefantenrunden, bei denen der Leib nur eine Last ist, die man schwerfällig von einer Gesäßhälfte auf die andere verlagert. Ich will meinen Körper bei der Arbeit spüren, nicht als Hindernis, sondern als funktionierenden Organismus. Und das geht am besten beim Telefonieren unter Extrembedingungen. Außerdem ist das Fitness-Studio mit Sicherheit der letzte Ort, an dem Weinheimer aufkreuzt.

Ich habe einen schweren Fall von Börsenfieber am Apparat und muß mich zwei Bänke tiefer legen. Dabei verläuft das Tropfenarrangement auf meiner Haut. Mein Brusthaar übersteht das. Es ist nicht so lang, daß es verklebt. Körperbehaarung ist an und für sich schon heikel. Aber wenn es beim Schwitzen auch noch so aussieht, als hätte man Büschel von waberndem Seegras auf der Brust, ist die Schmerzgrenze überschritten. Zum Glück haben meine »Lämmchenkringel« (Stephanie bei einer Bootstour auf dem Canal du Midi) die nötige Spannkraft, um ihre Form zu behalten und nicht in Schweiß zu zerfließen. Mal verfängt sich ein einzelner Tropfen funkelnd in meinem Spiralhaar. Aber nie driftet es formlos und aufgelöst dahin.

Von einem Gewaltmarsch an die Börse rate ich dringend ab. Statt dessen empfehle ich zur Überwindung der ersten Kinderkrankheiten ein konsolidierendes Gespräch mit unserer Hausbank. Wenn mich nicht alles täuscht, haben sich vorgestern sogar zwei Trainerinnen lobend über meine »flauschige Naturkrause« geäußert (nach einem Koordinationsparcours auf dem Pezziball). Um mich in ihrem Getuschel zu verewigen, würde ich vor nichts zurückschrecken. Trotzdem betrachte ich die Brusthaarproblematik nach wie vor als ungeklärt.

Ich mag rationale Gespräche mit rationalen Menschen. Es gibt eine gewisse Zielsetzung – Umsatzsteigerung, Gewinnmaximierung –, und um sie zu erreichen, wählt man die geeignetsten Mittel aus. Das verschafft mir die Zeit, über das längst fällige Telefonat mit Isabell nachzudenken.

Themen, die ich meiden sollte: (Liste A)

1.) Das Essen mit Claaßen nicht erwähnen, sie könnte eifersüchtig werden! Möglicher Vorwurf: Deine Kollegen führst du zum Essen aus, mich nicht. Darüber hinaus wäre es strategisch von Nachteil, wenn sie mir wichtige Tips für meinen Ernährungsplan gibt. Dann stehe ich schon nach dem Thema Essen in ihrer Schuld und wecke Erwartungen auf eine Gegenleistung, die ich nicht erbringen kann (oder will). Außerdem ist es schon halbverdaut.

2.) Mit keiner Silbe andeuten, daß ich im Fitness-Studio bin! Möglicher Vorwurf: Wenn du soviel Zeit hast, warum verbringst du sie dann nicht mit mir. Es ist immer besser, wenn

Isabell den Eindruck hat, daß ich an der Grenze meiner Belastbarkeit bin. Das verlangt ihr gewisse Rücksichten ab und stempelt mich zum potentiellen Rabenvater. Wo sollte ich bei meinem randvollen Terminkalender noch Zeit für Kinder hernehmen? Was mich zum dritten und gravierendsten Tabu-Thema bringt:

3.) Keine Kinder! Alles, was auch nur entfernt nach Kindern klingt, den Gedanken an Kinder nahelegt oder eine mögliche Überleitung zum Thema Kinder sein könnte, ist um jeden Preis zu vermeiden. Höchste Alarmstufe! Isabell auch keinesfalls mit ›Baby‹ oder ›Kleines‹ oder ›Kindchen‹ anreden! Verzichte überhaupt auf jegliche Form von Verniedlichung! Möglicher Vorwurf: Du willst es doch auch. Du bist nur zu egoistisch, um dir deinen Kinderwunsch einzugestehen. Dabei könnte ich mit gleichem Recht behaupten, ich sei im Gegenteil nicht egoistisch genug, um die Welt mit kleinen kreischenden Ebenbildern meiner selbst zu bevölkern. Doch Argumente sind Schall und Rauch gegen die Macht der Biologie. Wenn diese Diskussion erst einmal im Gange ist, bin ich verloren. Aus der Nummer komme ich nicht mehr raus.

Und damit zum Positiven. Themen, die ich ansprechen sollte, in chronologischer Reihenfolge: (Liste B)

1.) Den Termin beim großen Meister morgen vormittag. Für Isabell sollte ich sogar behaupten, er sei bereits um neun – was den angenehmen Nebeneffekt hätte, daß ich mich heute abend jederzeit entschuldigen kann. Schließlich beginnt morgen früh für mich die Zukunft. Außerdem bedeutet ein solcher Karriereschritt mehr Arbeit, mehr Streß, mehr Geld. Das läßt mich als Vaterschaftskandidaten immer fragwürdiger erscheinen und stärkt zugleich meine Verhandlungsposition.

2.) Die Weinheimer-Problematik, das eigentliche Thema! Nachdem ich Isabell meine Stärke und Autorität demonstriert habe (siehe B 1.), kann ich mir jetzt eine sympathische Schwäche leisten. Ich bringe ihr die ganze Geschichte schonend bei und nehme meinen Gegnern so den Wind aus den Segeln. Vor allem sollte ich mein Geständnis als großen Vertrauensbeweis ihr gegenüber darstellen. Das Wort ›Vertrauen‹ kann in diesem Zusammenhang gar nicht oft genug fallen. Auf diese Weise errichte ich bei Isabell zumindest eine moralische Hemmschwelle, mir die Schlüsselbeine von Frau Weinheimer bei der nächsten Gelegenheit wieder vorzuwerfen. Eine solche moralische Sicherung ist natürlich nur das zweitbeste. Das beste wäre, Weinheimer ganz oben auf Liste A zu setzen und kein Sterbenswörtchen über ihn zu verlieren. Aber dazu ist die Situation im Augenblick zu brenzlig. Und es würde meine Offenheit völlig entwerten, wenn Claaßen oder Weinheimer mir zuvorkämen.

Sobald ich hinreichend Reue gezeigt habe und Isabell mir noch einmal vergibt, ist die Zeit schließlich reif für:

3.) die Vorverlegung unserer Verabredung aus terminlichen Gründen. Mögliche Einleitung: Übrigens, warum ich dich eigentlich anrufe … Dann der übliche Sermon, ob es bei ihr eventuell auch etwas früher ginge. Mir sei etwas dazwischengekommen – auf Nachfrage gegebenenfalls ein nächtliches Briefing in Sachen Dr. Stickroth. Es täte mir leid, aber wenn sie sich nicht zwei Stunden vor der Zeit freimachen könne, dürfte es wohl heute nichts mehr werden, was gerade nach einem solchen Gespräch niemand mehr bedauern würde als ich. Das wäre ein schönes Schlußwort.

Wir einigen uns auf die schriftliche Ausarbeitung eines Unternehmenskonzepts mit optimistischem Investitionsvolumen und einem exakt bezifferten Finanzierungsplan, um es verschiedenen Geldgebern vorzulegen. Leitfrage: Warum wird mein Geschäft ein Erfolg? Ich biete an, die endgültige Version noch einmal eigenhändig zu überarbeiten, damit sichergestellt ist, daß sämtliche Schlüsselbegriffe an der richtigen Stelle stehen und das branchenübliche Maß an Zuversicht den Ton angibt. Dann klettere ich wieder eine Bank höher, lege mich auf mein Badetuch und gebe meine mobile Fax-Nummer durch. So regelt man Angelegenheiten.

Es ist Zeit für eine eiskalte Dusche und ein paar kräftige Peitschenhiebe mit original finnischen Birkenzweigen. Aber ich gebe mir noch eine Minute, um den unwahrscheinlichen Fall zu durchdenken, daß Isabell trotz meiner sehr elastischen Terminplanung hier aufkreuzt. Ich sollte sie von vornherein so bestellen, daß mir nach Saunagang, Tauchbecken und Fußbad noch eine gute Stunde bleibt. Auf diese Weise habe ich ausreichend Zeit für eine erste Geräterunde auf unserer Trainingsebene sowie ein lockeres Sondierungsgespräch mit dem weiblichen Personal. Man muß täglich etwas dafür tun, um im Getuschel der Trainerinnen präsent zu bleiben. Und falls Isabell am Ende dazustößt, sieht es mehr nach einem zufälligen Zusammentreffen aus, was mich noch interessanter macht. Isabells Körper ist perfekt genug, um sogar bei unseren Trainerinnen erotische Konkurrenzgefühle zu wecken, und ihren Kinderwunsch sieht man ihr schließlich nicht auf den ersten Blick an.

Zielstrebig, wenn auch ein bißchen benommen, erhebe ich mich und steuere auf die Wechselduschen zu. Mir ist klar, daß man den Kältestrahl zuerst auf die vom Herzen am weitesten entfernten Extremitäten richten sollte (rechtes Bein, rechter Arm, linkes Bein usw.). Aber daran kann ich mich jetzt nicht halten. Entscheidend ist im Augenblick ein kühler Kopf.

Damit wäre auch beschlossen, daß die Brusthaarproblematik fürs erste vertagt ist. Weinheimer scheint mir dringender. (Daran, daß er die Brusthaarfrage kurzzeitig von Platz eins meiner

Probleme verdrängt hat, läßt sich ablesen, wie dringend!) Und es wäre unklug, Isabell auf einen Schlag zwei wunde Punkte zu offenbaren. Ich darf im Gegenteil nicht einmal daran denken, daß es an meiner Brustbehaarung etwas auszusetzen geben könnte. Mit solch einer mentalen Hypothek in den Geräteparcours einzusteigen wäre psychologisch sehr ungeschickt. Wie will ich meine Trainerinnen überzeugen, wenn ich von mir selbst nicht überzeugt bin?

Die Wechseldusche schaltet auf warm, aber ich habe noch nicht genug und stürze mich in das Tauchbecken. Kälte rauscht mit Tausenden von Nadelstichen über meine heiße Haut. Eiskristalle ketten sich um meinen Körper und zerspringen. Ich stoße unter Wasser einen Schrei aus – blubbernder, vibrierender Atem. Dann mache ich noch ein paar Schwimmzüge mit leeren Lungen und tauche völlig entspannt am Beckenrand wieder auf.

Die original finnischen Birkenzweige sind aus. Ich schaue um ein paar Ecken, doch es ist niemand da, bei dem ich mich beschweren könnte. Und ich bin momentan nicht in der Stimmung, die Dinge so eng zu sehen, daß ich deswegen gleich die Direktion anrufen würde. Also nehme ich mir eine Decke und mache mich auf den Weg zum Ruheraum.

Es wäre natürlich ökonomischer, die Ruhephase nach dem Saunen gleich mit einem Fußbad zu verbinden. Vielleicht könnte mir schon mal jemand einen Bottich mit warmem Wasser bringen? Doch von dem Personal, das immer zur Stelle ist, wenn man sich gerade in ein Handtuch schneuzt, fehlt jede Spur. Ich sehe nur einen in Frottee gehüllten Hintern über den Gang huschen, der mich massiv an Frau M. erinnert, auch wenn sie um diese Zeit unmöglich schon Büroschluß haben kann. Unwillkürlich streiche ich mir mit einer Hand über die Magengrube, stelle aber keine nennenswerten Höhlungen oder

Hungergefühle fest. Bei dem Gedanken an Frau M. regt sich nur leichter Appetit.

Der Ruheraum ist von mehreren älteren Damen belegt, die ihre Wolldecken um Kopf und Schulter gerafft haben wie osmanische Klageweiber. Sie sehen nicht so aus, als hätten sie auf mich gewartet. Ich nuschele eine Begrüßung. Doch es kommt nur ein müdes Nicken von der Kapuze links hinten in der Ecke. Ansonsten herrscht völlige Regungslosigkeit. Mir ist auf Anhieb klar, daß es keine gute Idee wäre, von hier aus mit Isabell zu telefonieren.

Meinem Kreislauf zuliebe sollte ich mich einen Augenblick hinlegen, aber ich verschiebe das. Selten habe ich mich an einem Ort so unerwünscht gefühlt. Ich unterdrücke den Reflex, mich zu entschuldigen, und trete zurück auf den Gang. Schon wieder etwas Zeit gespart.

Ich muß mich zwischendurch ein paarmal an der Wand abstützen, aber ich schaffe es wohlbehalten in den Fußbadebereich. Hier ist keiner. Mit einem Handtuch um die Hüften setze ich mich auf einen Schemel und lasse die Füße im knöcheltiefen Wasser baumeln. Die Druckstellen und Schwielen, die von meinem Treppensprint stammen, entgehen meiner kritischen Begutachtung keineswegs, aber ich spüre sie nicht. Das meiste davon ist tote Haut und läßt sich bei der nächsten Pediküre einfach wegschmirgeln. Ich atme tief durch und zücke mein Handy. Der Kurzwahlspeicher produziert Isabells Büronummer mit der mir so vertrauten Zahlenmelodie. Über Rufumleitung lande ich auf irgendeinem Firmenapparat. Man reicht mich weiter.

Ich weiß nicht, wo ich Isabell gerade erwische. (Ich hüte mich auch, danach zu fragen, um nicht die entsprechende Gegenfrage zu provozieren, siehe A 2.) Doch der Einstieg läuft bestens. Isabell scheint nicht völlig im Streß zu sein, aber sie hat auch nicht die Zeit, um uferlos zu werden. Wir tauschen ein paar Befindlichkeitssätze aus, und schon landen wir zwanglos bei Dr. Stickroth privat. Jetzt ist erst einmal tiefstapeln angesagt. Ich tue aufrichtig so, als fände ich die Bezeichnung ›Zukunftsfrühstück‹ für ein paar Semmeln beim Chef weit übertrieben. Isabell findet das auch. Überhaupt nimmt sie B 1 sehr gelassen auf. Sie könnte sich eine Spur mehr für mich freuen, aber gut.

Ich albere noch ein bißchen herum, um ihr zu zeigen, wie locker und unverkrampft ich die ganze Angelegenheit sehe. Das sollte sie eigentlich stutzig machen. Aber sie lacht nur und interessiert sich nicht für die Details. Vielleicht ist sie auch gerade anderweitig abgelenkt.

Die erste kleine Stimmungsdelle haben wir, als ich den genauen Termin für meinen morgigen Hausbesuch bei Stickroth durchgebe: Punkt acht Uhr dreißig! Die Folge ist sofortiges Verstummen. Im ersten Moment denke ich, jetzt habe ich den Bogen überspannt. Doch das ist nicht gesagt. Wahrscheinlich hatte sich Isabell bloß auf eine abendfüllende Begegnung mit mir eingestellt. Und den Zahn muß ich ihr ohnehin ziehen – spätestens bei Punkt B 3! –, also kann ich genausogut schon einmal damit anfangen.

Isabell schweigt wie ein Funkloch. Ein paar Sätze lang spreche ich nur mit mir selbst. Doch dann geht es recht munter weiter. Vielleicht habe ich das richtige Stichwort erwischt. Vielleicht hat Isabell auch nur ein bißchen Zeit gebraucht, um meine drohende Absage zu verdrängen (die spätestens mit B 3 Wirklichkeit werden wird). Wie auch immer. Ich lasse sie ein bißchen von ihrem Tag erzählen. Das gibt mir die Möglichkeit, kurz die Augen zu schließen und meinem Kreislauf nachzuspüren. Für einen Moment verliere ich mich auf einer Reise durch meinen erschlaffenden Körper. Was mich direkt auf das Weinheimer-Thema bringt.

Ich halte eine kleine Vorrede, in der jedes zweite Wort aus einer etymologischen Abwandlung von »Vertrauen« besteht. Ich muß nicht einmal lügen, als ich ziemlich düster vorausschicke, diese Geschichte hätte ich noch nie jemandem erzählt. Meine Stimme bebt vor Wahrhaftigkeit. Dann komme ich unter Aussparung der Caroline-Monika-Episode auf Barbados zu sprechen.

Das Wissenswerte über Land und Leute schenke ich mir, weil ich nicht möchte, daß mein Akku schlapp macht, bevor wir mit B 2 zu Ende sind. Frau Weinheimer und ihre Schlüsselbeine hebe ich mir für später auf. Ich möchte das Wohlwollen meiner Zuhörerin nicht gleich am Anfang aufs Spiel setzen.

Ausführlicher beschäftige ich mich dagegen mit der Hurrikan-Warnung, den toten Fliegen und der aufgewühlten See. Weinheimers trotziger Schwimmausflug nimmt sich in meiner Schilderung sogar recht lustig aus. Doch Isabell ist das Lachen vergangen. Ihr schwant nichts Gutes. Ich beschreibe noch einmal ganz eindrücklich die tosende Brandung. Dann gehe ich mit wenigen Worten über meinen bescheidenen Part in den Fluten hinweg und lausche dem Schweigen am anderen Ende. Vielleicht hätte ich wenigstens erwähnen sollen, daß es Frau Weinheimer überhaupt gibt.

»Soll das heißen, du hast ihm das Leben gerettet?« Isabell hört sich an, als wäre ich der letzte Mensch auf der Welt, dem sie so etwas zutraut. Dabei habe ich nur getan, was jeder andere in meiner Situation auch getan hätte, und genau das sage ich ihr.

»Du hast einem Menschen das Leben gerettet?!«

Ich würde es vielleicht nicht so pathetisch ausdrücken, aber ja, klar.

»Wo liegt das Problem?«

»Das Problem besteht darin …« Spätestens jetzt müßte ich mit Frau Weinheimer rausrücken, aber warum Isabell unnötig verletzen? Möglicherweise komme ich auch mit einem Teilgeständnis durch. »Das Problem ist, ich kann ihn nicht mehr sehen.«

»Wie, sehen?«

»Ich kann, ich kann nicht …« Ein bißchen ärgert es mich, daß ich nicht imstande bin, in ganzen Sätzen zu sprechen, aber es klingt wenigstens aufrichtig. »Ich, Isabell, ich ekle mich vor ihm.«

»Ja, aber wieso denn? Ist er irgendwie naßforsch?«

»Nein, nein.«

»Überheblich?«

»Nein.«

»Undankbar?«

»Nein, ganz und gar nicht. Es ist eher seine Dankbarkeit, die …« Für einen Moment habe ich die Hoffnung, daß Isabell mich vielleicht auch so versteht, ohne Worte. Ich hole einmal tief Luft. »Sie ist mir zu – klebrig.«

»Du hast einem Menschen das Leben gerettet und ekelst dich jetzt vor seiner Dankbarkeit?« Deswegen die vielen Halbsätze. Wenn man es so in einem Rutsch sagt, klingt es irgendwie sonderbar.

»Isabell, er verfolgt mich. Er lauert mir neuerdings überall auf, im Restaurant« – Achtung, A 1! – »im Büro, auf der Straße. Er …«, das war knapp, »er schickt mir Blumen, immer dieselben obszönen Orchideen, schreibt Karten, Briefe, läßt mir Botschaften übermitteln. Und alles nur, um mich zu diesem Jubliäum einzuladen, zu seiner ›Wiedergeburtstagsparty‹. Es ist der reine Terror!«

»Du willst nichts mehr mit ihm zu tun haben.« Isabell bringt es auf den Punkt. Ich wußte, daß es richtig ist, mit ihr zu sprechen.

»Ich will nichts mehr mit ihm zu tun haben. Du sagst es.«

»Er soll dich für immer in Ruhe lassen. Was geschehen ist, ist geschehen, und damit basta.«

»Ja, ich meine« – dieses Gespräch übertrifft alle meine Erwartungen –, »es ist schließlich auch mein Leben. Ich möchte nicht bis ans Ende meiner Tage mit Herrn Weinheimer verbandelt sein, nur weil ich einmal zufällig zur falschen Zeit am falschen Ort – «

»Du fühlst dich noch immer für ihn verantwortlich.«

»Verantwortlich ist vielleicht nicht das richtige Wort. Aber ich finde, er könnte sich irgendwie, wie soll ich sagen, würdiger verhalten, wenn du weißt, was ich meine. Immerhin habe ich mein Leben für ihn riskiert. Ich hätte genausogut tot sein können. Andere Strömungsverhältnisse, ein Brecher zum falschen Zeitpunkt, und es wäre aus gewesen, aus und vorbei. Ich hätte mich geopfert, meinen Körper, meine Karriere, und für wen? Für einen Versager! Für einen Typen, der nichts Besseres zu tun hat, als seine idiotischen Schwimmabenteuer in Jubiläumsparties hochleben zu lassen!«

Ich finde, auch ohne Frau Weinheimer hört sich das ganz überzeugend an.

»Du fühlst dich also verfolgt.« Der therapeutische Tonfall, den Isabell auf einmal anschlägt, gefällt mir gar nicht.

»Ich fühle mich nicht verfolgt. Ich werde verfolgt. Weinheimer verfolgt mich. Er hat hinter meinem Rücken mit meiner Sekretärin gesprochen, er macht mit Claaßen gemeinsame Sache, es würde mich nicht wundern, wenn er demnächst bei dir aufkreuzt und – «

»Du mußt hingehen.«

»Ich muß was?«

Ich wünschte, ich hätte mich verhört, doch Isabell spricht so laut und deutlich, als stünde sie neben mir – was ich nicht hoffe! »Du mußt da hingehen, zu diesem Jubiläum, dieser ›Wiedergeburtstagsparty‹, was immer es ist. Du kannst nicht länger davor weglaufen. Du mußt dem Problem entgegengehen.«

»Ja, aber ...«, ich weiß nicht, was ich sagen soll, »es ist schon morgen!«

»Morgen abend?«

»Ja, deswegen die Aufregung, er will unbedingt, daß ich –«

»Ich begleite dich.«

»Nein, Isabell, bitte!« Nichts hält mich mehr auf meinem Schemel. Ich wandere kreuz und quer durch das Fußbad. Wasser spritzt. Mein Handtuch löst sich. Ich kann es gerade noch rechtzeitig auf Lendenhöhe festhalten. »Bitte nicht!«

»Es ist das einzig Richtige.« Sie bleibt hart.

»Aber darauf bin ich absolut nicht vorbereitet. Das ist mental genau die entgegengesetzte Richtung, das kann ich nicht. So was braucht Zeit. Vielleicht nächstes Jahr.«

»Du wirst sehen, danach fühlst du dich besser.«

»Aber ich fühle mich schlechter, jetzt schon!« Ich übertreibe keineswegs. Mir ist schwindlig von meinen planlosen Runden im Fußbadebottich. Das Handtuch hängt auf Halbmast. Von den Waden aufwärts bin ich mit lauwarmem Badewasser besprenkelt. Vom Scheitel abwärts rinnt der Schweiß. Ich hätte nie gedacht, daß Wassertreten dermaßen anstrengend ist.

»Sag mal, wo steckst du eigentlich?«

»Bitte, Isabell, lenk jetzt nicht ab!« Wenn sie auch nur zur Hälfte mitgehört hat, was hier los ist, muß sie glauben, ich sei auf einer Massen-Kneipp-Kur. Fieberhaft suche ich nach einer plausiblen Erklärung. Aber was könnte so klingen wie ich beim Pirouettendrehen im Fußbadebottich mit einem Handtuch zwischen den Beinen?

»Dieser Mann, ja, der lebt in einer absoluten Phantasiewelt. Isabell, eine ›Wiedergeburtstagsparty‹, ich bitte dich, das ist doch ...« Eine total verkalkte Kaffeemaschine, das Wasser-

Shiatsu von der Firmenmeditationsgruppe nebenan? »... wenn ich da morgen hingehe, bestätige ich ihn doch nur in seinem Wahn!«

»Du mußt einem Menschen auch die Möglichkeit geben, seine Dankbarkeit zu zeigen.« Die Art, wie sie das sagt, gefällt mir überhaupt nicht. Aber wenigstens ist A 2 vorerst vom Tisch. »Versetz dich doch einmal in seine Lage –«

»Nein, Isabell, das kannst du nicht verlangen. Ich versetze mich nicht in die Lage von jemandem, der mir hinterherläuft wie ein Irrer. Da weigere ich mich schlicht!«

»Er verdankt dir sein Leben« – ich ahne, worauf das hinausläuft! – »du hast es ihm gewissermaßen ein zweites Mal geschenkt« – ich wußte schon, warum mir dieser Tonfall nicht behagt – »du bist für ihn wie ein Vater.« Da haben wir's, A 3!

»Isabell –«

»Aber du als sein Vater willst nichts von ihm wissen. Deswegen ist er so auf dich fixiert. Wenn du ihm das Gefühl geben würdest, daß du ihn magst, daß du ihn als das akzeptierst, was er ist, und es in Ordnung findest, was er macht, dann könnte er wieder sein eigenes Leben ...«

Gleich wird sie sagen, daß ich lernen muß, Verantwortung für andere Menschen zu übernehmen und ihnen gleichzeitig ihre Freiheit zu lassen.

»Du mußt lernen, Verantwortung für andere Menschen zu übernehmen und ihnen gleichzeitig ihre Freiheit zu lassen.«

Daß ich lernen muß, ihnen zu vertrauen und zu ihnen zu stehen.

»Du mußt lernen, ihnen zu vertrauen und zu ihnen zu stehen.«

Und daß ich nicht einfach ignorieren kann, was für Auswirkungen mein Leben auf das meiner Mitmenschen hat.

»Du kannst nicht einfach ignorieren, was für Auswirkungen

dein Leben auf die Menschen hat, die dich brauchen, deine Anerkennung, deine –«

»Isabell –«

»Deine Zuneigung und –«

»Hör zu, Isabell, ich habe hier einen Ortstermin mit einem wichtigen Klienten aus der Mineralwasserbranche, ich –«

»Und solange du die Vaterschaft für diesen Menschen nicht übernimmst, solange du dich gegen diese menschliche Grunderfahrung sträubst, wo du nur kannst, wirst du nie im vollen Sinne –«

»Also gut«, rufe ich dazwischen, »Isabell!«

»Ja, Schatz?«

»Wir gehen.« Die Notbremse! »Wir gehen hin zu dieser ...«

»Morgen abend. Wieviel Uhr?«

»Morgen, was weiß ich, abends eben! Acht ...«

»20 Uhr. Ist schon notiert.« – Die Tatsache, daß Isabell das Thema Familienplanung so ohne weiteres wieder fallen läßt, gibt mir zu denken. Was, wenn das jetzt ihre neueste Masche ist, um in allen anderen Belangen ihren Willen durchzusetzen?

»Ach, übrigens, was heute abend angeht ...«, Isabell kommt von sich aus auf B 3 zu sprechen, das hat nichts Gutes zu bedeuten. Ich merke, wie mir unser Gespräch vollends entgleitet. Aber ich habe ihr nichts mehr entgegenzusetzen.

Natürlich könnte ich mich rächen. Isabell würde sicher aufhorchen, wenn ich Frau Weinheimer und ihre Schlüsselbeine nachträglich in die Unterhaltung einfließen ließe. Nur leider würde das an morgen abend gar nichts ändern. Im Gegenteil! Isabell wäre nur um so versessener darauf, Herrn und Frau Weinheimer bzw. ihre Schlüsselbeine persönlich kennenzulernen. Und das letzte, was mir noch gefehlt hat, ist eine Szene auf Weinheimers ›Wiedergeburtstagsparty‹.

»Entschuldige, Isabell«, falle ich ihr ins Wort, »aber ich versteh dich gerade ganz schlecht.« Meine Füße haben die Mineralwasserfabrikation wieder aufgenommen.

»Also, ich weiß ja nicht, wie lange du noch bei deinem Sprudelkönig brauchst, aber, hörst du, ginge es bei dir auch etwas früher?«

»Schwierig« – es ist genau das, was ich auch wollte, aber ich kann jetzt unmöglich zum zweiten Mal hintereinander klein beigeben.

»Mir ist das im Prinzip egal, aber Katrin drängelt ein bißchen.« – Katrin? Ihre Freundin! Ich wußte doch, daß ich etwas vergessen hatte. »Sie möchte nicht aus dem Rhythmus kommen, und ihre maximale Leistungsfähigkeit liegt am späten Nachmittag zwischen 17 und 18 Uhr.«

18 Uhr wäre ideal. »Vor acht, halb neun sehe ich keine Möglichkeit.«

»Tja, dann wird das wohl heute nichts mit uns, tut mir leid. Ich wollte Katrin noch ein bißchen das Nachtleben zeigen, und da möchten wir nicht so spät essen gehen. Aber morgen ist schließlich auch noch ein Tag.«

»Halt, warte!« Wir könnten noch Stunden so weiterreden, aber mein Akku gibt mir Alarmsignale, und es wäre psychologisch verheerend, wenn ich meine erste Trainingsrunde mit einer Absage von Isabell im Hinterkopf antreten müßte. »Wenn ich meine Karriere aufs Spiel setze, könnte ich vielleicht um 18 Uhr im Fitness-Studio sein.«

»Es ist deine Entscheidung.«

»Also, ich sage jetzt einfach mal zu«, ein Masseur schaut mißbilligend um die Ecke, und ich setze mich wieder auf meinen Schemel, »aber ich kann nichts versprechen!«

Er bleibt mit verschränkten Armen im Eingang stehen, beachtliche Fingerstrecker.

»Versuch bitte, pünktlich zu sein.«

Mein Akku fiept in immer kürzeren Intervallen.

»Ich bin um 18 Uhr hier, verlaß dich drauf.« Hätte es nicht »da« heißen müssen? Der Masseur starrt mich an wie einen Außerirdischen.

»Also dann, du wirst sehen, Katrin und du, ihr werdet euch mögen. Sie haßt Kinder mindestens so sehr wie du.«

Ich will noch etwas sagen, aber Isabell ist schon weg. Mein Akku spielt seine letzte Melodie. Ich signalisiere dem Masseur, daß ich fertig bin. Er bewegt sich nicht von der Stelle. Eigentlich habe ich fast alles erreicht, was ich wollte. Isabell war nur ein bißchen schneller. Das muß man ihr lassen, sie ist immer für eine Überraschung gut.

7

Noch anderthalb Stunden bis zur Verabredung mit Isabell. Das ist Zeit genug, um mich auf meiner Trainingsebene als Single ins Gespräch zu bringen. Schließlich habe ich heute abend noch nichts vor und fange gerade an, das positiv zu sehen. Außerdem sollte ich die erste Geräterunde absolviert haben, bevor Isabell mit ihrer Freundin eintrifft. Gerade das Vaterschaftsthema wirkt sich oft negativ auf meine sportliche Motivation aus. Wozu trainieren, wenn man am Ende doch nur Kinderwagen durch die Gegend schiebt und gelegentlich ein paar Kilo Lebendgewicht aus den Windeln hebt?

Ich steige in den Fahrstuhl. (Ironischerweise gibt es, von den Fluchtwegen einmal abgesehen, im gesamten Fitness-Komplex keine Treppen, dafür aber Stairmaster auf jeder Trainingsebene.) Allerdings fahre ich nicht gleich ganz nach oben, sondern lege einen kurzen Zwischenstop in der sogenannten Regenerier-Bar ein. ›Bar‹ ist übertrieben. Es handelt sich um einen viereckigen, fast fensterlosen Raum mit einer Kunstpalmendekoration und solariumähnlicher Beleuchtung. Links steht eine Reihe von Automaten, an denen man sich unter Verwendung seiner goldenen Mitgliederkarte überteuerte Energieriegel und Frischobst ziehen kann. Das Getränkeangebot besteht aus einer reichhaltigen Auswahl verschiedener Mineralwasser und mehreren verdünnten Fruchtsäften zu Cocktailpreisen. (Seit ich die ›Regenerier-Bar‹ besuche, träume ich davon, den Erfinder dieses sinnigen Namens einmal kennenzulernen. Ich würde ihm gerne zu seinem Einfallsreichtum gratulieren und den Unterkiefer brechen.)

Ich ziehe mir zwei Liter-Flaschen stilles Wasser – absolut ohne Kohlensäure! – und setze mich an einen der Bistro-Tische am Eingang. Etwas weiter hinten, im Schatten einer Fächerpalmenimitation, stecken ein paar Trainerinnen die Köpfe zusammen. Doch wie es scheint, reden sie nicht über mich. Sie schauen auch nicht zu mir herüber, als ich ein weiteres Mal stühlescharrend aufstehe, um mir am Frucht-o-maten zwei hawaianische Portionsbananen zu ziehen. Aber wahrscheinlich haben sie gerade einen anspruchsvollen Trainingsgang hinter sich und hegen von daher keine unkeuschen Gedanken. Alle tragen sie diese weiten baumwollgrauen Sweater mit Firmenlogo über ihrem Trainingsdress. Das Gefühl von Einsamkeit ist überwältigend.

Ich setze mich wieder und starre die zwei Liter Wasser an, die ich mir jetzt irgendwie zuführen muß. Widerwillig lese ich auf dem Etikett von der hervorragenden Bekömmlichkeit dieser Quelle und ihrer für Sportler günstigen Mineralienkombination: geringer Natriumanteil, viel Magnesium und Calcium. An meinem Durst ändert das nichts. Er ist nach wie vor nicht vorhanden.

Das ist mit Abstand das größte Opfer, das man bei einer bewußten Ernährung bringen muß: das viele Trinken, die Unmengen von nichtssagender Flüssigkeit, die freudlos durch den Körper geschleust werden. Wenn es eine Möglichkeit gäbe, vier bis fünf Liter Wasser pro Tag in Pillenform einzuwerfen, wäre ich der erste, der davon Gebrauch macht.

Die Trainerinnen unter ihrer Palme trinken ungesüßten Früchtetee aus Radlerflaschen mit stufenverstellbaren Verschlußnippeln, die sie mit den Zähnen öffnen. Jedesmal, wenn eine von ihnen das Mundstück ansetzt, durchzuckt mich ein süßer Schmerz.

Ich muß mich auf mein Wasser konzentrieren. Es wäre fatal, bereits die erste Trainingsrunde im dehydrierten Zustand anzugehen. Bevor Isabell und ich uns kennenlernten, habe ich manchmal am Rande des Verdurstens oder auf nüchternen Magen trainiert. Ich war sogar stolz darauf, die Kraftausdauereinheiten ohne Flasche und Verpflegung zu überstehen. Strapazen waren für mich immer die intensivste Art, mich zu spüren. Heute weiß ich, daß ein unbalancierter Flüssigkeitshaushalt verbunden mit einem Mangel an komplexen Kohlenhydraten die Absteigernahrung Nummer eins ist. Der Hunger des Athleten muß im Kopf sitzen, nicht im Körper. Von daher fange ich schon einmal an, die erste Banane zu schälen.

Eine der Trainerinnen erhebt sich und geht vor einem Getränkeautomaten in Stellung. Ihr Gesicht ist auf bezaubernde Weise ausdruckslos, während sie vor der leuchtenden Scheibe steht und sich mit ihrer pinkfarbenen Personalkarte Luft zufächelt. Es sieht so aus, als sei ihr Nackenflaum noch feucht von frischem Trainingsschweiß. Wenn sie sich das gleiche Mineralwasser zieht wie ich, spreche ich sie an. Doch sie geht einen Automaten weiter und besorgt sich eine Packung Kaugummi.

Der Nachteil von stillem Wasser ist, daß der Verschluß beim Öffnen nicht zischt. Insofern gelingt es mir nicht einmal dadurch, Blickkontakt mit den Trainerinnen herzustellen. Langsam fange ich an, mir Sorgen über meine Präsenz zu machen. Ich schaffe den ersten Viertelliter mit Bravour und schiebe ein Stückchen Banane hinterher, um nichts davon zu schmecken. Eine Zeitlang haben Isabell und ich uns sehr mit den Unterschieden zwischen einzelnen Mineralwassern beschäftigt. Manche hatten auch sehr gute Kritiken. Aber letztlich macht einem das ständige Herumprobieren nur noch mehr bewußt, wie viele entsagungsvolle Liter man täglich auf die Reise Richtung Blase schickt.

Ich habe den Deckel noch nicht wieder zugeschraubt, als die Trainerinnen aufstehen und den Raum verlassen, allen voran die Kaugummifrau, deren Nackenflaum sich in kleinen geschmeidigen Kringeln bis zum Kragen ihres Sweaters hinunterschlängelt – eine helle, pelzige Bahn auf ihrer braunen Haut. In der Tür bleibt sie auf einmal stehen und wirft den Kopf zurück für einen letzten nuckelnden Schluck aus der Flasche. Die Linie ihres Halses in der Verlängerung zum Kinn beschreibt einen verboten schönen Bogen. Für einen Moment sieht es so aus, als würde sie mir mit halbgeschlossenen Augen zublinzeln. Dann wendet sie sich gleichgültig ab und verläßt mit den anderen die Bar. Die Frage ist, wo kriege ich jetzt auf die Schnelle so eine Flasche her?

Ich habe einen Motivationsschub, als ich meine Sachen zusammenpacke. Ich werde heute einer Trainerin gefallen. Das ist kein Wunsch, das ist ein absolutes Muß! (Sie hat noch kein Gesicht, doch darauf kommt es auch nicht an.) Ich werde sie für mich begeistern, wie sie sich noch nie für einen anderen Körper begeistert hat. Und dazu muß ich von mir selbst begeistert sein.

Ich schließe noch einmal kurz die Augen und visualisiere mein Ziel. Die Bilder stellen sich sofort ein: mein Körper beim Training aus den verschiedensten Blickwinkeln, Großaufnahmen der einzelnen Muskelpartien, wie sie arbeiten und wachsen. Ich weiß, daß ich es schaffen werde.

In der ersten Euphorie gelingt es mir, noch einen dreiviertel Liter Wasser zu vertilgen, ohne mich zu schütteln. Dann breche ich die Banane in zwei Hälften und schiebe sie mir links und rechts in die Backentaschen. Los geht's!

In locker-flottem Power-Walking schreite ich zwei weitere Ebenen ab, bis ich einen kleinen Laden finde, der Sportartikel und

Zubehör verkauft. Alle, die ich unterwegs frage, sprechen von ›dem Laden‹, doch eigentlich handelt es sich nur um eine Theke, die vom Trainingspersonal mitbetreut wird. (Ich bin fast ein bißchen enttäuscht, daß der geistige Vater der ›Regenerier-Bar‹ an diesem Punkt von seiner Phantasie verlassen wurde, sonst hätte ich es vermutlich mit einer ›Ausstaffier-Bar‹ zu tun.) Ich werde von einem Testosteronpaket im Trägerhemd bedient.

Für einen Betrag, den ich nur zu zahlen bereit bin, weil er über meine goldene Mitgliederkarte abgebucht wird und nicht in den Händen wehtut, greife ich zu. Ich erstehe die expertenübliche Einhänder-Radlerflasche mit ergonomischer Griffverschlankung, dental verstellbarem Verschlußnippel und tropfensicherem Kautschuk-Inlay. Hartplastiknoppen sowie Abflußrinnen entlang der Fingerprägung garantieren Rutschfestigkeit auch bei stark transpirierenden Handinnenflächen. Dazu bekomme ich noch einen ausrollbaren Trinkschlauch gratis, mit dem man beim Joggen angereichte Getränkebecher bis zur Neige leeren kann, ohne dabei vom Laufband zu fallen. Meine Motivation erreicht ihren Höhepunkt.

Ich nehme den Fahrstuhl in die höchste Trainingsebene. Meine Karte wird vom elektronisch gesteuerten Drehkreuz anstandslos akzeptiert. Eine warme Frauenstimme heißt mich über Lautsprecher namentlich willkommen, während ich bereits lokker in die Unisex-Garderobe einlaufe. Ab einem gewissen Niveau von körperlicher Durchbildung verlieren getrenntgeschlechtliche Umkleidekabinen ihren Sinn. Die Angezogenen sind nicht länger mächtiger als die Nackten.

Tänzelnd verstaue ich die Sporttasche in meinem Spind, nicht ohne vorher einen halben Liter stilles Wasser in meine neue Radlerflasche umzufüllen. Mit dem Rest spüle ich vier Eßlöffel Eiweißpulver herunter, um den Muskelneuaufbau anzufüttern. Die zweite hawaianische Portionsbanane nehme ich unter den Arm. Dann jogge ich weiter zu den Fahrradergometern, die in einer Reihe entlang der Fensterfront stehen. Von hier oben hat man eine fabelhafte Aussicht auf die Stadt und die großflächigen Digitalanzeigen aller Räder mit Pulsmesser, Wattzahltacho und aktuellem Trittfrequenzdisplay. Ich schwinge mich auf den Ergometer in der Mitte. Von dort aus kann man den Maschinenpark am besten einsehen. Und man wird am besten gesehen.

Zum Warm-up bevorzuge ich normalerweise Laufbänder, Stairmaster oder Rudererergometer. Man kommt damit schneller und nachhaltiger auf seinen Trainingspuls (plusminus 140), während man sich auf dem Radergometer bei mittlerer Geschwindigkeit und gleichbleibender Trittfrequenz um den Verstand strampelt, bevor der Kreislauf richtig in Gang kommt. Andererseits kann man nirgendwo so gut essen und trinken wie auf dem Fahrrad. Und es wäre albern, soviel Geld für eine Plastikflasche auszugeben, um sie dann nicht zu benutzen. In dem Maschinenpark nebenan zeigt sich niemand. Nur ein unterdrücktes Stöhnen ist zu hören und das regelmäßige Ineinanderrasseln der Gewichtsplatten einer entlegenen Zugmaschine.

Ich steige ein mit einem Puls von 107 und einer Tretleistung von 200 Watt. In der Stadt herrscht Feierabendverkehr. Es ist ein bewölkter, aber weitgehend trockener Tag, stellenweise etwas diesig. Das Rotlicht der bogenarmigen Verkehrsampeln hat einen dunstigen Hof. Ich fahre hoch auf 230 Watt und greife wie aus Gewohnheit zur Flasche, um einen reinigenden Spritzer zur Seite abzugeben. Dann ziehe ich den Verschlußnippel mit den Schneidezähnen ganz auf und trinke, ohne den Blick von der imaginären Strecke vor mir zu lösen.

Aus dem Maschinenpark kommen Stimmen, anfangs eine tiefe, männliche, die mich nicht weiter interessiert. Dazu gesellt sich eine Altstimme mit eher gemischt-geschlechtlichem Appeal. Für einen Moment befürchte ich, heute an die Damenbart-Fraktion unter dem Trainingspersonal zu geraten, für die man die Unisex-Garderoben wohl in erster Linie eingerichtet hat. Doch dann meldet sich wenigstens ein unzweideutig weiblicher Sopran zu Wort. Und da diese Stimme gar nicht mehr aufhört zu reden, scheint ein Körper dazuzugehören, mit dem sie sich die gebührende Aufmerksamkeit verschafft.

Ich lege noch einmal 30 Watt zu und fasse mein Ziel scharf ins Auge. Ich werde heute einer Trainerin gefallen, so wahr ich mich hier quäle! Sie hat noch immer kein Gesicht. Ich weiß nicht, wer sie ist, wie sie sich gibt. Aber ich höre bereits ihre Stimme. Bald werde ich dieselbe Luft atmen wie sie. Mein Puls klettert über 130. Ich schalte in einen höheren Gang. Von den Pedalen kommt nur noch ein dunkles Surren.

Ich sollte jetzt schnell die zweite Banane essen, gewissermaßen als Naturdoping. Der hohe Fruchtzuckergehalt dieser Südfrucht bewirkt einen sofortigen Energiekick und sorgt für eine unverwüstliche Leistungskurve. Durch ihre außergewöhnliche Nährstoffdichte bei gleichzeitig geringem Ballaststoffanteil eignet sich die Banane besonders als Geheimwaffe im laufenden Wettkampf. Sie ist bei mäßigem Kauaufwand gut bekömmlich, enthält hochwertige Kohlenhydratkombinationen sowie wichtige Vitamine und Mineralien zur Krampfprävention. Außerdem erinnert das Samenkreuz im Bananenmark an die Rillungen im Innern meines Nabels, seit er nur noch fünf Millimeter tief ist. Die Schale hänge ich über den Lenker.

Ich nehme noch einen Spritzer aus meiner Radlerflasche und fahre einhändig mit fast 300 Watt über die gedankliche Ziellinie. Jetzt kommt alles darauf an, zügig auf den Rudererergometer zu wechseln. Kein anderes Aufwärmgerät bereitet den Körper so organisch auf kommende Trainingsbelastungen vor. Außerdem läßt sich dadurch die Arm- und Schultermuskulatur eindrucksvoll aufpumpen. Man muß nur den Zugwiderstand nach den ersten zwanzig Schlägen kontinuierlich erhöhen.

Selbstverständlich sollte man nicht schon beim Warm-up an seine absolute Leistungsgrenze gehen. Ein paar Kraftamplituden genügen. Schon drei bis vier kurze Belastungsspitzen zeitigen einen solchen Sauerstoffbedarf in den Mitochondrien, daß Blut und Blutplasma die gesamte Muskulatur anschwellen lassen. Die Muskeln erreichen Maximalumfang und werden heiß, das Aderngeflecht hebt sich ab. Es entspricht zwar nicht ganz dem Sinn des Aufwärmens, schon nach anderthalb Minuten Schlagzahl und Schwierigkeitsgrad bis zum Exzess zu steigern. Aber die Wirkung, die man anschließend beim Betreten des Maschinenparks erzielt, ist kaum zu überbieten. Leider gibt es noch keinen Trick, wie man beim Kraftrudern gleichzeitig aus der Radlerflasche trinken kann.

Ich gehe dreimal weit in den anaeroben Bereich und jage meinen Puls auf 170 oder mehr. Dann lasse ich die Ruder locker ausschwingen, bis meine Atmung die Sauerstoffschuld wieder eingebracht hat. Ich höre meinen Herzschlag in den Schläfen und die Stimme der Trainerin nebenan. Beinahe leiernd kommt die Ermahnung, daß die letzte Wiederholung in einem Übungssatz immer die sein sollte, die man gerade noch mit korrekter Technik ausführen kann. Es bringe gar nichts, wenn man mit Hilfe von Schwungkräften und Ausweichbewegungen noch ein paar Wiederholungen dazumogelt. Das alles klingt sehr nach

Jenny, die im letzten halben Jahr zweimal Mitarbeiterin des Monats war. Leider ist sie seit vierzehn Tagen spurlos verschwunden. Es heißt, sie habe eine Affäre mit dem Studio-Chef.

Atmung und Puls sinken wieder auf Aufwärmniveau. Ich klettere aus dem Ruderergometer und strecke die muskelverkürzten Arme durch. Die Mittelader über meinem Bizeps liegt auf wie ein blauer Schlauch, das Zweistromgeflecht entlang der Unterarme tritt plastisch hervor. Ich werfe noch einen Kontrollblick in den Ballettspiegel und schichte den Rest meiner Banane von der rechten in die linke Backentasche um. Dann betrete ich den Maschinenpark. Mein Oberkörper glänzt in feinperligem Schweiß wie eingeölt.

Leider ist niemand da, der das zu schätzen weiß. Ein paar Hantelfetischisten foltern sich lautlos und verbissen auf gegenüberliegenden Flachbänken. Weiter hinten in der Stretchingzone windet sich eine junge Frau mit einem Deuserband zu makrameeartigen Schleifen. Rechter Hand stehen zwei Trainerinnen um eine Zugmaschine herum und reden auf einen ziemlich apathischen Typen ein. Sie verstummen, als ich näherkomme. Für einen Moment bin ich verwirrt, weil ich nicht weiß, wem von ihnen ich die Altstimme zuordnen soll. Keine von beiden hat die typische Ampullen-Physiognomie. Im Gegenteil. Sie sind erstaunlich weiblich anzusehen. Ihre Oberkörper wirken trotz Tanktop und Waschbrett beinahe zart. Schultern und Arme sind bis zur Formvollendung durchtrainiert, aber schlank. An den muskulösen Schenkeln kann man noch am ehesten ablesen, daß sie ihre Figur nicht irgendwelchen Diäten verdanken, sondern durch Krafttraining selbst geschaffen haben. Jenny ist nicht mit dabei.

Ich mache wie aus Gewohnheit an einer benachbarten Butterfly-Maschine Station und grüße vage in ihre Richtung. Beide tragen sie ihre pinkfarbenen Personalkarten an Bändchen um den Hals. Es ist die etwas stämmigere, die meinen Gruß wortlos erwidert und dann mit Sopranstimme weiterspricht. Aus den Augenwinkeln lese ich auf ihrer Karte: Hermann. Es wird wohl ihr Nachname sein. Die Karte ihrer Kollegin baumelt zwischen zwei faustgroßen Brüsten und endet mit der Ziffer 11. Den Typen an der Zugmaschine habe ich hier noch nie gesehen. Vielleicht ein Geschäftsfreund des Studio-Chefs oder irgendein VIP aus dem kommunalen Klüngel. Die Antipathie, die ich spontan für ihn empfinde, übersteigt das unter Männern normale Maß.

Ich stelle die Hebelarme der Butterfly-Maschine auf Schulterhöhe ein. Dann presse ich die Ellbogeninnenseiten gegen die Armpolster und führe sie vor der Brust zusammen. Bevor ich in die Ausgangsposition zurückschwinge, bringe ich die Hebelarme jedesmal zum Anschlag, um den Trainingseffekt auf die vom Brustbein ausgehenden Muskelfasern zu konzentrieren. Die Ansatzwölbung ist entscheidend. Je tiefer und präziser der Mittelgrat, desto plastischer die Wirkung des gesamten großen Brustmuskels.

Der mutmaßliche Geschäftsfreund neben mir muß im Leben jenseits des Kraftraums wirklich eine große Nummer sein. Ich glaube inzwischen, daß er zu der sportlichen Halbwelt gehört, die hier gelegentlich Gastrecht genießt. So etwas wie ein Wettkönig im Boxgeschäft. Wenn es nach seiner körperlichen Verfassung ginge, hätte er auf dieser Trainingsebene jedenfalls nichts zu suchen. Der Knochenbau ist zwar nicht hoffnungslos, Schultern und Hüfte stehen in einem annehmbaren Verhältnis. Aber die Muskulatur ist skandalös untertrainiert. Seine Brust schimmert kahl und weißlich mit deutlichen Fett- und Bindegewebshöckern um die Brustwarzen. Der Bauchansatz quillt weich und schwammig unter den Rippenflügeln hervor. An seinen Nabel wage ich nicht einmal zu denken. Ich vollende einen

Butterfly-Satz mit fünfzehn Wiederholungen. Dann erhöhe ich den Widerstand.

Die beiden Trainerinnen sind damit beschäftigt, die Maximalkraft ihres Schützlings zu ermitteln. Wahrscheinlich haben sie den Auftrag, ein individuelles Ganzkörper-Workout für ihn zusammenzustellen – auch wenn der Wettkönig in seinen viel zu engen Radlerhosen nicht so aussieht, als würde er jemals einen Handschlag davon umsetzen. Sie trainieren mit ihm keine Serien, sondern erhöhen in Intervallen das Gewicht. Endziffer 11 lächelt jedesmal, wenn sie weitere fünf Kilo auflegt. Sie wirkt sehr zierlich mit ihrem Pferdeschwanz, dem betont langen Hals und ihrem Püppchengesicht, aber sie besitzt offensichtlich die größere Grausamkeit.

Ich bringe den zweiten Satz Butterfly ohne das geringste Anzeichen von Erschöpfung zu Ende, während mein halbseidener Nachbar beim Lat-Ziehen schon nach der sechsten Wiederholung aufgibt und in sich zusammensackt. Jenny würde jetzt sagen, daß es nicht bloß darauf ankommt, den Körper zu trainieren, sondern vor allem den Willen. Doch Coach Hermann mit der Sopranstimme erklärt nur, daß diese Übung sich hervorragend dazu eignet, die tiefen Schichten der Rückenmuskulatur zu tonisieren, besonders die unteren und zentralen Fasern des Latissimus dorsi, von dem der Wettkönig wahrscheinlich noch nie etwas gehört hat. Meine Verachtung für diesen Menschen wächst mit jeder Minute.

Ich bin mir sicher, daß die Trainerinnen diesen Halbwelt-Onassis mindestens genauso hassen wie ich. Sie dürfen es nur nicht zeigen. Und es ist klar, daß sie sich nicht mit mir verbünden werden, solange ich mit fairen Mitteln spiele.

Ich erhöhe noch einmal den Widerstand und verstelle gleichzeitig meinen Sitz, so daß die Arme in der Ausgangsposition zu weit nach hinten gebogen sind. (Meine Schultergelenke mögen es mir verzeihen!) Dann beginne ich eine neue Serie und verziehe jedesmal schon im Bewegungsansatz das Gesicht. Es dauert keine vier Wiederholungen, bis Miss Eleven bei mir ist und mich auf die Fehlstellung hinweist. Jetzt, wo sie leibhaftig vor mir steht, gefällt mir ihr dunkles Timbre ausgezeichnet. Alles an ihr wirkt geschmeidig und fest. Ihre Muskeln formen seichte Hebungen und Senkungen unter der glatten, straffen Haut. Ich sehe ihr direkt in die Augen und behaupte, daß bei mir unbedingt auch mal wieder ein Maximalkrafttest fällig wäre. Ihre Augenfarbe ist indifferent dunkel, doch die leicht geschwungene Mandelform wirkt sehr apart. Ich glaube, sie lächelt.

Ich weiß nicht, ob die beiden Trainerinnen mich durchschauen, aber sie spielen mit. Ich werde an eine Zugmaschine direkt neben dem Wettkönig geführt. Und Hermann erklärt mir im Stewardessenton, daß ich nur zu tun bräuchte, was mein Nachbar tut. Entscheidend sei die Anzahl der korrekt ausgeführten Wiederholungen auf der jeweiligen Gewichtsstufe. Natürlich ist ihr klar, was passieren wird. Ab sofort findet kein Maximalkrafttest unter neutralen Studiobedingungen mehr statt. Es wird nur noch darum gehen, wer von uns beiden der Stärkere ist, der Wettkönig oder ich.

Wir setzen uns aufrecht unter den Galgenarm der Zugmaschine, fassen die Stange an den nach unten gebogenen Griffenden und beginnen mit Lat-Ziehen hinter den Nacken. Ich nehme mir vor, auf jeder Gewichtsstufe zehn bis zwölf Wiederholungen mehr zu schaffen als er. Aber ich habe ihn unterschätzt. Wir erreichen die 35. Wiederholung, ohne daß er auch nur eine Miene verzieht. Aus den Augenwinkeln betrachte ich die Oberarme meines Kontrahenten. Bizeps, Oberarmspeichenmuskel und das Deltamuskelgeflecht sind von naturbelassenen Fettpölsterchen ummantelt. Aber darunter scheint sich bei aller Formlosigkeit eine Urgewalt zu verbergen, wie man sie nicht trainieren kann. Ich ahne etwas von der Zähigkeit, mit der sich dieser Mann im semikriminellen Milieu Respekt verschafft hat. Ich sauge den letzten Rest Bananenbrei aus meinen Backentaschen und schlucke.

Wir sind bei 39. Damit ist jedes Maß überschritten, das für einen Maximalkrafttest noch aussagefähig wäre. Sinn eines solchen Tests ist es, sich an das höchste Gewicht heranzuarbeiten, das man einmal in korrekter Ausführung bewältigen kann. Dieses Gewicht entspricht der individuellen Maximalkraft. Doch es wird nie erreicht, wenn man sich schon auf einer mittleren Gewichtsstufe ein Duell mit über vierzig Wiederholungen liefert. Die Trainerinnen wissen das, aber sie greifen nicht ein. Sie erwarten von mir, daß ich diesen Halbweltler in Grund und Boden trainiere. Das bin ich ihnen schuldig. Immerhin befinden wir uns auf der höchsten Trainingsebene. Es ist an mir zu zeigen, wer hierhergehört und wer nicht.

Natürlich sehe ich wie der sichere Sieger aus. So auszusehen ist meine Spezialität. Doch meine Schultern, die nach wie vor einen fantastischen Eindruck machen, schmerzen bei jedem Zug.

44. Der Wettkönig läßt sich nicht unterkriegen. So untrainiert, wie er aussieht, hätte er spätestens nach 20 Wiederholungen einbrechen müssen. Aber er ist eine Kämpfernatur, und ich weiß nicht, wie lange ich noch dagegenhalten kann. Der Schmerz in meinen Schultern wird immer unerträglicher.

48. Ich kann nicht gewinnen. Gerade weil ich optisch so überlegen bin, habe ich keine Chance. Vor dem Bild, das mein Körper beschwört, kann ich nur versagen. Ganz im Gegensatz zu dem Underdog. Er kämpft, um zu gewinnen. Ich kämpfe, um nicht zu verlieren. Das ist der entscheidende Unterschied.

50. Es ist klar, daß man mit einer solchen Einstellung schon verloren hat. Ich muß an etwas Positives denken! Ich stelle mir vor, wie der Bananenbrei meinen Magen erreicht und in Millionen Fructose-Moleküle zersetzt wird. Ich kann förmlich spüren, wie die Energie durch meine Adern pulsiert. Diese Bananen sind der pure Treibstoff. Sie machen mich unbesiegbar.

52. Mögliche Entschuldigungen im Falle einer Niederlage: Der Wettkönig unterhält einen ganzen Boxstall voller Champions und nimmt sich täglich einen Schwergewichtler als Sparring-Partner vor.

Psychologische Faktoren, Kindheit. Ein Gefühl wie damals beim Nachbarjungen, der mich immer vertrimmt hat, egal, welche asiatische Kampfsportart ich gerade gelernt hatte.

Soziales. Der Wettkönig kommt von der Straße, ein echter Unterprivilegierter, das ist sein Vorteil. Ihm wurde nie etwas geschenkt. Er hatte nichts, nur diesen unbedingten Überlebenswillen. Mein Ehrgeiz dagegen war schon von Kindesbeinen an eher ästhetischer Natur. Ich wollte eigentlich immer nur gut aussehen.

Ich kann nicht mehr.

Ich weiß nicht weiter.

Die Liste ließe sich fortsetzen.

56. Mein Körper ist ein einziges O Nein! Ich denke schon längst nicht mehr daran, einer Trainerin zu gefallen. Ich visualisiere mein Ziel nicht wieder und wieder aus unterschiedlichen Kameraperspektiven. Ich habe sämtliche Motivationstricks hinter mir gelassen. Ab einem gewissen Punkt ist Sport keine Frage des Trainings mehr oder des Willens, sondern nur noch Genetik. Ewige, unabänderliche Genetik. Meine Niederlage ist durch Tausende Aminosäure-Ketten vorprogrammiert. Es gibt nur noch eins, was mich davon abhält zu kapitulieren: Weinheimer. Ich hätte das Gefühl, ihm dadurch ähnlicher zu wer-

den. Ich werfe einen Seitenblick auf den Wettkönig, obwohl ich dabei riskiere, an seiner Übermacht zu zerschellen.

Doch er sieht gar nicht gut aus! Sein Kopf ist hochrot. Die Stirnader und diverse Gerinnsel über den Schläfen treten bedrohlich hervor. Er zieht die Lat-Stange nicht mehr gleichmäßig in den Nacken, sondern schaukelt sie mit Hilfe von Ausweichbewegungen zu sich herunter. (Den Trainerinnen entgeht das keineswegs, sie haben ihren Spaß.) Er schafft es auch nicht mehr, die Ellbogen ganz bis an die Seite zu führen, sondern hängt wie ein totes Hähnchen in den Seilen. Fast könnte er mir leid tun, wenn er nicht so ein Schwächling wäre.

Die nächsten Züge erledige ich vorbildlich, mit intensiver Tiefenatmung und hinreißender Präzision. Ich würde es mir nie erlauben, so zu schludern wie mein Nachbar. Das wird auf dieser Trainingsebene gar nicht gern gesehen. Er bräuchte nur einmal geradeaus in den Wandspiegel zu gucken, um festzustellen, wie lächerlich er sich macht. Dafür sind diese Spiegel übrigens da.

66, 67. Ich bezweifle mittlerweile, daß er wirklich ein Wettkönig ist. Dazu fehlt ihm der Mumm. Bei näherem Hinsehen hat seine Figur etwas Akademisches. Ich tippe auf Rechtsberater oder Anwalt des Studio-Chefs, auf jeden Fall eine sitzende Tätigkeit mit Tendenz zu Wirbelsäulenverkrümmungen und Rückenstützmuskelschwund. Wahrscheinlich ist auch er einer von den unzähligen Familienvätern Anfang bis Mitte Dreißig, die auf einmal ihren Körper wiederentdecken und feststellen, daß sie während der ersten Babyjahre selber die Gestalt von speckigen, rosa Fleischklopsen angenommen haben.

70, 71, 72. Ich bekomme gar nicht richtig mit, wie der Kombi-Wagenfahrer neben mir aufgibt. Nur aus den Augenwinkeln sehe ich, daß er die Lat-Stange auf halber Höhe einfach losläßt. Es gibt einen Knall, als sie nach oben an den Galgen schnellt und die Gewichtsplatten ineinanderrasseln. Nicht einmal dafür reicht die Kraft. Von einem gebildeten Menschen hätte ich erwartet, daß er wenigstens genügend Disziplin und Selbstbeherrschung aufbringt, um die Sache mit Anstand zu beenden. Doch es scheint ihm völlig egal zu sein, was das Studio von ihm denkt. Sogar die Dame mit dem Deuserband horcht auf und muß mitansehen, wie er über den Stützrollen zusammensinkt. Sein Körper ist nur noch eine konturlose, teigig-talgige Masse.

73, 74. Vielleicht sollte man ihn darauf hinweisen, daß hier im Maschinenpark niemand auf der Seite der Verlierer steht. Wenn er auf Mitleid aus ist, muß er sich an seine Familie wenden. Hoffentlich kommt niemand auf den Gedanken, diese Fitnessleiche hätte irgend etwas mit mir zu tun. Ich sehe weg und streife dabei kurz die Mandelaugen von Coach Elf, ohne meinem Blick eine Bedeutung zu geben. Die langen radikalen Handstrecker, die sich auf ihren gekreuzten Unterarmen abzeichnen, sind von unglaublicher Eleganz.

»76, 77.« Ich fange an, halblaut zu zählen, um wieder zum eigentlichen Thema zurückzukommen. Elf löst ihre Arme aus der Verschränkung und stellt sich hinter mich. Ich sehe im Wandspiegel, wie sie mich ansieht. Wir sehen, wie wir uns sehen. Sie legt eine Hand auf die Lat-Stange. Ein, zwei Züge lang begleitet sie beinahe gewichtslos das Auf und Ab der Bewegung. Dann setzt sie meiner Zugkraft einen sanften Widerstand entgegen. Sie will es mir schwer machen, das verstehe ich gut. Sie ist meine Trainerin. Dafür liebe ich sie.

»79, 80.« Ihre Stimme ist ganz nah, als sie die Zahlen mitspricht. Ihr Atem senkt sich mit einer unfaßbaren Wärme in mein Ohr. Unsere Blicke im Wandspiegel tauchen ineinander. Ich spüre, wie ihre Hand an der Stange den Widerstand nach und nach erhöht. Ihre Augen verraten nicht, was sie vorhat.

Inzwischen kämpfe ich mehr mit ihr als mit dem Gewicht am anderen Ende des Seilzugs. Sie hält bis zur Unüberwindlichkeit dagegen. Aber ich dulde das. Denn ich weiß, daß sie recht hat. Sinn eines Trainings ist es nicht, das Soll zu erfüllen, sondern mehr zu schaffen, als man kann. Ich muß an die bulgarischen Gewichtheber denken, von denen Jenny beim Bankdrücken oft gesprochen hat. Welche von zehn Wiederholungen an der Grenze zur Maximalkraft ist die wichtigste? Wann wächst der Muskel am meisten? Die Bulgaren, die bei den Olympiaden das Gros der Medaillen gewinnen, sagen: die Elfte!

Miss Eleven holt noch einmal Luft und füllt meine Ohrmuschel mit ihrem Atem, »45, 31, 23, 6.« Für einen Moment bin ich verwirrt, weil sie auf einmal rückwärts zählt. Dann begreife ich, daß es sich um eine siebenstellige Zahl handelt, ihre Telefonnummer, die ich mir merke, ohne sonderlich interessiert zu sein. Ich will noch nicht aufhören. Ich will die unmögliche elfte Wiederholung. Für eine Belohnung ist es noch zu früh. Ich habe noch gar nichts für meinen Nabel getan.

8

»Wovon träumst du?« Es ist Isabells Stimme, der Geschmack ihres Lippenstifts. Ich hasse es, wenn sie beim Küssen mit mir spricht. Ich reiße die Augen auf. Ihr Gesicht schwebt keine fünf Zentimeter über meinem. Kühl fühlt es sich an. Offenbar kommt sie von draußen. Sie hat so einen Zug von Eile um den Mund und frische Luft im Haar. Aber sie bleibt und setzt sich zu mir auf die Pritsche. Ihr Po schmiegt sich an mich. Ich schaue auf die Uhr und schließe die Augen. Ich muß kurz eingenickt sein. Es ist viertel nach sechs.

»Hat er dich so geschafft, dein Sprudelkönig?« Sie will gar keine Antwort, sie fragt nur, weil sie weiß, daß ich gleich nach dem Aufwachen nicht sprechen kann. Allmählich kommt die Erinnerung und mit ihr der Schmerz. Mein Körper ist vollkommen übersäuert. Ich habe den Muskelkater meines Lebens, Lähmungserscheinungen im Rücken und einen geschätzten Laktatwert von über 6 mmol/l. Wahrscheinlich könnte ich mich nicht einmal bewegen, wenn ich wollte. Die Zahl 101 geistert durch mein Gedächtnis. Kann das wirklich sein, 101 Lat-Züge hinter den Nacken in Serie?

Ich starre an die Decke des Massageraums, der von allen auf unserer Trainingsebene fast ausschließlich für Quickies genutzt wird. Isabell knöpft ihre Bluse auf. Ihre Fingernägel sind unlakkiert, aber fest. Halbmondlose Nagelbette. Sie ernährt sich gut. In einer fließenden Bewegung gleiten ihre Hände die Knopfleiste hinab. Alles reine Seide – nicht nur der Stoff, sondern auch die Art, wie ihre Fingerspitzen ineinanderspielen. Unter der aufklaffenden Bluse kommen ihre Brüste zum Vorschein. Ich sehe sie immer wieder zum ersten Mal, so hochgewölbt und weich.

Isabell erwidert meinen Blick nicht. Sie ist ganz mit sich allein beschäftigt. Ob ihr jemand zusieht oder nicht, ist ihr völlig gleich. Sie schaut mit einem Lächeln an sich selbst herunter, während sie den Kragen zurückschlägt und die unteren Knöpfe löst. Was sie sieht, gereicht ihr zur Freude, ohne daß sie es zeigen muß. Isabell mag ihren Körper. Sie bewundert ihn nicht nur, sie mag ihn wirklich. Was soviel heißt wie: Sie würde ihn auch mögen, wenn er anders wäre. Vielleicht ist es das, was mir Angst macht.

Sie dreht sich zur Seite, um ihre Manschetten aufzuknöpfen. Mein Blick fällt auf den Faserzug ihrer Hüftmuskulatur entlang der Taille, ihren glatten, geschmeidigen Bauch. Ihn sehen ist wie ihn berühren. In meinen Handflächen regt sich das Verlangen, über soviel Zartheit zu streichen. Doch es erscheint mir klüger, mich nicht zu bewegen. Sie streift die Ärmel ab, legt ihre Bluse zusammen und trägt sie durch den Raum. Ihr Nabel ist wunderbar, nicht nur wegen seiner beneidenswerten Tiefenmaße von schätzungsweise drei Millimetern. Ich habe noch nie einen Nabel gesehen, der sich so logisch aus einem Bauch ergibt. Er liegt in einer sanften Mulde. Alles neigt sich zu ihm hin, flacht langsam ab. Nirgendwo knittert oder faltet sich Haut gegen den Strich. Auch das Nabelinnere zeigt keine Rillen oder Verwachsungen. Es ist weder zu einer Narbe zusammengezogen noch beult es sich rund und knorpelig aus. Ihr Nabel ist vielmehr ein glattes, ruhendes Auge, umrändert von einem geschwungenen, schmalen Häutchen, das den Namen Lid wirklich verdient. Seit ich Isabell kenne, gefällt mir mein eigener Nabel überhaupt nicht mehr.

Ich müßte jetzt meinen Nacken strecken, um sie weiter im Blick zu behalten. Doch das ist unmöglich. Schon die kleinste Drehung des Kopfes zieht Verästelungen von Schmerz bis in die unteren Lendenwirbel nach sich. An Crunches ist gar nicht zu denken. Es wird womöglich Tage dauern, bis ich meine Nabeltiefe wieder in Angriff nehmen kann. Und selbst dann wird Isabells Vollkommenheit für mich unerreichbar bleiben. Es will mir nicht in den Kopf, wie sie auch nur auf den Gedanken kommen kann, ihren idealen Bauch mit einer Schwangerschaft zu ruinieren. Aber das ist typisch Isabell. Wenn ich ihren Nabel hätte, würde ich jeden Tag, den Gott werden läßt, hart daran arbeiten, daß er so bleibt. Ich hätte ein schlechtes Gewissen, wenn ich nichts dafür tun würde. Im Gegensatz zu Isabell. Sie trainiert höchstens dreimal die Woche und würde ihren Nabel im übrigen auch mögen, wenn er anders wäre.

»Möchtest du einen Schluck Brottrunk?« Ich schüttele nicht einmal den Kopf, ich schließe nur die Augen. Das Klappern von Puderdosen und Flacons in Isabells geräumiger Handtasche. Sie schwört auf Brottrunk und hat immer ein Fläschchen dabei. Ich kenne das Geräusch, mit dem sie es aufschraubt. Ich weiß genau, wie es sich anhört, wenn sie trinkt. Ihre kleinen festen Schlucke. Das alles ist mir so vertraut, daß es mich seltsam berührt.

»Täte dir aber gut!« Sie stößt einen Genußseufzer aus und dreht den Verschluß wieder zu. Ich weiß nicht nur, wie ihre Lippen jetzt schmecken. Ich habe den Geschmack sogar schon auf der Zunge. Meine Radlerflasche fällt mir wieder ein, ohne daß ich sagen könnte, wo sie abgeblieben ist. Es überrascht mich nur, wie nebensächlich sie auf einmal scheint.

Ich liebe diese Frau. Auch wenn ich Tag und Nacht trainieren würde, könnte ich niemals die Perfektion erlangen, die sie schon immer besessen hat. Meine schwer erkämpften Fortschritte im Nabelbereich sind verschwindend, verglichen mit ihrem begnadeten Bauch. Manchmal denke ich, ihr Körper ist nach einer anderen, magischen Formel gebaut, die einen Grad von Definition einschließt, der für andere Menschen unerreichbar ist, so sehr sie sich auch bemühen. Zu diesen Menschen gehöre ich. Es wird mir immer ein Rätsel bleiben, wie

Isabell so mühelos schön sein kann. Genausowenig werde ich jemals die Großzügigkeit verstehen, mit der sie sich mir schenkt. Wie kann sie bei ihrem Körper etwas anderes lieben als sich selbst?

Mir kommt auf einmal die mandeläugige Trainerin wieder in den Sinn. Wenn ich mich nicht täusche, stellte sie sich beim näheren Kennlernen als Eila oder Nathalie heraus, kann das sein? Ihr schmaler, durchtrainierter Körper erscheint mir im nachhinein als das Werk einer fitnessgewordenen Verzweiflung. Jemand, der so hart trainiert, kann sich nicht wirklich mögen. Auch sie ist nur eine Arbeiterin, eine Sklavin ihres Körpers, die einem Bild nacheifert, dem sie nicht entspricht. Darin ist sie mir ähnlich. An Isabells sublime Herrlichkeit reicht sie nicht heran. Ich erinnere mich an ihr warmes, aufgeregtes Flüstern und langatmige Erläuterungen über »non-pharmazeutische Verhütungsmethoden«. Aus unerfindlichen Gründen vermied sie den Ausdruck ›Pessar‹. Irgendwann in der Zwischenzeit muß ich eingeschlafen sein. Vanessa, glaube ich, kommt ihrem Namen am nächsten.

»Wo tut es denn weh?« Isabell steht nur mit einem Slip bekleidet vor mir. (Ich werde nie verstehen, wie diese dahingehauchten Höschen halten auf ihrer glatten, geschmeidigen Haut.) Die Flasche Brottrunk hat sie noch immer in der Hand.

Ich weiß nicht, warum ich jedesmal wieder vergesse, wie gut sie aussieht. Ihre Schönheit macht mich geradezu nervös. Ich erschrecke vor der List der Natur, die mich mit einem Verwirrspiel von Formen und Kurven fast dazu bringt, gegen jede Vernunft zu handeln und nur noch das Eine zu wollen: Zeugen, Zeugen, Zeugen. Mein Gott, wie liebe ich diese Frau! Ich liebe ihren Apfelpo, ihre festen, ineinanderfließenden Schenkel und ihre schmalen, unglaublichen Knie – womit hinlänglich bewiesen sein dürfte, daß ich mit Vanessa (oder hieß sie Anita?) über einen Mittagsschlaf nicht hinausgekommen bin. Ich begehre Isabell wie keine zweite, es entfällt mir nur gelegentlich. Nicht auszudenken, wie sehr ich sie erst begehren würde, wenn wir nicht schon zusammen wären.

»Ich könnte dich ein bißchen massieren.«

»Isabell, ich ...« Ich halte das für keine gute Idee, aber es dürfte als Vorspiel unerläßlich sein. Ich beiße die Zähne zusammen.

Sie beugt sich über mich. Ihre Brüste streifen meine Haut. Ich zucke zurück, als sie die Hand nach mir ausstreckt, um über mein Gesicht zu streichen. Sie lächelt, weil wir beide dasselbe denken. Ich sei ›handscheu‹, hat sie einmal zu mir gesagt. An dieses Wort erinnern wir uns, ohne es aussprechen zu müssen. Solch eine Nähe existiert nur zwischen ihr und mir.

»Schlimm?« Ich gebe mir große Mühe, keine Miene zu verziehen, als sie mit beiden Daumen über meine Oberarme fährt. Doch offenbar gelingt es mir nicht. Bizeps und Deltamuskel fühlen sich an wie entzündet. Ich habe mehr Säure im Körper als ein Klumpen Gerbfleisch. Alles tut mir weh. Aber ich möchte nicht, daß Isabell damit aufhört. Ich genieße diesen Schmerz.

Sie schraubt die Flasche Brottrunk wieder auf und reibt mich sachte damit ein. Ein, zwei Tropfen rinnen ihr über die Handflächen und landen auf meiner Brust. Isabell leckt sie wie selbstverständlich mit der Zungenspitze auf. Das Gewicht ihrer Brüste auf meinen Rippen. Ich halte den Atem an. In solchen Momenten wäre es natürlich schöner, keine Brustbehaarung zu haben, doch Isabell scheint das nicht im geringsten zu stören. Ich nehme mir vor, später noch einmal darauf zurückzukommen.

Ihre Hände wollen mich drehen, aber ich halte dagegen. Ich möchte nicht auf dem Bauch liegen und Isabell meinen Rücken überlassen. Irgendwie würde ich mir wehrlos vorkommen. Rittlings setzt sie sich auf mich. Die offenen Haare fallen ihr ins Gesicht. Ihre Brust hebt und senkt sich, während sie mit gestreckten Armen handwarmen Brottrunk auf meiner Haut verreibt. Ich sehe sie an und weiß genau, daß ich nie vergessen werde, wie sie sich jetzt über mich beugt. Ich sehe und erinnere gleichzeitig. In jeder Sekunde kann ich die Dauer all jener einsamen Nächte spüren, in denen diese Bilder wieder und wieder an mir vorbeiziehen werden. Sie geht gegen unendlich.

Letzte Versuche, doch noch zur Vernunft zu kommen. Situationsanalyse.

1.) Nichts ist so einmalig, wie es sich anfühlt. Ich befinde mich mitten in dem klassischen Zielkonflikt zwischen kurzfristigen und langfristigen Interessen. Kurzfristig möchte ich nichts lieber als Sex mit Isabell. Langfristig will ich kein Kind von ihr.

2.) Auch nicht neu: der Konflikt von Ratio und Emotion. Einerseits durchschaue ich die List der Natur, die mir die Erfüllung all meiner Wünsche verspricht, um mich für die Zwecke der Gattung zu mißbrauchen. Andererseits ist mir das im Moment egal.

Exkurs. Ich möchte mein Gesicht in ihren Brüsten vergraben. Sie riechen nach Zimt.

3.) Dank des medizinischen Fortschritts sind all diese Probleme heutzutage lösbar. Die Pille ist erfunden, die Natur ausgetrickst. Der Austausch von Zärtlichkeiten zwischen Männern und Frauen ist generell möglich, ohne daß sie sich gleich in Gebärmaschinen verwandeln. Nur in diesem speziellen Fall eben nicht. Und eines ist sicher: Wenn ich jetzt einen Streit über Empfängnisverhütung im 21. Jahrhundert vom Zaun breche, geht gar nichts mehr.

4.) Isabell zwirbelt meinen verhärteten Kapuzenmuskel genüßlich zwischen Daumen und Zeigefinger. Ich drehe mich freiwillig auf den Bauch. Nie lagen Schmerz und Erregung so nah beieinander.

5.) Ich muß an etwas anderes denken. Vielleicht sollte ich das morgige Treffen mit Dr. Stickroth im Geiste schon einmal durchgehen. Oder ich lege mir mehrere Varianten von Gemurmel zurecht, mit denen ich Claaßen in den Wahnsinn treibe, sobald ich wieder im Büro bin. Doch leider fehlt mir die Konzentration. Ich spüre ihre warmen Pobacken auf meinem verlängerten Rücken, den Druck ihrer Schenkel links und rechts.

6.) Zwei Fragen, über die nachzudenken sich lohnen würde: Wie ist es möglich, daß sich ein Mensch nach einem Körper sehnt, mit dem er schon in Berührung ist? Und zweitens, was muß ich sagen, damit diese als Massage getarnte Folter aufhört, wie lautet das verdammte Zauberwort?

Isabell rollt meinen Trapezmuskel langsam rauf und runter. Damit erhärtet sich der Verdacht, daß sie ein Geständnis von mir erpressen will. Aber ich schweige. Ich habe es mir zur Regel gemacht, vor dem Liebesakt nur meinen Körper sprechen zu lassen. Alles, was man mit dem Körper sagt, beschränkt sich auf das Hier und Jetzt. Auf diese Weise lassen sich Mißverständnisse vermeiden. Sobald man einmal mit dem Reden anfängt, kommen Zukunft und Vergangenheit ins Spiel. Und noch bevor man einen Punkt machen kann, hört man sich plötzlich Schwüre und Versprechungen hauchen, an die man sich später ungern erinnert. Die Innenseiten ihrer Schenkel sind seidig und warm, noch wärmer ist es in der Mitte.

Also gut. Ich wäre unter Umständen bereit, die drei Worte zu sagen, auf die sie offenbar soviel Wert legt. Vielleicht könnte ich mit ein paar Komplimenten anfangen und mich dann vorsichtig zu einem »Ich liebe dich!« hinarbeiten. Sollte ich schneller zum Ziel kommen, kann ich die Bekenntnisse immer noch weglassen.

Ich schwärme in den höchsten Tönen von ihren ovalen Kniescheiben und widme mich ausführlich ihren Oberschenkeln, die sich so geschmeidig wie druckvoll an meinem Brustkorb vorbei Richtung Achselhöhlen schieben. Doch Isabell läßt nicht locker. Sie hat jetzt die Hände zu Harken geformt und überzieht meinen Rücken mit rabiaten Zirkelungen. Inzwischen ist mir klar, daß ich um eine Liebeserklärung nicht herumkomme. Ich zögere nur, weil ich befürchte, daß selbst die innigsten Liebesschwüre ihre Wirkung verlieren, wenn man sie, flach auf dem Bauch liegend, an eine Trennwand adressiert.

Isabell verlagert ihren Reitsitz auf meine unteren Lendenwirbel und quetscht dabei kurzzeitig diverse lebenswichtige Organe ein. Dadurch gelingt es mir, die besagten drei Worte mit einem befreienden Stöhnen herauszubringen, ohne daß es kitschig oder verlogen klingt. Ich staune selbst. Es hört sich wirklich so an, als würde mich dieser Satz etwas kosten. In Verbindung mit akuten körperlichen Schmerzen klingt er ungeheuer gemeint. Auf mein Timing kann ich wirklich stolz sein.

Isabell scheint weniger beeindruckt. Mit trommelfeuerartigen Handkantenschlägen traktiert sie meinen breiten Rückenmuskel. Schmerzschübe erschüttern meine Wirbelsäule, meine Bandscheiben vibrieren. Ich könnte schreien vor Angst und Lust. Diese Frau ist unerbittlich. Sie weiß, daß ihre Chance gekommen ist. Diesmal wird sie bis zum Äußersten gehen. Wie naiv von mir zu glauben, sie würde sich mit Liebesbekenntnissen zufriedengeben. Sie will mehr. Sie will mich ganz.

Ich beiße die Zähne zusammen und halte die Luft an. Ich weiß, daß ich bereuen werde, was ich jetzt sage, aber ich kann nicht anders. Isabells Apfelpo rollt in meiner Rückenmulde unaufhaltsam auf und ab, ihre Pobacken erzittern durch die Wucht ihrer Schläge, ich muß sie haben, das ist alles, was ich denken kann, jetzt oder nie. Ich nehme meinen letzten Atem zusammen, der Gedanke ist schon gedacht, die Worte liegen mir auf der Zunge – »ich will ein Kind von dir!« –, als Isabell plötzlich von mir abläßt und aufsteht.

Ich begreife zunächst gar nicht, was los ist. Sie geht zu ihrer Sporttasche und zieht sich ihr Trainingsdreß über, bauchfrei. Ich werde wahnsinnig. Warum tut sie das? Ihre Schenkel glänzen von Brottrunk und Schweiß. Ich sehe, wie ihr Herz pulsiert in ihrer Brust, in ihrem Hals. Ihre Wangen sind leicht gerötet vor Anstrengung und Grausamkeit. Sie lächelt. Ich bin fassungslos.

»Tut mir leid«, sagt sie und bückt sich kurz, um ihre Turnschuhe zu schnüren. Sehnsüchtig wiege ich noch einmal die tropfenförmigen Brüste in ihrem Tanktop. Ihre Bauchatmung bringt mich um den Verstand. Weiß sie eigentlich, was sie mir da antut? Das ist kein Spiel mehr. Wenn sie mich jetzt allein läßt, werde ich ihr das nie verzeihen.

Isabell geht zur Tür, ihr Hintern in den engen Baumwolltights, die Sliplinie über ihren festen Pobacken, halbrund und ansatzlos, sie kann jetzt nicht einfach so gehen, das wagt sie nicht.

In der Tür bleibt sie noch einmal stehen und dreht sich nach mir um, die Klinke in der Hand. Ihr Halbprofil ist nicht zu fassen. Jetzt wird sich herausstellen, daß alles nur ein Scherz war.

»Bis später«, sagt sie, »Katrin wartet.«

Sie wagt es tatsächlich und geht.

Isabell ist immer für eine Überraschung gut.

Ich brauche ein paar Minuten, bis ich mich wieder gefangen habe, doch dann geht auf einmal alles ganz leicht. Von meinem Muskelkater ist nichts mehr zu spüren. Sämtliche Verspannungen haben sich gelöst. Ich ziehe mich an und federe dabei ohne

Probleme in ein lockeres Rückenstretching. Die Massage hat wirklich geholfen. Es geht mir gut.

Ein paar Schritte den Flur entlang, ein kurzer Korrekturblick in den Spiegel, ich fahre mir mit den Fingern durchs Haar, dann betrete ich noch einmal den Maschinenpark. Irgend etwas muß ich tun, um nicht ständig an die Frau zu denken, an die ich auf keinen Fall denken will. Es ist immer ein Fehler, wenn man sich zu sehr für die Körper anderer Leute interessiert. Wie wäre es mit einem kleinen Nabelworkout als Geste meines guten Willens?

Ich beginne mit mehreren Twistserien für die unteren und schrägen Bauchmuskeln. Im Grunde ist es nicht weiter verwunderlich, daß ich Isabell nicht treu sein kann. Sie ist zu perfekt, deswegen denkt man nicht gerne an sie. Wenn ich mir ihren Körper vorstelle, irritiert mich ihr beruflicher Erfolg. Wenn ich ihren Rat als Expertin brauche, lenkt mich ihr Körper ab. Sie läuft wirklich Gefahr, so zu enden wie die meisten schönen und erfolgreichen Frauen: allein.

Am tiefen Block steht Norman. Er hat den Oberkörper nach vorne gebeugt und trainiert seine Schulterpartie durch Seitwärtsheben der Arme mit gekreuzten Seilen. Jeder Faserstrang seiner Deltamuskeln zeichnet sich präzise und wie gedrechselt ab. Norman ist ein echter Vorzeige-Athlet. Er bringt es auf über zwanzig Workoutstunden in der Woche und gilt auf unserer Trainingsebene als absolute Autorität.

Ich bleibe in seiner Nähe, um zu grüßen und gegrüßt zu werden, sobald er die Serie beendet, was bei ihm dauern kann. Norman würde nie eine Übung unterbrechen oder auch nur den Kopf heben, wenn ihn jemand anspricht. Er ist mit äußerster Konzentration bei der Sache. Es gibt keinen einzigen

Muskel seines Körpers, keinen Bewegungsablauf, den er nicht ernstnimmt. Ihm bei einem seiner Workouts zuzusehen bringt mehr als ein ganzes Wochenende im Motivationsseminar. Es vermittelt einem das Gefühl, daß man sich nur ganz dezidiert dafür entscheiden muß, Erfolg zu haben. Dann hat man ihn auch.

Ich probiere ein paar Dips am Barren, obwohl das nicht gerade die ideale Abwärmübung ist. Nach meinem Exzess an der Zugmaschine sollte ich meine Schultergelenke eigentlich schonen. Doch von hier aus habe ich den besten Blick auf Norman und seine exakt im 4-2-4-Rhythmus arbeitende Schultermuskulatur. Ich zähle mit. Es sind jedesmal genau vier Sekunden Ziehen, zwei Sekunden Halten und wieder vier Sekunden Absenken in die Ausgangsposition. Sein Körper erledigt das ganze Programm mit der Präzision eines Schweizer Uhrwerks. Außerdem zeigt sich, daß seine Kopfhaut vom Blondieren mit Wasserstoffsuperoxyd erheblichen Schaden genommen hat. Entlang der Scheitellinie bis zum Wirbel verlaufen schorfige Ränder, von denen sich großflockige Schuppen ablösen und in seinem Haaransatz verlieren. Doch das schmälert Normans Autorität keineswegs. Er hat das beste Mittel gegen Schuppen: Muskeln.

Es ist Feierabend, und der Maschinenpark füllt sich. Zwei Geräte weiter geht Jean-Claude in Position und kultiviert seinen Trizeps am hohen Block mit supinierten Unterarmen. Es handelt sich um eine Definitionsübung, die vor allem dazu dient, den medialen Kopf des Trizeps aufzubauen. Deswegen werden nur leichte Gewichte aufgelegt. Das Muskelgeflecht, das auf der Rückseite von Jean-Claudes Oberarmen zum Vorschein kommt, wenn er den Haltegriff nach unten zieht, ist nichtsdestotrotz atemberaubend.

Ich bin begeistert. Ich bin genau da, wo ich hingehöre. Ich bin von Profis umgeben. Meine Mitgliedschaft in diesem Fitness-Studio ist mit keinem Pfennig zu teuer bezahlt. Wer gut ist, muß die Nähe der Besten suchen, sonst bleibt er stehen. Er muß von der Spitze der einen Leiter an das unterste Ende der nächsten wechseln. Jeder, der meint, schon das Optimum erreicht zu haben, ist nur an die Grenzen gestoßen, die er sich selbst gesetzt hat. Ich starre auf die Unterarme von Jean-Claude.

Es ist faszinierend. Obwohl bei der Supinationsstellung am hohen Block der Trizeps im Vordergrund steht, produziert Jean-Claude ganze Bündel von Handstreckern und den selten zu sehenden Knorrenmuskel neben dem Ellbogenhöcker. Langsam zieht er die Stange bis zu den Oberschenkeln herunter. Dabei stabilisieren die Strecker das Handgelenk. Man würde nicht einmal auf die Idee kommen, daß es nachgeben oder einknicken könnte. Seine Faust steckt in einem eisernen Muskelhandschuh mit imponierend breitem Schaft. Das ist ein Zeichen. Ich darf meine Unterarme auf keinen Fall vernachlässigen!

Ich bin so motiviert, daß ich noch drei Extra-Dips herausstemme, obwohl meine Arme schon anfangen zu flattern. Als ich mich in die Ausgangsposition absenke, zuckt meine Unterbrust unkontrolliert. Aber ich denke an Jenny und die elfte bulgarische Wiederholung: Der Muskel wächst immer dann am meisten, wenn er seine Belastungsgrenze knapp überschreitet. Sobald man das einmal verstanden hat, ist alles viel leichter. Grenzen sind plötzlich kein Hindernis mehr, sondern der letzte Schritt auf dem Weg zum Ziel.

Ich stoße mich vom Barren ab und suche mir eine Hantelbank, während Norman mit einer neuen Übungsserie beginnt: abwechselndes Vorwärtsheben der Arme am tiefen Block. Ich begreife sofort, daß er damit den Trainingsakzent von den hinteren auf den vorderen Teil des Deltamuskels verschiebt. Seine Schultern sind ein einziges Kraftwerk, sein Gesicht wirkt wie erloschen vor Konzentration. Er hat kein einziges Mal aufgeschaut. Er muß sich nicht vergewissern, daß man ihn bewundert. Er weiß es.

Wir grüßen uns nicht.

Beim Nachmodellieren mit der Kurzhantel übertreffe ich all meine Erwartungen. Ich sitze mit vorgebeugtem Oberkörper auf der Trainingsbank und absolviere zwei Serien schwergewichtige Konzentrationscurls mit aufgestütztem Ellbogen. Jede Wiederholung erfolgt mit derselben unerbittlichen Intensität. Im Grunde sind es nicht viele Bewegungen, sondern nur eine einzige, die immer wiederkehrt. Das Meditative daran gefällt mir. Ich folge Normans Beispiel und vertiefe mich ganz in die Arbeitsabläufe der Muskulatur. Man muß sich mit den Besten messen, um der Beste zu werden, der man sein kann.

Plötzlich taucht im Spiegel eine Frau auf, deren Körper mir unglaublich vertraut erscheint. Ich brauche ihr nicht in die Augen zu sehen, ich spüre ihren spöttischen Blick auf der Haut. Für einen Moment fühle ich mich an Marion erinnert, die mich bei meinen Konzentrationscurls abwechselnd »Rodin« oder »der Denker« nannte (auf einer Spritztour an die Côte d'Azur während meiner ersten Hantelphase), doch das ist schon fast nicht mehr wahr. Ihre Belustigung streift mich wie im Vorbeigehen, was wunderbar arrogant wirkt. Dann läßt sie sich auf der Bank neben mir nieder.

Ich beende die Konzentrationscurls abrupt, um nicht als Bizeps-Fetischist dazustehen. Das ergäbe ein falsches Bild. Statt dessen nehme ich ein verschärftes Trizeps-Programm in Angriff, nicht ohne mich zu fragen, was wohl Norman oder Jean-Claude an meiner Stelle tun würden. Doch offenbar sind sie für Anfechtungen durch fremde Körper nicht empfänglich.

Im Gegensatz zu mir. Die Frau auf der Nebenbank hat noch nicht einmal den Neigungswinkel ihrer Arbeitsschräge eingestellt, schon kreisen meine Gedanken um nichts und wieder nichts als sie. Ich bin mir ziemlich sicher, daß ich sie noch nie gesehen habe. Gleichzeitig kommt mir ihr Rücken so bekannt vor. Er ist das perfekte V. Ich liege auf der Flachbank, drehe das Gesicht zur Decke und trainiere meinen Trizeps nur für sie.

Seitenblicke kommen nicht in Frage, auch wenn die Versuchung groß ist, jede ihrer Handbewegungen bis in alle anatomischen Einzelheiten zu verfolgen. Zuviel Aufmerksamkeit für andere ist ein sicheres Zeichen dafür, daß man nicht hierhergehört. Im Universum der Athleten ist jeder streng mit seinem eigenen Körper befaßt. Zuschauer müssen draußen bleiben. Aber genau dazu macht mich diese Frau. Ich kann nur hinsehen oder übertrieben wegsehen. Sie nicht zu beachten ist unmöglich. Woher, um alles in der Welt, kenne ich diesen Körper?

Sie erledigt ihre Situps vollkommen gleichmäßig und diszipliniert. In der Vorwärtsbewegung bricht ihre gerade Bauchmuskulatur auf Nabelhöhe um. Über dem Muskelgewebe rollt sich kein einziges Gramm Fett, nur eine Linie zarter, bronzefarbener Haut. Ich kann nicht mehr und lasse die Hanteln zur Seite sinken, eine vorübergehende Schwäche, die ich dadurch kaschiere, daß ich sofort zum Bankdrücken mit weitgeöffneten Armen übergehe. Ich höre, wie sie langsam und kontrolliert Luft holt, während sie den Oberkörper nach hinten sinken läßt. Dann ist einen Augenblick Stille. Erst am Ende der Vorwärtsbewegung, wenn sie sich weit über ihre Schenkel beugt, atmet sie leise wieder aus. Ihr Atem wirkt in keinster Weise gepreßt, er entweicht einfach. Aber ich habe ihn im Ohr.

Ich werde wahnsinnig. Ich weiß, daß es unter meinen Freundinnen und sonstigen Bekanntschaften keine mit einem solchen Körper gegeben hat. Mein Gedächtnis ist nicht besonders, aber es wäre pathologisch, wenn ich mich an eine Frau wie sie nicht mehr erinnern könnte.

Vielleicht habe ich sie im Fernsehen gesehen. Es ist durchaus möglich, daß es sich um eine renommierte Athletin in irgendeiner abwegigen Damensportart handelt, mit der die Sendeanstalten ihre Programmlücken füllen. Sie hat die Beine einer Tennisspielerin, lang und straff. Es fällt einem nicht schwer sich vorzustellen, wie sie in einem kurzen, wirbelnden Faltenrock die Grundlinie auf und ab spurtet. Doch dafür ist ihr Oberkörper zu ausladend muskulös. Ihr breites Kreuz deutet auf eine starke Beanspruchung der Schulter- und Rückenmuskulatur hin, also irgendeine Kraftsportart mit hoher Belastungsintensität, vielleicht nicht gerade Gewichtheben, aber möglicherweise Schwimmen. Dem entspräche auch die Stromlinienform und der Fluß ihrer Figur. Nur, wenn ich mir etwas im Fernsehen garantiert nicht anschaue, dann sind es prustende, chlorbrillenbestrapste Körper im Wasser. Schon gar nicht nach der Sache mit Weinheimer.

Titelblätter. Ich gehe die Covergirls sämtlicher Fitness-Magazine durch, die mir in letzter Zeit unter die Augen gekommen sind. Ich lasse meine gesammelten Versandhauskatalog-Impressionen Revue passieren sowie mehrere gemischtgeschlechtliche Trainingsvideos aus grauer Vorzeit. Fehlanzeige. Wenn ich ihren Körper schon einmal irgendwo gesehen hätte, wüßte ich es. Und ich hätte alle Hebel in Bewegung gesetzt, um herauszufinden, wie diese Frau heißt, wo sie lebt, was sie tut. Es gibt keine andere Möglichkeit, ich muß von ihr geträumt haben. Immer schon.

Für einen Moment sieht es aus, als würde sie sich von der Schrägbank erheben und herschauen. Ich zucke unwillkürlich zusammen. Dabei weiß ich im Grunde, daß so etwas gar nicht passieren kann. Ich habe diese Begegnung schon einmal erlebt. Nicht, daß ich vorhersagen könnte, wie es weitergeht. Aber ich erkenne jeden Moment wieder, sobald er sich ereignet.

Sie hat sich mir nicht zugewendet, sie ist nur zu einer Serie von Situps mit gedrehtem Oberkörper übergegangen. Genauso wird sie sich in die andere Richtung drehen und mir den Rükken zukehren, das denke ich in demselben Augenblick, als es geschieht. Ich lasse die Hanteln sinken. Ihr Rückgrat ist eine Schnur von aneinandergereihten Wirbeln, zählbar und von unglaublicher Geschmeidigkeit. An ihr ist alles, wie es sein soll. Sie hat den idealen Körper.

Mir fällt nichts Besseres mehr ein als Kurzhantelstemmen im Sitzen. Ich kann nicht aufhören, sie anzusehen, die Frau auf der Nebenbank, aber ich weiß jetzt, was es ist. Es gibt keinen Grund, an Déjà-vus zu glauben. Ich erkenne sie nicht wieder, ich erkenne sie instinktiv an. Ihr Körper ist eine genaue Definition dessen, was anatomisch möglich ist. Er ist beides: die Gabe und das Machbare, nicht nur Geschenk, sondern Werk. Und was mich daran mehr beeindruckt als die offensichtliche Gnade der Geburt ist ihre Entschiedenheit. Jeder einzelne Muskel, jede Faser ihres Körpers zeugt davon. Sie will sich. Und sie bekommt, was sie will.

Ich habe all ihre Situps gezählt. Es sind achtundfünfzig, achtzehn davon mit Oberkörperdrehung zu beiden Seiten, ausgeführt mit gleichbleibender Präzision. Sie wird auch bei der siebzigsten Wiederholung nicht nachlassen. Nichts und niemand kann sie stoppen.

Ab einem gewissen Zeitpunkt steht jeder erwachsene Mensch

vor der Frage, was sein Körper über ihn erzählt. Jemand, der Abend für Abend vor dem Fernseher sitzt und Kartoffelchips in sich hineinstopft, wird irgendwann auch so aussehen wie jemand, der Abend für Abend vor dem Fernseher sitzt und Kartoffelchips in sich hineinstopft. (Männer begreifen das in der Regel etwas später, Frauen früher.) Jeder von uns muß wissen, nach welchem Bild er lebt und sich formt. Diesem Bild entkommt man nicht. Es gibt nur zwei Möglichkeiten: Entweder man bestimmt es, oder man läßt es über sich bestimmen.

Die Frau auf der Nebenbank ist nicht nur schön bis an die Grenze zur Vollkommenheit. Sie besitzt eine fast übermenschliche Disziplin. Für ihre Schönheit bewundere oder begehre ich sie. (Ich begehre sie wirklich, doch das ist zweitrangig, eine Frage des persönlichen Geschmacks.) Etwas ganz anderes ist die totale Kontrolle, die sie über sich hat. Dafür respektiere ich sie. Ich spüre, daß sie stärker ist als ich.

Meine Motivation erreicht eine neue Qualität. Sicher ist es gut, Athleten wie Norman oder Jean-Claude vor Augen zu haben, wenn man trainiert. Sie sind sportliche Vorbilder, die ich kopiere, soweit es mir erstrebenswert scheint, das zu schaffen, was sie geschafft haben. Aber ich möchte nicht sein wie sie. Ganz anders die Frau auf der Nebenbank. Ich will nicht nur ihren sportlichen Erfolg. Ich will auf ganzer Linie Ebenbürtigkeit. All meine Anstrengungen gelten dem Ziel, mich zu einem Menschen zu machen, der für sie in Betracht kommt.

Sie ist bei Situp Nummer 73. Vermutlich macht sie die Hundert voll. Ich nehme mir vor, bei der nächsten Gelegenheit an die Langhantel zu wechseln. Es gibt keinen existentielleren Kampf als das Ringen um Aufmerksamkeit, um ihren Blick. Hier hat der Ehrgeiz sein wildes Herz.

Der fliegende Wechsel klappt, als hätte ich ihn jahrelang geübt. Mein Rücken fühlt sich gut an, breit und fest. Ich komme ohne Lehne aus und setze mich seitwärts. So habe ich eine fantastische Aussicht: die Frau auf der Nebenbank bei Situp 86. Ihre Hüft-Lenden-Muskulatur arbeitet unermüdlich. Sie hat die absolute Alpha-Anatomie. Ich muß nur zu ihr aufschließen, dann bin ich über alles hinaus.

Sie trägt weiße Söckchen, keine festen Strümpfe oder Tennissocken, sondern weiße Knöchelsöckchen. Das ist wie ein Versprechen. Ich werde es schaffen bis zu ihr.

Isabell betritt den Raum, wie um sich in Erinnerung zu bringen. Schlendernd kommt sie auf uns zu. Ihr Gang wirkt eine Spur zu lässig. Die engen Baumwolltights betonen die Vasenform ihrer Oberschenkel. Doch damit bringt sie mich nicht mehr aus dem Konzept. Ich staune nur, in welchem Maße sie schon der Vergangenheit angehört.

Sie ist schön wie eh und je. Unverändert ihr begnadeter Bauch mit der seichten Nabelsenke, die mich so viel Schweiß und schlaflose Nächte gekostet hat. Unnachahmlich der weiche Schwung ihrer Bewegungen, die Geschmeidigkeit ihrer Haut. Doch rückblickend wirkt sie eine Spur matronenhaft. Ihr Lächeln erscheint mir ein bißchen zu voll. Wer weiß, wie lange sich das Kinngewebe noch so hält. Auch ihre Brüste sind vielleicht schon eine Idee zu reif. Sie muß höllisch aufpassen, daß sie sich nicht zu sehr auf ihre vordergründigen Reize verläßt. Nichts ist gefährlicher, als im Brust- und Gesäßbereich bequem zu werden. Aber das geht mich im Grunde nichts an.

Isabell bleibt kurz stehen, um eine Trainerin zu begrüßen. Dabei dreht sie sich leicht ins Profil und knickt die Hüfte ein. Ihr Apfelpo dürfte runder nicht sein. Mir kommen ernsthafte Zweifel, ob sie vor dieser Körperkulisse noch lange bestehen wird. Ihr genetischer Bonus dürfte bald aufgebraucht sein, und um darüber hinaus zu überzeugen, müßte sie einfach mehr trainieren. Das ist sie nicht gewöhnt. Auf einmal wird mir ihr Kinderwunsch verständlich. Sie will sich dem Vergleich entziehen.

Sie kommt direkt auf mich zu. Ihr Lächeln wirkt verblüffend frisch. Ich würde sie zum Abschluß gerne fragen, was sie von meiner Brustbehaarung hält, eine ehrliche Antwort, jetzt könnte sie es mir doch sagen. Aber ich weiß nicht so recht, wie ich anfangen soll.

»Na, habt ihr euch schon bekannt gemacht?« Isabell strahlt.

Ich sehe der Frau auf der Nebenbank in die Augen. Sie schaut zum ersten Mal zurück. Doch ich bin zu verwirrt, um es zu genießen. Dann starren wir beide Isabell an, die unverändert weiterstrahlt.

»Das ist Katrin.«

II. TAG

Das Schwerste ist nicht der Anfang und nicht das Ende.
Das Schwerste ist, die Mitte auszuhalten,
wenn kein Ziel sich zeigt.

B. C. Gabriel, The Art of Motivation

1

Sechs Millimeter? Das darf doch nicht wahr sein. Ich stochere mit dem Maßband in meinem Nabel herum. Mir zittern die Finger. Aber wie ich es auch drehe und wende, es bleibt dabei: sechs Millimeter Nabeltiefe! Und dafür habe ich bis in die Nacht trainiert?

Ich muß mich am Waschbeckenrand aufstützen. Für einen Moment scheint die weiße Kachellandschaft um mich herum zu flimmern und sich im Kreis zu drehen. Ich starre mit zusammengekniffenen Augen in den Badezimmerspiegel. Das Licht ist grell wie noch nie. Meine Haut schimmert aschfahl unter der gepflegten Unrasur. Ich sehe furchtbar aus. In einer Dreiviertelstunde muß ich Stickroth unter die Augen treten. Ich habe keinen blassen Schimmer, wie. Wenn ich er wäre, würde ich mich kündigen.

Ich lege mich zum Frühsport auf die Fliesen und beginne mit ein paar Crunches in Extremzeitlupe. »Man muß absolut Athlet sein«, beschwöre ich mich. Aber es klingt nicht überzeugend. Ich hebe den Oberkörper, um Brust- und Schambein so weit wie möglich zusammenzubringen. Nur die gute alte Bauchpresse kann mich jetzt noch retten. Die ersten Wiederholungen absolviere ich mit geschlossenen Augen. Ich möchte, daß meine Bauchmuskeln warm sind, bevor ich sie mir ansehe. Ein deutlicher Volumenzuwachs würde mir über den Tag helfen. Doch irgendwie wirkt das Hügelpanorama meines Sixpacks heute morgen seicht und kraftlos. Nur das Sechs-Millimeter-Loch in der Mitte ist weithin sichtbar. Ich starre direkt in meinen unbegreiflichen, rot geränderten Nabel. Die Sinnkrise ist nicht mehr abzuwenden.

Eher halbherzig visualisiere ich mein Ziel: Nabeltiefe null. Ich versuche, mir das Glücksgefühl vorzustellen, wenn ich eines Morgens vor den Spiegel trete, und es ist nichts mehr an der Stelle, wo einmal ein Loch war, nur glatte, straff gespannte Haut. An Tagen wie heute träume ich vom restlosen Verschwinden meines Nabels. Der Motivationseffekt bleibt völlig aus. Nach einem solchen Rückschlag fehlt der Glaube, der mich mit meinem Ziel verbindet.

Auch bei dem Gedanken an Katrin will kein rechter Elan aufkommen. Ihr Bild in meinem Kopf ist nur ein dumpfer Schmerz. Ich zwinge mir drei, vier weitere Crunches ab. Schon das kommt mich hart an. Für jede noch so kleine Kraftanstrengung muß ich das Doppelte und Dreifache an Willen aufbringen. Es ist hoffnungslos. Ich bekomme die Schulterblätter kaum vom Boden. Jedesmal, wenn ich den Rücken wieder absenke, sind die Kacheln eiskalt. Noch nie hat mir das etwas ausgemacht, doch heute fröstele ich. Meine Körperbehaarung richtet sich in voller Länge auf. Ich habe Gänsehaut bis zu den Kniescheiben. Ich fühle mich elend. Von Katrin bin ich Lichtjahre entfernt.

Vielleicht sollte ich mich noch einmal zehn Minuten hinlegen – in der Hoffnung, daß beim zweiten Anlauf alles besser klappt. Doch eine innere Stimme sagt mir, daß sich dadurch gar nichts ändert. Außer vielleicht, daß ich zum Frühstück bei Stickroth zu spät komme.

Ich drehe das Wasser auf und warte, bis die Wechseldusche auf warm schaltet. Dann erst stelle ich mich unter den Strahl. Irgendwie habe ich das Gefühl, mich belohnen zu müssen, ohne so richtig zu wissen, wofür. Vielleicht brauche ich auch einfach nur Trost. Ich habe getan, was ich konnte. Ich habe weitertrainiert, als Isabell und Katrin längst gegangen waren. Ich bin in keinem extravaganten Restaurant essen gewesen, sondern habe es mir bei einem Proteinpaket aus Magerquark und Hüttenkäse schmecken lassen. Die einzige diätetische

Ausschweifung des gestrigen Abends war ein Stück leicht angebratenes Tofu mit Jodsalz zum Nachtisch und ein Glas Molke vorm Schlafengehen. Meine Entbehrungen waren umsonst. Der Verfall hat begonnen.

Der Temperaturwechsler nähert sich der Kaltphase, die mir sonst eigentlich immer Spaß gemacht hat. Jetzt drücke ich mich am Rand der Duschkabine herum und halte nur meinen Kopf in den eisigen Strahl. Meine Hände wischen wahllos über meinen nassen Körper. Ich friere erbärmlich. Meine Haut ist gespannt. Brust und Bauch fühlen sich fest an, aber eher zäh als kraftvoll. Es scheint, als wären meine Muskeln vom Training kleiner statt größer geworden. Sogar mein Bizeps ist merklich geschrumpft. Nicht, daß ich großen Wert darauf legen würde, aber anstelle der breiten, bogenförmigen Beule habe ich auf einmal eine kompakte kleine Kugel am Oberarm. Das ist symptomatisch! Wo ich auch hinfasse, spüre ich Schwund. Meine gesamte Muskulatur ist zu einem sehnigen, strähnigen Fasergeflecht zusammengeschnurrt. Ich fühle mich wie das schlechteste Steak, das ich je gegessen habe.

Eiswasser fließt mir in dünnen, zittrigen Rinnsalen über den Nacken und zwischen den Schulterblättern hinab. Ich klemme meine Hände unter die Achselhöhlen und warte schlotternd auf bessere Zeiten. Der Drang, Isabell anzurufen, wird übermächtig. Sie könnte mir auf den Kopf zu sagen, was ich wann hätte essen sollen, damit ich beim Training systematisch Muskeln auf- und nicht abbaue. Aber ich habe mir vorgenommen, zwischen Isabell und mir erst einmal Funkstille einkehren zu lassen. Wenn ich im Moment etwas nicht gebrauchen kann, dann sind es ihre Überraschungen.

Das Wasser erwärmt sich langsam wieder, Grad für Grad. Ich schaudere noch immer. Mit den Fingerspitzen fahre ich vorsichtig über den großen runden Armmuskel und weiter den breiten Rückenmuskel entlang. Nach all den Lat-Zügen gestern müßte er eigentlich zugelegt haben, aber ich ertaste bloß einen schmalen, hartleibigen Strang. Ich werde immer weniger. Die milchigen Scheiben der Duschkabine werfen nur einen verschwommenen Schattenstreif zurück. Allmählich bekomme ich es mit der Angst. Ich muß mich sehen. Ich kann die Ungewißheit nicht länger ertragen.

Mit einem Handtuch um die Hüften renne ich durch die Wohnung und betrachte mich in allen möglichen Spiegeln aus allen möglichen Blickwinkeln. Die erhoffte Gewißheit stellt sich nicht ein. Je länger ich mich anschaue, desto unsicherer werde ich. Meine Waden, die mir noch vor vierundzwanzig Stunden beinahe knallig vorkamen, wirken jetzt eher länglich und dünn. Sogar mein Hintern hat verloren, obwohl Treppenläufe in der Regel sofort bei mir anschlagen und die Gesäßmuskulatur sich schon bei geringen Trainingsreizen zu zwei festen Halbkugeln formt. Zum ersten Mal bemerke ich bei meinen Pobacken eine abfallende Tendenz. Die Mulde zwischen dem mittleren und großen Gesäßmuskel hat sich spürbar vergrößert. Von einer Rundform kann fast keine Rede mehr sein. Statt dessen laufen die Muskelstränge eher spitz auf den hinteren Oberschenkel zu. Unter dem dichten Frotteestoff sieht meine Rektalkurve im Halbprofil noch ziemlich schwungvoll aus. Aber die Frage ist, schwingt sie auf oder schwingt sie ab? Möglicherweise befinde ich mich schon auf dem direkten Weg in die Polosigkeit.

Ich mache ein paar Kniebeugen vor dem Garderobenspiegel und gehe dann zu meinen morgendlichen Liegestützen über. Den Kopf drehe ich der Spiegelfläche zu, um meinen Körper in Bewegung zu beobachten. Schon bei der vierten Wiederholung lähmen mich Selbstzweifel. Die Arbeitsmuskulatur ist weit davon entfernt, sich aufzupumpen. Der ganze Apparat wirkt knochig und abgezehrt. Meine Schultern lassen jede Opulenz vermissen. Vom Deltamuskel bis zum Schlüsselbeinansatz zeigt sich keine Linie, sondern nur ein durchbrochenes Gestrichel von zerklüfteten Fasersträngen und holprigen Gelenkhöckern. Es fehlt der mächtige Schulterbogen, der an das weibliche Anlehnungsbedürfnis appelliert. Mein Körper hat seine Großzügigkeit verloren. Ich kann nicht mehr.

Ich senke die Stirn in die Auslegware. Mir geht dieser verdammte James-Bond-Film nicht aus dem Kopf. Wie sagte 007 zu dem barbrüstigen japanischen Karatekämpfer? »Ein Vogel nistet nicht gerne in einem kahlen Baum.« Ich weiß zwar noch immer nicht, wer es nun war, ob Sean Connery oder der immer leicht onduliert wirkende Roger Moore, aber er hatte recht. Keine Frau verliebt sich in ein Knochengerüst. Ich kann von Glück reden, daß ich mir gestern nicht die Brustbehaarung wegrasiert habe, sonst wäre ich jetzt völlig blank. Meine Arme knicken ein. Brustkorb und Oberschenkel landen flach auf den Teppichflusen. Meine blonden Härchen sind vielleicht die einzige Rettung. Ich muß an Gesine denken, die nie müde wurde, ihre Finger in meinem Brusthaar zu drehen. Sie nannte es, »das Schlaflamm kämmen« (vor knapp zwei Jahren in einer Honeymoon-Suite bei Las Vegas, die wir bezogen hatten, weil unser Hotel überbucht war). Ich liege hart auf meinen eigenen Knochen.

Zeit verstreicht.

Ich muß mich entscheiden. Mein Termin bei Stickroth ist in zwanzig Minuten. Heute habe ich die Chance, neue Prioritäten zu setzen. Vielleicht ist der Bankrott meines Körpers ein Signal, mein Leben zu ändern. Ich könnte eine vorläufige Trainingspause einlegen und mich mehr um meine Karriere kümmern. In meinem Aktenkoffer warten drei Dossiers voller

Geschäftsberichte, Kundenanalysen und Wachstumsprognosen. Außerdem trage ich seit Wochen ein Büchlein über Unternehmensphilosophie mit mir herum, das ich in Claaßens Koffer entdeckt und sofort bestellt hatte, um dann nicht eine Zeile davon zu lesen. Ich sollte mich in Zukunft stärker auf meinen Beruf konzentrieren. Claaßen kennt den Papierkram mit Sicherheit in- und auswendig. Eine Minute lang denke ich nichts.

Natürlich muß man Athlet sein. Jeder, der heute ernstgenommen werden will, muß absolut Athlet sein, ob er nun in der Computerbranche arbeitet oder als Filialleiter in einem Supermarkt. Athletsein ist Dogma. Aber ich will nicht in dem Körper eines Marathonläufers enden. Ich habe nie verstanden, warum Menschen sich in solche Extreme hineinquälen, nur um am Ende auszusehen wie unterernährte Grillhähnchen. Im Typ Marathonläufer vereinigt sich ein Maximum an Fitness mit einem Minimum an Optik. Ich will genau das Gegenteil. Fitness ist für mich nur ein Mittel, um zu dem Körper zu kommen, den ich immer haben wollte. Im Moment trainiere ich in die falsche Richtung. Ich muß eindeutig weniger Sport treiben und mehr essen.

Aber was?

Ich stehe vor dem Kühlschrank und denke an Frau M., während ich die verschiedenen Kraftshakes nach Haltbarkeitsdaten sortiere. Ich war lange nicht mehr einkaufen, wenn man von der Sportlernahrung einmal absieht, die ich mir regelmäßig aus der Fitness-Boutique mitbringe. Meine Vorräte beschränken sich im wesentlichen auf Eiweißkonzentrate und Knäckebrot. An kalten Getränken hätte ich eine angebrochene Flasche Mineralwasser zu bieten, natriumarm und absolut ohne Kohlensäure. Die beiden verhutzelten Kiwis, die ich aus den Tiefen des Gemüsefachs hervorkrame, sind schon eine kleine Sensation. Ansonsten gleicht mein Kühlschrank eher einer Apotheke. Claaßen hatte heute morgen wahrscheinlich Rührei mit Schinken zum Frühstück, dazu goldbraunen Buttertoast und andere sinnlose Kohlenhydrate. Ich zähle die Tage bis zu seiner ersten Bypass-Operation.

In den hinteren Regionen entdecke ich ein Glas mit Rollmöpsen in würziger Marinade, das Isabell mir nach einer langen Diskussion über Seefisch vor die Tür gestellt hatte. Sie schwört auf Seefisch, mindestens einmal die Woche, besser noch alle drei Tage. Nichts, findet sie, geht über das hochwertige Eiweiß von Meerestieren. Ihr triftigstes Argument sind dabei die seltenen Omega-3-Fettsäuren und der hervorragende Jodgehalt. Seefisch ist laut Isabell unerläßlich, um über die Thermoregulation den Stoffwechsel anzukurbeln. Ich halte dagegen, daß einem das alles wenig nützt, wenn man mit einer Lebensmittelvergiftung im Krankenhaus liegt. Ich mißtraue Fisch, der länger haltbar sein soll als menschliche Beziehungen.

Ich könnte stundenlang in meinen Kühlschrank starren, doch ich spüre ganz deutlich Handlungsbedarf. Wenn es mir mit meiner Karriere ernst ist, sollte ich die Ernährungsfragen vorerst zurückstellen und meine Bemühungen verstärken, nicht zu spät zu kommen. In spätestens acht Minuten muß ich aus dem Haus sein.

Ich greife zu demselben Kraftshake, von dem mir schon gestern morgen schlecht geworden ist. Es wäre fahrlässig, ohne eine solide Proteinbasis bei Stickroth aufzukreuzen. Geschäftsessen sind aus athletischer Sicht immer eine Katastrophe, weil man dabei seine Ernährungsentscheidungen vor allem aus karrieretaktischen Erwägungen trifft. Mir graut jetzt schon davor, mich den Eßgewohnheiten meines Gastgebers anpassen zu müssen. Nicht, daß Stickroth im üblichen Sinne dick wäre. Er ist ein Energiebündel. Sein Übergewicht strebt nach oben. Trotzdem will ich nicht so essen und so aussehen wie er.

Ich rieche kurz an dem Kraftshake und beschließe, mit nüchternem Magen zu Stickroth zu fahren. Ich bin jetzt bereit, von Körper auf Karriere umzuschalten und mich ab sofort ganz meinem beruflichen Fortkommen zu widmen.

Noch fünf Minuten. Mein Bauch sieht in dem fahlen Kühlschranklicht zum Fürchten aus. Meine Haut schimmert wächsern und bleich. Wie kann es sein, daß ich an allen möglichen und unmöglichen Stellen abmagere, nur um den Nabel nicht?

Ich knalle die Kühlschranktür zu und stürze ins Ankleidezimmer. Meinen Anzug schaffe ich in einer Rekordzeit von zwei Minuten dreißig inklusive Schnürschuhe und Krawatte, die allerdings nicht ganz perfekt sitzt. Doch den Knoten kann ich mir auch noch im Wagen fertigbinden. Des weiteren stecke ich ein: Zahnseide, einen Kamm sowie ein fertigverpacktes Mitbringsel aus meiner Geschenkschublade – als kleine Aufmerksamkeit für die Dame des Hauses. Den Aktenkoffer werde ich nicht brauchen, aber er macht sich gut. Ich klemme ihn unter den Arm und stehe binnen fünfundzwanzig Sekunden startbereit im Treppenhaus. Es folgt ein Abwärtsgalopp über drei Stockwerke mit einem Fünfundsiebzig-Meter-Endspurt durch die Tiefgarage ohne Kurvenschneiden. Alles in weniger als einer Minute. Meine persönliche Bestmarke liegt bei neunundvierzig Sekunden (auf dem Weg zu einem Rendezvous mit einem Seriensternchen namens Sophia, das mich dann eine halbe Stunde lang vor der Garderobe warten ließ). Ein kurzer Uhrenvergleich mit dem Armaturenbrett. Ich bin gut in der Zeit. Der Wagen springt sofort an. Für die Autofahrt zu Stickroth habe ich üppige siebeneinhalb Minuten. Ich verlasse das Haus fast dreißig Sekunden früher als geplant. Mit einem solchen Bauchnabel bleibt mir nichts anderes übrig, als Karriere zu machen. Ich brauche Geld, viel Geld!

Ich bin in Nullkommanichts auf der Stadtautobahn und ziehe auf dem Standstreifen an dem unvermeidlichen Vormittagsstau vorbei. Es läuft so gut, daß ich problemlos die Zeit finde, um zu telefonieren. Isabells Privatnummer flötet nach einem einzigen Tastendruck über die Freisprechanlage. Ich drängele mich die Abfahrt hinunter und erreiche das Villenviertel mit einer Reserve von anderthalb Minuten. Mehr ist nicht nötig, um Isabell zu sagen, daß ich ihre Telefonseelsorge nicht mehr brauche. Geduldig lasse ich es viermal klingeln. Währenddessen schaukele ich das Lenkrad zwischen den Knien und binde mir mit ein, zwei Blicken in den Rückspiegel die Krawatte neu. Ihr Anrufbeantworter springt an. Möglicherweise höre ich ihre Stimme zum letzten Mal. Ich knipse das Gespräch weg.

Das Villenviertel ist teilweise verkehrsberuhigt und überwacht. Von daher muß ich aufpassen, daß ich nicht mehr als dreißig km/h über der Geschwindigkeitsbegrenzung liege. Es ist kaum etwas los auf den Straßen zwischen den tiefgrünen Parkanlagen und weitläufig umzäunten Herrenhäusern. Ich fahre einen immer größeren Vorsprung heraus. Inzwischen weiß ich selber, wo der Fehler liegt. Ich habe in der falschen Reihenfolge gegessen. Der Muskelaufbaueffekt von Eiweiß ist direkt an den Trainingsreiz gekoppelt. Wird es dem Körper unmittelbar vor der Belastung zugeführt, wächst der Muskel. Je weiter die Eiweißbereitstellung zeitlich vom Training entfernt liegt, desto geringer die Wirkung. Bei Eiweißmangel und hartem Training kann es sogar zu Muskelabbau-Erscheinungen kommen. Ich hätte mein Proteinpaket zu keinem ungünstigeren Zeitpunkt einnehmen können als spät abends nach dem Training. Auf einmal sind die Eiweiße, die mir während des Workouts gefehlt haben, im Übermaß vorhanden. Da aber der Körper Eiweiß nicht speichern kann, wird es über Nacht in Depotfett umgewandelt und, wie bei Männern üblich, in der Bauchgegend abgelagert. Voilà! Ich biege scharf links in die Straße ein, in der Stickroth sein Anwesen hat. Gleichzeitig versuche ich es ein zweites Mal bei Isabell, die noch gar nicht ahnt, wie entbehrlich sie ist.

Ich kenne Stickroths Villa nur von den Gerüchten, die auf unserer Etage kursieren. Doch ich weiß sofort, daß sie es ist, als ich nach mehreren kleinen Schikanen eine schärfere Kurve nehme und noch einmal Gas gebe. Ich steuere direkt darauf zu. Violas minutiöse Wegbeschreibung war ganz und gar überflüssig. Es ist soviel über die Stickroth-Immobilie geredet worden, daß sich bei mir der Eindruck festgesetzt hat, schon einmal dort gewesen zu sein. Isabell geht noch immer nicht ans Telefon. Aber ich will jetzt auch nicht mit ihr sprechen. Ich möchte einen Moment mit dem Gefühl allein sein, daß ich in Zukunft regelmäßig hierherkommen werde.

Ich bremse und setze ein paar Meter zurück. Dann biege ich ein in die von zwei Kastanienbäumen flankierte Toreinfahrt. Auf dem Rückweg werde ich das Grundstück einmal ganz umrunden, um es besser kennenzulernen. Doch schon auf den ersten Blick bin ich zutiefst davon überzeugt, daß diese Wohngegend zu mir paßt. Ich lasse das Seitenfenster herunter und drücke den Summer der Gegensprechanlage. Unter dem Lautsprecher ist ein Sicherheitssystem mit Zahlencode angebracht. Ich schwöre bei allem, was mir heilig ist, daß ich es innerhalb eines Monats dahin bringen werde, diesen Code zu kennen. Ich möchte im Besitz der Fernbedienung sein, mit der sich die Tore schon von weitem öffnen lassen. Ich gebe mir fünf Wochen. Länger werde ich nicht brauchen, um in diesem Haus ein- und auszugehen, als würde ich zur Familie gehören. Das bin ich mir schuldig.

Der Lautsprecher knackt. Es meldet sich eine leicht verzerrte Stimme, halb Mensch, halb Automat. Ich nenne meinen Namen. Die Pforten öffnen sich. Ich fahre im Schrittempo auf das Gelände. Es ist 9 Uhr 59. Ich bin überpünktlich, so wie es sich für einen Juniorpartner in spe gehört. Viola wäre stolz auf mich.

Jetzt brauche ich niemanden mehr.

Nur der Vollständigkeit halber lasse ich noch einmal Isabells Nummer durchlaufen. Es macht einen besseren Eindruck, wenn ich telefonierend vorfahre. Deswegen schalte ich auf Handapparat um. Am anderen Ende meldet sich eine Frau mit fremdem Namen. Ich stutze kurz, aber die Nummer stimmt. Ein wenig unbeholfen erkundige ich mich nach Isabell. Dann fällt es mir ein: Katrin natürlich! Sie wird bei ihr übernachtet haben.

»Isabell ist schon unterwegs. Soll ich ihr etwas ausrichten?«

Ihre Stimme klingt so selbstbewußt und sicher, als würde sie den ganzen Tag anderer Leute Anrufe entgegennehmen.

»Nein, nicht nötig. Ich rufe später noch mal an.«

Ich habe Katrins Telefonnummer. Ich weiß, wo sie steckt. Das ändert alles. Isabell wird sich wundern, auch ich bin immer für eine Überraschung gut.

2

Stickroth tritt aus dem Haus und tänzelt leichtfüßig eine Seitentreppe herab. Schon von weitem breitet er die Arme aus, um mich zu begrüßen. Seine joviale Art ist berüchtigt. Man darf sich nicht davon täuschen lassen. Hinter der launigen Fassade ist er ein knallharter Geschäftsmann.

Ich steige aus dem Wagen. Beherzt schütteln wir einander die Hände. Die Lüftung läuft auf Hochtouren. Es riecht nach verbranntem Gummi. Stickroth legt eine Hand auf meine Schulter und schiebt mich mit sanftem Druck ins Haus. Ich simuliere soviel Zuversicht, daß es mir schlagartig besser geht. Heute ist Karrieretag!

Stickroth und ich sind uns privat nie begegnet, von dem einen Mal abgesehen, als Isabell mich mit ihm bekannt gemacht hat. Auf den wöchentlichen Strategie-Meetings war zu spüren, daß er sich für mich interessiert. Zumindest hat er häufig in meine Richtung gesprochen. Ansonsten hielt sich alles in den Grenzen der Hierarchie. Heute spielen wir ein anderes Spiel. Wir tun so, als würden wir uns schon seit Ewigkeiten kennen, und machen uns dabei unser Bild. Ich gebe mich entsprechend informell, bleibe aber immer eine Spur zurückhaltender als er. Ich will kein Spielverderber sein. Es ist nur so, daß er bestimmt, wie weit die Freundschaft zwischen uns geht.

Wir gelangen durch einen Seitenflügel in die Vorhalle, von der aus eine geschwungene Treppe in den ersten Stock führt. Oben befinden sich vermutlich die Schlafzimmer, die mich nicht wenig interessieren. Unsere ganze Etage weiß, daß Stickroths Töchter noch zu Hause wohnen, was angesichts dieser Räumlichkeiten nur zu begreiflich ist. Über mögliche Heiratspläne wird unter Kollegen ausgiebig und gerne spekuliert. Ich hatte immer den Verdacht, die beiden Mädchen könnten nicht ganz gelungen sein. Aber ich bin mehr als bereit, mich vom Gegenteil überzeugen zu lassen.

Stickroth hält mir die Tür auf. Wir durchqueren einen weitläufigen Salon, der offensichtlich zum Reich seiner Frau gehört, wie ich aus der Vielzahl der Aschenbecher schließe. Sie raucht, und das ist auch schon alles, was ich von ihr weiß. Die Flügeltüren zur Terrasse stehen offen. Leichte, durchscheinende Vorhänge wehen im Luftzug hin und her. Dennoch hängt der unverkennbare Geruch von kaltem Rauch im Raum. Stickroth erzählt immer neue Anekdoten vom Um- und Ausbau seines Domizils. Ich speichere sämtliche Fakten und versuche gleichzeitig herauszufinden, ob die Kleinigkeit in meiner Jackentasche womöglich ein Damenfeuerzeug ist. Doch die Verpackung, die ich unter dem Geschenkpapier ertaste, gibt darüber keinen Aufschluß. Ich folge Stickroths gestenreichem Vortrag und betrete die Bibliothek. Alles hohe, herrschaftliche Räume. Das Gefühl von Zugehörigkeit ist überwältigend.

Um das erwartungsgemäße Interesse zu zeigen, schreite ich eine Regalreihe mit lauter ununterscheidbaren Ledereinbänden ab. Jetzt wäre der richtige Zeitpunkt für eine intelligente Frage, doch mir fällt nichts ein. Von daher entscheide ich mich für wortlose Anerkennung. Ich lasse den Blick über die Bücherrükken schweifen und nicke ihnen gelegentlich zu wie alten Bekannten. Dann würdige ich mit einer vagen Körperdrehung die komplette Sammlung. Eine Spur von kaugummisüßem Mädchenparfüm liegt in der Luft. Doch ich kann nicht genau orten, woher es kommt.

Auf der Anrichte neben dem Kamin steht ein Eiskübel mit

einer Flasche Champagner und einigen Gläsern. Ich trinke seit der Sache mit Weinheimer keinen Alkohol mehr, doch diese Flasche bahnt sich unausweichlich an. Ich bin von dem Schulmädchenduft ganz verzaubert. Stickroth macht sich behend an dem Korken zu schaffen, entfernt ihn ohne viel Getöse und füllt zwei Champagner-Schalen mit lässigem Schwung. Ich trete näher an ihn heran, als er mir ein Glas reicht. Seltsamerweise nimmt der Kaugummigeruch zu.

Wir stehen uns mit erhobenen Gläsern gegenüber, schauen einander in die Augen und stoßen an. Ich muß ein bißchen in die Knie gehen, um den Größenunterschied auszugleichen. Wenn ich gerade stehe, reicht mir Stickroth bis zur Brust. Doch es erscheint mir klüger, ihn das nicht so deutlich spüren zu lassen. Kleine Männer entwickeln unterschwellige Aggressionen gegen all jene, zu denen sie aufschauen müssen. Nach Monaten der Enthaltsamkeit merke ich den Alkohol sofort. Der Champagner geht über die Schleimhäute direkt ins Blut. Aus dem Nebenzimmer höre ich unterdrücktes Kichern.

»Am meisten«, vertraut mir Stickroth auf gleicher Augenhöhe an, »liebe ich diese Bücher für die Stille, die sie umgibt. Wenn ich nach einem turbulenten Tag hier in der Bibliothek sitze und in meinem Montaigne blättere, dann …«, ungefragt nimmt er mir das Glas aus der Hand und schenkt nach, »dann spüre ich, wie sehr mein Erfolg aus dieser Ruhe und der Kraft des Gedankens kommt. Die meisten meiner Widersacher habe ich von hier aus in Grund und Boden gedacht.«

Ich sehe ihn so bestimmt wie möglich an. All meine Gedanken sind im Nebenzimmer: helles Getuschel und kaugummisüße Körper, Wäscherascheln und Schweiß. So häßlich können die Stickroth-Töchter gar nicht sein, daß ich mich nicht für sie interessiere. Ich nehme mir vor, ab sofort nur noch an meinem Glas zu nippen, zumindest solange, bis ich etwas Vernünftiges gegessen habe. Im selben Moment trinkt Stickroth mir noch einmal zu. Das Kichern nebenan verstummt.

»Bevor wir da reingehen«, flüstert Stickroth, sein Atem ist eine Champagnerwolke, »wollte ich Ihnen noch sagen, Herr Claaßen hat die besseren Zahlen. Nur, daß wir uns nicht mißverstehen. Er bekommt von allen Seiten hervorragende Credits. Und ganz im Gegensatz zu Ihnen arbeitet er zwölf bis vierzehn Stunden am Tag.«

Ich nicke und lächle so leicht, als würde Stickroth weiterhin seine Bauherrenanekdoten zum Besten geben. Nur ein Idiot würde jetzt widersprechen.

»Herr Claaßen ist der ideale Kandidat. Alle wissen das. Sie können also davon ausgehen, daß auch ich es weiß. In dem Punkt sind sich unsere Partner ausnahmsweise einig. Oder womit hatten Sie gerechnet?«

Stickroth mustert mich aus nächster Nähe. Er lauert geradezu auf eine unbeherrschte Reaktion, Wut oder Bestürzung. Doch meine Gesichtsmuskeln sind so gut trainiert, daß ich nach wie vor unverkrampft freundlich schaue.

»Ich habe von Claaßen nur Gutes gehört«, sage ich ruhig. Natürlich würde ich ihn am liebsten auf der Stelle umbringen. Ich sehe im Moment nur keine Möglichkeit dazu.

»Das freut mich. Es ist immer erfreulich, die eigene Meinung bestätigt zu sehen. Ganz unter uns«, Stickroth senkt seine Stimme noch mehr, ich muß mich weit zu ihm hinunterbeugen, um ihn zu verstehen, »selbst wenn ich nur Ihre Erfolge rechne und die Fehlerquote einmal beseite lasse – die im übrigen beträchtlich ist! –, Sie sind nur der Zweitbeste. Sie haben kein klares Konzept, und man merkt Ihnen an, daß Sie in Ihrem ganzen Leben noch nie vernünftig gecoacht wurden.«

Stickroth legt den Arm um meine Schultern, was wohl bedeuten soll, daß er es gut mit mir meint. Trotz meiner gebückten Haltung muß er sich gehörig strecken. Sein Jackett klafft in der Mitte auf und offenbart einen kugelförmigen Bauch, der wie ein Ballon über dem Hosenbund aufsteigt. Ich sehe für dieses Frühstück ein ernährungstechnisches Fiasko voraus.

»Was ist bloß los mit Ihnen, Herrgott? Gefällt es Ihnen nicht bei uns?« Ich lasse die Fragen vorbeigehen, höre einfach nur zu. Es ist klar, daß er mich niedermacht, um seine Töchter in die richtige Perspektive zu rücken. Meine Stärken liegen bekanntlich im außertelefonischen Bereich.

»Junge, Junge, ich mache mir wirklich Sorgen um Sie. Sie haben traumhafte Voraussetzungen. Die Zukunft liegt vor Ihnen. Sie brauchen nur die Ärmel hochzukrempeln. Mein Gott, wenn ich noch einmal so jung wäre wie Sie, mit Ihren Möglichkeiten, ich würde Ihnen eine Karriere hinlegen, daß es kracht! Sie haben das Zeug dazu. Aber Sie vergeuden Ihr Talent, weil Sie niemanden haben, der Sie formt. Ihnen fehlt ein Gerüst für Ihre Fähigkeiten. Ihnen fehlt Richtung!«

Er muß das sagen, um Isabells Einfluß auf mich in Frage zu stellen. Möglich, daß er sie mir ganz ausreden will. Sicher duldet er keine Mentoren neben sich und neben seinen Töchtern keine Frau.

Stickroths zu kurz geratener Arm klammert sich immer fester um meinen Nacken. Er nimmt mich beinahe in den Schwitzkasten. Aus zehn Zentimetern Entfernung sehe ich den Fleischbogen seines Doppelkinns, das mit einer weichen, durchhängenden Fallwulst zum Kehlkopf hin abschließt. Ich kämpfe mit einem Anflug von Übelkeit, den die kribbelnden Champagnerperlen in meinem Magen hervorrufen. Das nächste, was ich sehe, ist Stickroths ausgebeulte Hemdbrust. Unter dem dünnen, ungestärkten Stoff zeichnet sich deutlich die Zitzenform seiner Brüste ab, die in zwei fingerhutgroßen Schlauchwarzen ausbaumeln. Mein Magen zieht sich krampfartig zusammen und preßt durchsäuerte Champagnerreste in umgekehrter Richtung die Speiseröhre hinauf. Ich kann gerade noch rechtzeitig schlucken, um eine Katastrophe zu verhindern. Panisch werfe ich den Kopf zur Seite. Ich kriege keine Luft mehr. Doch je höher ich mich in Stickroths Umklammerung schraube, desto intensiver wird der klebrig süße Kaugummigeruch. Offenbar haben beide Stickroth-Töchter ihren Vater in frisch parfümiertem Zustand umhalst. Ich kann nur hoffen, daß sie ihre Brüste nicht von ihm geerbt haben.

Ich bekomme kaum etwas mit, als Stickroth von dem riesigen Potential erzählt, das ich nicht nutze. Offenbar folgt jetzt der positive Teil, der mich aufbauen soll. Doch ich bin zu sehr damit beschäftigt, mich so dezent wie möglich aus seiner Umklammerung zu befreien. Die Körperausdünstungen im Achselbereich zeugen von einem hohen Buttersäuregehalt in der Stickrothschen Tagesdiät. Außerdem wittere ich Spuren von Restalkohol, wobei es ebensogut sein kann, daß der große Meister aufgrund seiner erhöhten Betriebstemperatur den Champagner, den er trinkt, sofort wieder ausschwitzt. Stickroth redet und hat rote Flecken im Gesicht. Seine Töchter duften im Nebenzimmer vor sich hin.

»... und, glauben Sie mir, das ist bei einem Juniorpartner das Entscheidende! Das ist das einzige, was zählt!« ereifert er sich und kommt damit einigermaßen überraschend zum Schluß. Dummerweise ist mir das Entscheidende und einzige, was zählt, komplett entgangen. Ich hatte mich gerade zu seinem Hemdkragen hochgearbeitet und war mit dem Blick in den bullterrierartigen Nackenfalten zwischen Kragenlinie und Haaransatz hängengeblieben. Meine Zweifel an der genetischen Mitgift der Stickroth-Töchter nehmen erschreckende Ausmaße an.

»Ich weiß, was Sie meinen«, sage ich sehr ernst. Es gibt nicht viel, was für mich spricht, jedenfalls nicht auf dem Papier. Ich bin vielleicht repräsentativer als Claaßen. Doch das allein macht mich für Stickroth noch nicht interessant. Entscheidend ist nicht, was ich bin, sondern was ich sein könnte. Wenn er mich zum Juniorpartner aufbaut, wäre ich sein Mann, hundertprozentig! Deswegen bin ich hier. Er will einen Kandidaten, den er sich erziehen kann. Stickroth lockert seinen Griff. Seine Hand gleitet sacht über meine Schulter.

»Danke«, flüstere ich.

»Ich erwarte von Ihnen keine Dankbarkeit«, setzt er nach, um einen rauhen Ton bemüht, »ich erwarte nur, daß Sie mich nicht enttäuschen.« Seine Töchter rücken bedrohlich nahe.

»Danke trotzdem.«

Stickroths Blick wird auf einmal ganz weich. Seine Unterlippe zittert, was ich geflissentlich übersehe. Er gibt mir einen Klaps auf die Schulter und dreht sich weg. Ich bin mir so gut wie sicher, daß er mir heute noch das »Du« anbieten wird.

»Hunger?« Er läßt mich stehen und geht ein paar Schritte zum Haustelefon. Ohne meine Antwort abzuwarten, raunzt er seine Anweisungen in den Apparat. Er ist offensichtlich heilfroh, wieder herumkommandieren zu können, doch ich höre die Rührung in seiner Stimme. Stickroth ist mir in allen Belangen überlegen, nur seine Chemie hat er nicht im Griff.

Ich weiß genau, was ich tun muß. Um Stickroth für mich zu begeistern, brauche ich nur ein bißchen so zu sein wie er. Ich muß ihn an sich selbst erinnern, an das, was er einmal war oder gerne gewesen wäre. Fast alle Männer mit Macht haben ein sentimentales Verhältnis zu ihrer eigenen Vergangenheit. Es ist ihr größter Wunsch, sich noch einmal selbst zu begegnen, um wiederum genau das aus sich zu machen, was sie aus sich schon gemacht haben. Sie möchten ihr Leben wiederholt sehen, was unmöglicher klingt, als es ist. Ich muß nur dafür sorgen, daß Stickroth sich in mir wiedererkennt. Dann wird er mir alle Hindernisse aus dem Weg räumen. Es ist Teil seines Traums, sich das Leben beim zweiten Mal etwas leichter zu machen.

Offenbar gibt es Probleme. Stickroth telefoniert jetzt mit seiner Frau, was ich dem Umstand entnehme, daß er inzwischen mehr bittet als befiehlt, womit er auch nicht weiter kommt. Wie es scheint, läßt sie sich nicht erweichen, und ich frage mich ganz nebenbei, ob sie das jünger oder älter macht. Mir kann es nur recht sein, wenn sie die Herrin im Hause ist. Einer Frau zu gefallen, ist immer die reizvollere Aufgabe.

Stickroth ringt sichtlich um Geduld. Mehr und mehr kehrt er mir den Rücken zu, um das Gespräch abzuschirmen. Zwanghaft wippt er auf den Zehenspitzen, seine Schuhe knirschen. Gut zu wissen, daß er hier eine Schwachstelle hat. Die Zuversicht, die ich vorgetäuscht habe, füllt mich inzwischen völlig aus. Ich werde den Karrieresprung schaffen, auch wenn ich meinen Körper dafür opfern muß. Der erste Champagner-Schwindel ist verflogen. Es geht mir gut. Ich fange an, mich hier wie zu Hause zu fühlen.

In einem unbeobachteten Moment recke ich mich und gehe zu einem leichten Rückenstretching über, um etwaigen Stauchungserscheinungen vorzubeugen. Meine Wirbelsäule hat in dieser halben Stunde mehr gelitten als sonst an einem ganzen Tag im Büro. Doch das ist es wert. Ich werde an Isabell und all den anderen vorbeiziehen. Ich brauche sie nicht mehr. Die Stickroth-Töchter können mittlerweile aussehen, wie sie wollen. Es würde mir nur die Arbeit ein wenig erleichtern, wenn sie nicht ganz so häßlich wären.

Armer Claaßen! Es ist klar, daß er fachlich der bessere Mann ist. (Vielleicht wäre er sogar für Stickroths Töchter genau der richtige, nur leider werden sie ihn niemals kennenlernen, und wenn doch, dann würden sie es ihm bestimmt nicht ansehen.) Er ist ehrgeizig, zielstrebig, kompetent, zuverlässig, pflichtbewußt, verantwortungsvoll undsoweiter. Alle schätzen Claaßen, aber niemand will so sein wie er. Er ist einfach nicht der Typ, in dem man sich wiedererkennen möchte. Da kann er machen, was er will.

Stickroth kommt mit großer Geste auf mich zu. Er hat aufgelegt und ist jetzt wieder ganz der Gastgeber. Seine Stirn glänzt. Die kurzgeschorenen Haare, die hochstehen und ihn größer machen sollen, kleben vorne zu kleinen, gerupften Wipfeln zusammen. Ich überblicke seine Kopfhaut und lächele verbindlich. Dann nehmen wir unsere Gläser und tragen sie nach nebenan ins Eßzimmer. Es gibt für mich nicht den geringsten Zweifel, daß ich die Fernbedienung binnen zwei Wochen in den Händen halten werde.

Ich hatte mit dem Schlimmsten gerechnet. Insofern bin ich von den Stickroth-Töchtern positiv enttäuscht. Zumindest auf den ersten Blick ist ihnen kein nennenswerter Makel anzusehen. Sie sitzen gut erzogen am Tisch, aufrecht und mit vor der Brust abgelegten Händen, beide wahrlich keine Sitzriesen, aber auch nicht so kleinwüchsig, wie zu befürchten war. Als ich ihnen vorgestellt werde, erheben sie sich nacheinander mit einem angedeuteten Knicks und geben mir auf weiche Art die Hand. Dabei überragen sie ihren Vater um Stirnhöhe. Durch ihre ärmellosen Blusen schimmern die Spaghetti-Träger ihrer Tops. Sie benutzen beide dasselbe Parfüm.

Corinna und Carola wiederholen noch einmal ihre Namen, wobei sie deutlichkeitshalber mit den Fingern aufeinander zeigen. Offenbar sind sie es gewöhnt, verwechselt zu werden. Schon aus dem Grund habe ich den Ehrgeiz, mir sehr genau zu merken, wer wie heißt. Corinna hat den runderen Rücken,

Carola den größeren Mund. Ansonsten sind ihre Gesichter erfrischend nichtssagend und jung.

Wir setzen uns, Stickroth am Kopf der Tafel, seine beiden Töchter Seite an Seite. Ich nehme gegenüber von Corinna mit dem runden Rücken Platz. Sie hat auch die fülligeren Oberarme, was mir aus irgendeinem Grund gefällt. Schulterkuppe und Muskelbögen verschmelzen zu einer fleischigen Keulenform. Gerade das Plumpe daran finde ich entzückend. Manchmal habe ich eine nostalgische Ader für das Naturbelassene. Aber vielleicht bin ich auch einfach nur zart gestimmt vor Hunger.

Unterdessen zieht Carola ihre Stoffserviette aus dem gravierten Silberring und wedelt damit durch die Luft. Ich schenke ihr bereitwillig die Aufmerksamkeit, auf die sie es abgesehen hat. Ihre Oberlippe wirkt wie aufgespritzt, was im Widerspruch steht zu ihrem ansonsten wenig designten Gesicht. Womöglich küßt sie sehr weich. Ich versuche, so zu gucken, als wäre ich ein furchtbar netter Kerl, ohne Stickroth gegenüber wie ein Vollidiot zu wirken. Also muß ich nach zwei Seiten spielen. Doch darin bin ich gut.

Der Platz am anderen Ende der Tafel bleibt leer. Dort hätte vermutlich Frau Stickroth sitzen sollen. Doch der Rest der Familie gibt sich Mühe, ihre Abwesenheit nicht zu bemerken, und genau so halte ich es auch. Der Kaffee wird gebracht.

Es gibt ausschließlich Kaffee, nur eine einzige Sorte, koffeinhaltigen Filterkaffee aus einer Porzellankanne. Ich komme mir vor wie im falschen Jahrhundert. Aber Stickroth und seine Töchter lassen sich mit einer solchen Selbstverständlichkeit einschenken, daß ich es nicht wage, die Hand über meine Tasse zu halten, um nach Tee zu fragen. Es müßte nicht einmal grüner Tee sein, den ich wegen seines Fluorgehalts sehr schätze, ich würde zur Not auch mit einer Ostfriesenmischung vorliebnehmen, nur Tee an sich wäre schön. Bedauerlicherweise hat es sich noch nicht bis zu Stickroths herumgesprochen, daß Tee das einzig denkbare Heißgetränk zum Frühstück ist, nicht nur aus Wellnessgründen, sondern auch, weil die Aufputschwirkung des Tee-Koffeins länger anhält. Es regt den Gehirnstoffwechsel an, wohingegen Kaffee in erster Linie auf das Herz wirkt, den Kreislauf nur kurz beschleunigt und aufgrund der enthaltenen Bitterstoffe die Nieren belastet. Sobald ich ein bißchen fester im Sattel sitze, wird sich in diesem Haus einiges ändern.

Im Unterschied zur Stickroth-Familie verzichte ich auf Milch und Zucker, das ist das mindeste, was ich für meinen Körper tun kann. Schwarzer Kaffee greift zwar den Magen an, aber er ist kalorienarm und wirkt katalysierend auf die Fettverbrennung. Wenn ich sofort nach dieser Tasse ein Ausdauer-Workout für Bauch, Brust und Rücken mit anschließendem Waldlauf absolvieren würde, bestünde sogar eine realistische Chance, die Fettdepots wegzuschmelzen, die ich über Nacht angesetzt habe. Aber mir fällt kein überzeugender Vorwand ein, um mein Zukunftsfrühstück schon nach der ersten Tasse Kaffee abzublasen.

Die Speisenfolge geht unaufhaltsam ihren Gang. Ich gäbe jetzt etwas für eine Pampelmuse mit Mangoschnittchen oder irgendeine andere Vitamin A-C-Kombination. Statt dessen werden üppige Wurst- und Käseplatten aufgetischt. Dazu gibt es körbeweise ofenfrische Brötchen, die noch nach Bäcker duften, goldbraun mit weißlich weichen Seiten. Corinna und Carola greifen hemmungslos zu, während ich aus den Augenwinkeln nach einem Vollkorn- oder Roggenbrötchen Ausschau halte. Ich möchte nicht wählerisch erscheinen, aber ein dunkleres Mehl mit höherer Typenzahl und gröberem Ausmahlungsgrad wäre wünschenswert. Gerade nach den Proteinexzessen der vergangenen Nacht sollte ich, wenn überhaupt, nur komplexe

Kohlenhydrate zu mir nehmen sowie reichlich Ballaststoffe zur kalorienarmen Sättigung. Isabell würde das sicher genauso sehen. Man kann ihr nachsagen, was man will, aber ich habe von der Beziehung zu dieser Frau sehr profitiert.

Leider gibt es nur Weißmehl- oder Mohnbrötchen. Das ist für einen Menschen mit erweitertem Ernährungsbewußtsein nicht wirklich eine Alternative. Der Unterschied zwischen klassischen Weißmehlbrötchen und Mohnsemmeln besteht in dem Mohn, mit dem sie bestreut wurden, was von allen möglichen Körnerbeimischungen die mit Abstand wertloseste ist. Leinsamen zum Beispiel enthalten schleimbildende Ballaststoffe, die einen verdauungsfördernden Einfluß auf die Darmflora ausüben. Kürbiskerne weisen ätherische Öle auf, die einer möglichen Prostatavergrößerung entgegenwirken. Mohn hingegen vermag nichts dergleichen, außer den Magen-Darm-Trakt mit kleinen, unverdaulichen Kügelchen zu belasten. Doch dieses Opfer muß ich meiner Karriere bringen.

Unwillkürlich taste ich zwischen zwei Westenknöpfen nach meinem Nabel. Jetzt heißt es Abschied nehmen. Ich bitte meinen Körper um Verzeihung und fahre mit den Fingerspitzen noch einmal über das Nabellid. Dann schneide ich mein Brötchen in zwei Hälften. Ich brauche jetzt ganz dringend einen Grund, Weißmehl zu mögen. Wenn ich mich ganz fest auf Corinnas Oberarme konzentriere, glaube ich, könnte es gehen.

3

»... und ich scheue mich nicht zu sagen, daß ich ihm sehr viel verdanke. Es würde Stickroth & Partner heute nicht geben, wenn er mich nicht in entscheidenden Fragen beraten hätte. Und er hat mir nie das gesagt, was ich hören wollte. Er hat mir Dinge gesagt, die weh getan haben, unbequeme, schmerzliche Wahrheiten. Gerade für das Unbequeme brauchst du einen Coach! Das einsehen zu müssen, ist manchmal hart. Doch wieviel härter wird es erst, wenn du es nicht rechtzeitig einsiehst.«

Corinna und Carola sehen so aus, als würden sie das von ihrem Vater nicht zum ersten Mal hören. Corinna tupft mechanisch auf ihrem Teller herum und schiebt sich die Reste des Mandelhörnchens in den Mund, das sie zum Nachtisch verspeist hat. Ihre fleischigen Oberarme schaukeln bei jeder Bewegung. Carola stützt die Ellbogen auf die Tischplatte und hält sich mit beiden Händen an ihrer Tasse fest. Sie ist dazu übergegangen, Kaffeesahne pur zu schlürfen. In der Herzkerbung ihrer weichen Oberlippe sammelt sich nach jedem Schluck ein kleiner weißer Tropfen, den sie genüßlich ableckt. Ich sehe ihre Zungenspitze, lahm und träge. Es herrscht eine Stimmung zum Hosenknopf öffnen.

»Menschenkenntnis«, fährt Stickroth fort und nimmt sich von der roten Grütze nach, »Menschenkenntnis heißt vor allem Selbsterkenntnis. Erkenne dich selbst, deine Stärken und Schwächen, nur dann schätzt du auch deine Gegner richtig ein. Für deine Schwächen brauchst du Personal, für deine Stärken einen Coach. Ich habe in meinem Leben überhaupt nur einen großen Schritt getan, ohne mich vorher mit meinem Coach zu beraten. Das war, als ich ihn zu meinem Partner gemacht habe.«

Corinna und Carola sehen mich mit glänzenden, glasigen Augen an. Sie wirken beinahe schläfrig in ihrer Verliebtheit, was sicher daran liegt, daß ihre Mägen mit der Zersetzung enormer Speisemengen beschäftigt sind. Bei dem zu leistenden Verdauungsaufwand dürfte sich die Zirkulation vorwiegend auf ihre inneren Organe beschränken. Daher ihr wiederkäuerhafter Blick, der mir keineswegs unsympathisch ist. Leider muß ich nach wie vor den Eindruck erwecken, als würde ich ihrem Vater zuhören. Seit zwanzig Minuten spricht Stickroth von der Unverzichtbarkeit des Coachings und der Geburt seiner Unternehmensidee aus dem Beratergedanken. Die rote Grütze auf seinem Teller schwindet schnell.

»Die meisten Menschen werden völlig falsch erzogen«, sinniert er, während ich mir immer wieder sagen muß, daß ich den Job noch nicht habe, »sie werden erzogen zu Höflichkeit, Bescheidenheit und Anstand, aber es fehlt auf ganzer Linie eine Erziehung zum Erfolg. Dafür braucht man einen Coach. Kein Sportler der Welt, selbst der talentierteste, hat jemals ohne einen Coach Erfolg gehabt. Man kann nicht alle Fehler selber machen, dafür reicht die Zeit nicht. Wer weiterkommen will, muß sich an jemandem orientieren, der weit gekommen ist. Er muß von dessen Erfahrungen profitieren und da weitermachen, wo …«

Ich nicke und höre weg. Es fällt mir leichter, die Form zu wahren, wenn ich nicht so genau mitbekomme, was gesagt wird. Eine große nachmahlzeitliche Schwere senkt sich von der Zimmerdecke herab. Die Blicke werden langsamer, verweilen. Corinna mit dem runden Rücken ist Corinna mit dem runden Bauch. Ihre Bluse wölbt sich beträchtlich über dem einschneidenden Hosenbund. Allerdings besitzen ihre Rundungen nicht den typisch Stickrothschen Aufwärtsdrall, sie sind gemächlicher und weich. Die dünne Baumwolle schmiegt sich eng an ihre gefächerten Bauchfalten. Hautfarbenes schimmert hindurch. Auf Knopfhöhe ist die Spannung am größten, dazwischen wellt und kräuselt sich der Stoff. Wenn ich Corinna dazu bringen könnte, noch ein letztes Mandelhörnchen zu verdrücken, wäre es um den untersten Knopf mit Sicherheit geschehen. Über ihrem Bauchnabel gleich neben der Knopfleiste bildet sich eine kleine flatterhafte Senke, die mitatmet wie eine Membran. Seltsamerweise irritiert mich der Gedanke an ihre Nabelgrube kaum. Meine Gedanken schweifen ins Orientalische zu Bauchtanz und endloser Fleischbeschau.

Carola dagegen hat um die Brust herum zugenommen. Mir ist zwar völlig neu, daß es einen direkten Zusammenhang zwischen Brustumfang, gesättigten Fettsäuren und überkalorischer Ernährung gibt. Aber ich kann bezeugen, daß sich der Steilhang in Carolas Bluse nach den Spiegeleiern mit Speck um gut fünf Zentimeter vorwärtsgeschoben hat. Von einer Bindegewebsschwäche wie bei ihrem Vater kann überhaupt nicht die Rede sein. Ihr Busen tendiert munter ins Dreidimensionale. Besonders die linke Brust hat tüchtig zugelegt. Sie wirkt rundherum weicher und reifer, woraus eindeutig hervorgeht, daß Carola Rechtshänderin ist. Arm- und Brustmuskulatur sind rechtsseitig stärker ausgeprägt, so daß die entsprechende Busenhälfte in ihrer Kugelform kompakter bleibt. Auch bei erheblicher Gewichtszunahme wird sie von den peripheren Fasersträngen mehr gehalten und nicht so in die Üppigkeit entlassen. Ich schwenke zurück auf Stickroth und seinen Schwartenhals im Halbprofil.

»... deswegen glaub ja nicht, daß du es schon geschafft hast, wenn du mich überzeugst. Mich kann man täuschen, den alten Sprick nicht. Und ich würde eine solche Entscheidung nie ohne ihn treffen. Es hängt ganz von ihm ab, ob wir uns die Mühe machen, dich zu coachen. Ich werde dich hart rannehmen müssen, mein Junge, das muß dir klar sein. Aber vielleicht hast du Glück, und Sprick sortiert dich von vornherein aus.«

Ich bin vom Essen so gelähmt, daß mir nichts anderes übrigbleibt, als wortlose Entschlossenheit zu demonstrieren. Ich kneife die Augen zu Schlitzen zusammen und fixiere die flaumig weißen Härchen an Stickroths äußerstem Ohrmuschelrand. Dabei denke ich wahlweise an Corinnas weiche Röllchen, Carolas expansive linke Brust und an die Fernbedienung für die Toreinfahrt. Im Prinzip läuft alles nach Plan. Stickroth ist sogar schon zum Du übergegangen, wie ich vorhergesagt hatte.

»Nur einen Tip. Wenn du dich mit ihm triffst, versuch nicht, ihm etwas vorzumachen. Keine Tricks! Er kennt sie alle. Es ist tausendmal leichter, sich selbst zu täuschen, als den alten Sprick. Du hast bei ihm nur eine Chance, wenn du mit offenen Karten spielst.«

Ich hatte den alten Sprick immer für eine Redensart gehalten. Die wenigsten grauen Eminenzen, von denen auf den Fluren hinter vorgehaltener Hand gesprochen wird, gibt es wirklich, und wenn, dann ist ihr Einfluß meist viel geringer, als man meint. In der Regel werden sie von der obersten Etage nur dazu benutzt, die Verantwortlichkeiten bei unpopulären Entscheidungen zu verschleiern. Außerdem sorgen ein paar Unbekannte in der Rechnung dafür, daß sich niemand auf seinem Posten zu sicher fühlt. Andererseits wäre es sehr gut möglich, daß sich Carolas Busen deshalb hebt, weil ihr voller Magen den Oberbauch herausdrückt, auf dem wiederum ihre Brüste aufliegen. Aber vielleicht atmet sie auch einfach nur schwerer, weil sie satt ist.

»Und noch etwas! Erwähne ihm gegenüber nie, daß du zweifelst. Laß es ihn nicht eine Sekunde lang merken. Wenn du dir nicht hundertprozentig sicher bist, bleib am besten gleich zu Hause. Der alte Sprick wittert Zweifel, noch bevor du sie richtig denken kannst. Und das haßt er. Wenn er etwas haßt, dann sind es Menschen, die nicht wissen, was sie wollen.«

Inzwischen bin ich mir fast sicher, daß der alte Sprick nicht existiert. Stickroth möchte mich programmieren, alle Karriereväter wollen das. Aber er bringt es nicht übers Herz, der Böse zu sein. Der große Meister hat eine Schwäche, das wird mir erst jetzt richtig klar, er möchte, daß ich ihn mag. Er würde sich lieber seine restlichen Haare ausreißen, als mir Schmerzen zuzufügen. Deswegen erfindet er Sprick, das Schreckgespenst.

Ich setze ein unverwüstliches Lächeln auf und lasse das Gerede von Achtzehn-Stunden-Tagen, Sitzfleisch und Verhandlungsmarathon daran abprallen. Stickroth muß meine Juniorpartnerschaft in den düstersten Farben malen. Nur so kann er sich vergewissern, ob ich ein solches Karriere-Szenario an seiner Seite überhaupt durchstehe. Aber das ist nicht die Frage, die ich mir stelle. Ich frage mich, was wird aus meinem Körper. Habe ich wirklich die ganze Zeit trainiert, um jetzt so zu werden wie er?

»... und deswegen, mein Junge, weil es die Hölle auf Erden sein wird, will ich von dir nur ein einziges Wort hören: Ja oder Nein?«

Stickroth sieht mich prüfend an. Ich weiß genau, was ich jetzt sagen muß, ich weiß auch genau, wie. Ich bin mir nur nicht sicher, ob ich den Stickroth-Töchtern auf Dauer etwas abgewinnen kann. Ihre runden fülligen Gesichter machen mich unsagbar müde. Ich wäre jetzt viel zu träge, um sie auch nur zu küssen. Mit ihnen zu schlafen, wird Schwerstarbeit. Vage lächle ich in ihre Richtung. Ihre Körper verschwimmen vor meinen Augen zu Bergen von Bindegewebe und Unterhautfett. Irgend etwas geschieht mit mir.

Stickroth mustert mich noch immer, sackt aber allmählich über seinem vollen Bauch zusammen. Worauf habe ich mich hier eingelassen? Die ganze Familie sitzt in einmütiger Stoffwechselaktivität wie versunken da. Nur die Mägen kommunizieren. Mein Körper tauscht seine biologischen Bausteine aus. Nach diesem Essen werde ich nicht mehr derselbe sein. Der Gedanke an ein verschärftes Zirkeltraining mit den Stationen Stairmaster, Beinpresse und Ropeskipping erscheint mir so abwegig wie noch nie. Womöglich hat mein Körper schon kapituliert. Doch ich kann mich nicht dazu durchringen, Stickroth und seinen Töchtern mein Ja-Wort zu geben.

»Du mußt dich nicht sofort entscheiden«, der große Meister holt noch einmal tief Luft und atmet eine Wolke von Verdauungsgasen ab. Sicher hofft er, daß ich mich im letzten Moment doch noch äußere. Aber ich bringe es einfach nicht über die Lippen, dieses endgültige Ja zu Stickroths Eßgewohnheiten und seinen beiden Geldsäcken in Mädchengestalt.

»Na schön. Von mir aus schlaf eine Nacht drüber. Aber denk daran, ich will eine hundertprozentige Entscheidung, keine halben Sachen! Ich sage das nur, damit du eine faire Chance hast, wenn du den alten Sprick morgen vom Flughafen abholst. 10 Uhr 30. Flugnummer und Gate weiß meine Sekretärin. Enttäusch mich nicht.«

Was wären die Alternativen? Ich weiß nicht, ob ich nach diesem Essen überhaupt noch in der Lage bin, mein altes Leben wieder aufzunehmen. Ich kann mir nicht einmal mehr vorstellen zu trainieren, außer vielleicht Endlosserien von Bizepscurls: Einfach nur in Denkerpose auf der Flachbank sitzen und die Gewichte auf immergleiche Weise hoch- und runterwuchten, das könnte gerade noch gehen. Wahrscheinlich war es ein Fehler, den Bizeps als Proletenmuskel abzutun. Immerhin profiliert er sich sehr zuverlässig aus der Masse heraus, wohingegen das Trizepsgeflecht schon bei einer mäßigen Speckschicht verschwindet. Beulen an den Oberarmen sind vielleicht das einzige, was mir in Zukunft noch von meinem Körper bleibt.

Wenn ich den alten Sprick morgen vom Flughafen abholen soll, kann das nur heißen, daß er tatsächlich existiert. Mag sein, daß er nicht ganz so wichtig ist, wie Stickroth mir weismachen will. Aber es gibt ihn allem Anschein nach, den legendären Seniorpartner, das hätte ich ihm schon mal nicht zugetraut.

Stickroth schnippt nach einer Hausangestellten und erlöst seine satten Töchter aus dem hypnotischen Pupillenstillstand, mit dem sie mich seit geraumer Zeit fixieren. Natürlich würde ein ausgeprägter Bizeps besser zu ihnen passen. Massige Muskelbögen an beiden Oberarmen wären die ideale Entsprechung zu Carolas hydraulischem Busen. Und ein intensiviertes Dikkenwachstum meiner Rundmuskeln würde auch im Hinblick auf Corinna das Gemeinsame betonen. Ich lasse wirklich nichts unversucht, um mir die Stickroth-Töchter irgendwie schmackhaft zu machen.

Natürlich würde Claaßen an meiner Stelle alles aussitzen. Er hätte längst ja gesagt. Elefantenrunden sind sein Element. Stickroths Eßgewohnheiten liegen ganz auf seiner Linie, und was Frauen angeht, kann er es sich kaum leisten, wählerisch zu sein. Claaßen käme nie auf die Idee, sich gegen seine Karriere und für seinen Körper zu entscheiden. Aber dafür ist er auch die erotische Unperson schlechthin.

Ich sehe Carola dabei zu, wie sie mit erhobenen Armen ihr Haar feststeckt. Die Bluse strafft sich. Ihre vollen Brüste heben sich mir reif und unberührt entgegen. Mich überkommt das Verlangen, ihr mit zwei mopsgroßen Muskelbällen Paroli zu bieten. Zum ersten Mal seit dem Essen spüre ich den Fitness-Impuls wieder. Zum ersten Mal spüre ich überhaupt wieder irgendwas, einen Anflug von Erregung, nur daß sie nicht Carolas Busen, sondern meinem Bizeps gilt. Ich muß sofort etwas für meinen Körper tun.

»Ich werde morgen früh am Flughafen sein«, antworte ich Stickroth. Mehr wird er aus mir nicht herausbekommen. Detailfragen wie Ankunftszeit, Erscheinungsbild und Aggregatzustand des alten Sprick sollen unsere Sekretärinnen untereinander klären. Ich habe es eilig. Nichts kann mich davon abhalten, mit meinem Bizeps-Training loszulegen, und zwar bis die Adern springen!

Die Hausangestellte kommt mit einer aufgeklappten Zigarrenkiste und einem verkniffenen Lächeln näher. Stickroth deutet gönnerhaft in meine Richtung. Doch noch während sie feierlich auf mich zuschreitet, schiebe ich meinen Stuhl zurück und entschuldige mich. Ich weiß, daß ich mir damit schade. Ich habe den unpassendsten Moment für meinen Abgang gewählt. Jetzt wäre die Zeit für eine gute, schwiegerväterliche Zigarre, mit der Stickroth und ich unsere gemeinsame Zukunft besiegeln. Ich bin meinem Ziel so nah wie noch nie. Alles, was mich davon trennt, sind zehn Minuten Rauchringe, einträchtiges Nicken und verschwiegener Genuß. Aber ich kann nicht länger stillsitzen. Ich muß auf der Stelle trainieren. Mein Körper will es so.

Die Stickroth-Töchter starren mich mit entsetzensweiten Augen an, was sie sofort unterlassen würden, wenn sie wüßten, wie sie dabei aussehen. Die Familienähnlichkeit mit ihrem Vater ist nicht länger zu leugnen. Auf dem Weg zur Tür versuche ich, meinen überstürzten Aufbruch herunterzuspielen, und täusche pantomimisch ein menschliches Bedürfnis vor. Stickroth steht der Mund halb offen. Mir ist klar, daß ich seine Zuneigung auf eine harte Probe stelle. Ich muß mich zwingen, nicht aus dem Zimmer zu rennen.

In der Vorhalle schnappe ich mir meinen Aktenkoffer. Er ist etwas zu leicht für einen vernünftigen Hantelersatz. Meine Trainingsgewichte beginnen bei siebeneinhalb Kilo, der Koffer samt Inhalt wiegt maximal fünf. Ich halte Ausschau nach einem Telefonbuch, das ich einpacken könnte, um meinen Bizeps beim Kofferschwingen ein bißchen zu fordern. Aber neben den Hausapparaten, an denen ich vorbeikomme, liegen nur Notizblöcke und Stifte, alles in allem vielleicht hundertfünfzig Gramm.

Ich laufe ein paar Flure auf und ab, dann finde ich eine milchverglaste Tür, die hinreichend nach Badezimmer aussieht. Ich klopfe an und trete ein. Rechter Hand befindet sich eine geräumige Rundbadewanne, daneben ein Bidet, links eine Duschkabine und mehrere Schränke. Ich gehe direkt auf einen großen Schminkspiegel zu, der durch einen gedimmten Lichtbogen beleuchtet ist. Ich sehe fabelhaft aus. Vom Gefühl her müßte mein Gesicht viel feister sein. Ich hätte meine Wangen auf das Anderthalbfache geschätzt, mit ersten Entgrenzungen im Kinnbackenbereich. Aber die Konturen sind messerscharf. Die Schattenschraffur unter dem Jochbein verleiht mir einen verwegen kämpferischen Zug. Mein Kinn schiebt sich markant ins Bild. Ich wünschte, ich könnte mich so nehmen, wie ich bin, und als Schwarzweißfoto veröffentlichen. Kein Wunder, daß Stickroth an mich glaubt. Wenn ich mich immerzu sehen könnte, würde ich auch an mich glauben. Bei solch einer energischen Kinnpartie ist es erstaunlich, daß mein Aufstieg in die oberste Etage so lange gedauert hat. Wie kann Stickroth dieses Kinn sehen und an meiner Entschlossenheit zweifeln?

Ich ziehe Hemd und Jackett aus, werfe sie über den Badewannenrand und absolviere dreißig Liegestütze mit gekreuzten Beinen. Es gibt auch im 21. Jahrhundert nichts Besseres, um die Oberkörper-Muskulatur auf das kommende Training vorzubereiten. Zum Hantelersatz-Workout stelle ich mich vor den Spiegel und halte den Koffer rechts im Unterhandgriff. Den Ellbogen stütze ich in die Seite und schiebe die linke Hand zur Stabilisierung dazwischen. Dann lasse ich den Koffer auf sieben

Uhr absinken und hebe ihn wieder zur Schulter, bis mindestens elf. Es dauert mehr als zwanzig Wiederholungen, bevor ich überhaupt einen Effekt spüre. Ich stehe vor meinem Spiegelbild und sehe mir fest in die Augen. Mein Anblick rührt mich zu Tränen. Endlich weinen.

Nach der dreiundvierzigsten Wiederholung schwillt mein Bizeps merklich an. Die Mittelader rollt zentimeterdick über die kompakten Muskelfasern und bahnt sich in Serpentinen ihren Weg. Auf der Innenseite meines Unterarms strömt in einem brachialen Aderngeflecht literweise Blut zusammen. Die Konzentrationscurls-Ersatzübung mit Aktenkoffer ist unbedingt zu empfehlen.

Ich wechsele vom rechten auf den linken Arm, wo die Bizepsader eher seitlich zur Muskelwölbung verläuft. Sie profitiert von der Herznähe und dem Aufwärmeffekt. Schon nach zwanzig Wiederholungen tritt sie deutlich hervor. Ich peile fünfzig Ersatzcurls an. Tränen tropfen auf mein Trägerunterhemd und in den Brustausschnitt, wo sie sich mit den ersten Schweißperlen vermischen. Hals, Schultern und Brustmuskeln glänzen unter einem hauchdünnen Hitzefilm. Diese Form ist das Beste, was ich je erreichen werde. Sie ist der Gipfel und der Schlußpunkt in der Episode meines Körpers. Jetzt heißt es Abschied nehmen. Ich werde mich so nie wiedersehen. Vielleicht stehe ich in einigen Wochen oder Monaten wieder hier an dieser Stelle. Doch dann werde ich ein anderer sein. Ich werde Erfolg haben, Geld, Einfluß, ich werde zu Stickroths Partnern gehören und mit seinen Töchtern schlafen. Aber ich werde nie wieder so aussehen wie jetzt.

Ich kann den Zigarrenrauch bis ins Badezimmer riechen. Mir laufen die Tränen in einer Tour. Es ist aus. Um diese Zigarre werde ich mit knapper Not herumkommen, vielleicht auch noch um die nächste. Aber spätestens die übernächste werde ich rauchen müssen. Daran führt kein Weg vorbei. Ich werde essen, was Stickroth ißt. Ich werde denken, wie er denkt. Ich werde anfangen, so zu sprechen wie er, dieselben Gesten, dieselben Bewegungen. Nur wenn ich ihn genau kopiere, kann ich ihn von seinem Platz verdrängen. Bevor ich ihn ausboote, werden wir uns sehr ähnlich sein. Am Ende ist möglicherweise keiner von uns mehr er selbst.

Ich schüttele die Arme aus und stelle mich noch einmal gerade hin. Beim Frontheben mit Aktenkoffer sind Standsicherheit und aufrechte Körperhaltung entscheidend für die Übungseffektivität. Der Koffer befindet sich auf Höhe des Oberschenkels und wird im Übergriff gehalten, der Ellbogen ist leicht gebeugt. Dann wird das Gewicht am langen Arm auf Schulterhöhe gehoben. Hierbei nie in Rückenlage geraten! Gerade während der letzten Wiederholungen ist die Versuchung naturgemäß groß, das Frontgewicht durch leichtes Zurücklehnen auszubalancieren. Doch der Oberkörper muß stabil bleiben. Es arbeitet nur der vordere Teil des Deltamuskels in Verbindung mit den Schlüsselbeinfasern des großen Brustmuskels.

Sonderlich gut können Stickroths Zigarren nicht sein. Sie riechen leicht parfümiert, fast wie Zigaretten. Doch darauf kommt es nicht mehr an. Ich verabschiede mich von meinem Arm, der beinahe Idealmaße erreicht hat. Speziell beim Frontheben treten noch einmal die langen Muskelfasern in Erscheinung. Vor jeder Aufwärtsbewegung schlagen die klaviaturartigen Stränge des Deltamuskels an. Zwischen dem lateralen und medialen Kopf des Trizeps formt sich, von Schatten modelliert, die Mulde, die ich so geliebt habe. Mein Bizeps ist in Proportion und läuft als längliches Oval von der Schulterkuppe bis zur Armbeuge. In wenigen Wochen wird das alles schwammig und verschwommen sein. Mein Werk wird verschwinden wie die Frau im dunklen Hauskleid, die ich erst im Spiegel hinter mir bemerke, als das Ende ihrer Zigarette aufglüht und sie den Rauch in meine Richtung bläst. Es wird alles Illusion gewesen sein. Nichts vergeht schneller als ein idealer Körper. Ich werde anfangen müssen, mich hinter teuren Anzügen zu verstecken. Ich werde mich im Dunkeln ausziehen und die Bettdecke suchen, um zärtlich zu sein. Ich werde bekommen, was und wen ich will. Aber ich werde mich nicht mehr lieben.

Hinter mir steht Frau Stickroth. Sie raucht und sieht mich an. Ich verstehe sofort, warum sich der große Meister am Telefon so um sie bemüht hat. Sie ist die erste ästhetische Person, der ich in diesem Haus begegne. Stickroths Töchter wirken wie formlose Fleischklopse im Vergleich zu ihr. Sie ist mit mir auf einem physischen Niveau, weniger trainiert, doch dafür weiblich elegant, eine ausgesprochen raffinierte Schönheit aus zweiter oder dritter Ehe, weshalb ich auf Anhieb das Gefühl habe, daß sie mich durchschaut. Ich lasse den Koffer sinken. Unsere Blicke treffen sich im Spiegel. Wir wissen beide, warum wir hier sind.

Sie schnippt ihre Asche auf die Marmorfliesen und mustert meinen Körper, Muskel für Muskel. Für einen Moment sehe ich mich mit ihren Augen, und was ich sehe, schmeichelt mir. Mein Körper ist genau so, wie er immer sein sollte, unverwundbar. Ich bin fast ein bißchen eingeschüchtert von dem Bild, das ich abgebe. Eine seltsame Mischung aus Staunen und Erregung überkommt mich. Ich sehe so perfekt aus, daß ich mir beinahe fremd bin. Doch sie läßt sich nicht vom ersten Eindruck blenden. Sie hat ein Auge für anatomische Details. Das imponiert mir. Möglicherweise ist Frau Stickroth die einzige, die meinen Körper wirklich zu schätzen weiß. Sie hat den Blick, auf den ich immer gewartet habe. Ich würde ihr gern meinen Nabel zeigen.

Frau Stickroth schiebt ihre Zigarette in den Mundwinkel und tritt zwei Schritte näher. Sie steht jetzt direkt hinter mir. Ihr

Gesicht im Spiegel ist halb verdeckt. Knapp über meiner Schulter lauern ihre Augen. Ich spüre die Glut der Zigarette in der Nähe meines Schulterblatts und ihren Atem im Nacken. Ich wünschte, sie würde nie aufhören, mich so anzusehen. Ihr Blick erlöst mich aus einer Melancholie, die ich kaum mehr gespürt habe, so sehr war sie schon Teil meiner selbst. Alle Schwermut fällt von mir ab. Erst jetzt, in diesem Augenblick des Gesehenwerdens, habe ich das Gefühl zu existieren. Sie legt die Hände auf meine Brust, ihre Fingernägel sind lang und dunkel lakkiert. Ich muß auf einmal an das Mitbringsel denken, das sich in meiner Anzugtasche befindet, dieses alberne, in Geschenkpapier verpackte Irgendwas. Ich würde es gerne verschwinden lassen. Asche rieselt über meinen Rücken.

»Mach weiter«, sagt sie.

Und ob ich weitermachen werde!

Ich hebe den Koffer langsam am ausgestreckten Arm. Wir lassen uns nicht aus den Augen. Für einen Moment verdeckt meine um den Griff geballte Faust ihr Spiegelbild. Bei erhobenem Koffer sieht es so aus, als wäre ich vollkommen allein. Dann, auf dem Scheitelpunkt der Bewegung, bohren sich ihre Fingernägel in mein Muskelfleisch. Ich bekomme die Fernbedienung noch diese Woche.

4

Ich finde, der Pförtner könnte freundlicher sein. Er sitzt weit zurückgelehnt in seinem Glaskasten und hebt müde die Hand, als ich an ihm vorbeigehe. In seinem Gesicht tut sich wenig. Nicht, daß ich mir amerikanische Verhältnisse wünschen würde. Ich persönlich kann auf einen Pförtner verzichten, der jedesmal aufspringt und um sein Leben lächelt, wenn er mich sieht. Es fragt sich nur, was ein Unternehmen damit über sich aussagt, wenn jeder, der das Bürogebäude betritt, erst einmal ergeben grüßen muß, bevor er – eventuell! – mehr oder weniger zurückgegrüßt wird. Ich nehme mir vor, darüber später einmal in Ruhe nachzudenken.

Einer der Fahrstühle ist defekt, weshalb die übrigen zwischen allen möglichen Stockwerken hin und her pendeln, bevor sie im Empfangsbereich zum Halten kommen, wo sie eigentlich bereitstehen sollten. Sicher sind massenhaft Leute wie Claaßen unterwegs, die schon bei einem Höhenunterschied von ein oder zwei Etagen den Lift bemühen, anstatt die Treppe zu nehmen, womit sie ihrem Herz-Kreislauf-System und ihrem Arbeitgeber einen großen Dienst erweisen würden. Im Grunde ist ein solches Verhalten untragbar.

Mit einem alerten Glockenton schieben sich die Fahrstuhltüren auf. Zwei Anzugträger treten ins Foyer, ohne sich mir vorzustellen. In der Kabine bleiben schwülstige Duftwolken ihrer unvereinbaren Aftershaves zurück, gegen die sogar unsere auf Hochtouren laufende Klimaanlage machtlos ist.

Auf der Fahrt durch die Sockelgeschosse bin ich allein. Meine Stimmung steigt rapide. Ein Blick in den Seitenwandspiegel bestätigt mir, daß ich eigentlich gleich bis in die oberste Etage durchfahren könnte. Mein Lächeln ist unschlagbar. Leider kommt es doch noch zu einem Zwischenstop. Ein Schwung von Verwaltungsleuten steigt zu. Damit erübrigen sich weitere Selbstbetrachtungen. Statt dessen muß ich mir während der restlichen Fahrt das Getuschel zweier kurzbeiniger Sekretärinnen anhören, die über Laufmaschen diskutieren.

Ich bekomme von Susanne II. nur noch die Rückenansicht zu sehen, als ich mich aus dem Fahrstuhl drängele. Wenigstens nehme ich an, daß sie es ist. Ihr Hüftschwung und die fohlenhaft gestelzte Gangart kommen mir bekannt vor. Ansonsten erscheint sie mir von hinten ziemlich neu.

Ich beschleunige meine Schritte und werfe im Vorbeigehen den Deckel des Kopierers zu, was den erwünschten Lärm macht. Sie schaut sich über die Schulter nach mir um. Ihr Anblick ist ein mnemotechnischer Totalausfall, ich kann mich an nichts mehr erinnern. Ich weiß nur, daß ich mir ihr Gesicht schon gestern nicht merken konnte. Aber bei Susanne I. war es im Grunde genauso, und ich bin mir nicht sicher, ob ich sie nun bei uns begrüßen oder mich von ihr verabschieden soll.

Am Ende des Korridors bleibt sie stehen, wie um auf mich warten. Mir gelingt ein wunderbar zerstreutes Lächeln in ihre Richtung, woraufhin sie mich anstrahlt. Auch das löst in meinem Gedächtnis nichts aus. Ich reiße die Tür zum Vorzimmer meines Büros auf und bin weg.

Zum ersten Mal, seit sie bei mir ist, steht Viola nicht auf, als sie mich sieht. Natürlich gehört es nicht zu ihrem Job, von mir hingerissen zu sein, aber ich registriere so etwas. Überhaupt scheint sie heute nicht ganz auf der Höhe, worüber ich großzügig hinwegsehe angesichts der Tatsache, daß ich sie bald ohnehin nicht mehr brauchen werde. Sie sitzt unverändert da und gleicht sich wie ein Ei dem anderen. Ihre Gesichtshaut sieht aus wie frisch geliftet, straff und unentzifferbar. Kein Fältchen zeigt sich um ihre Augen, keine Furche auf ihrer Stirn. Wenn ich sie nicht kennen würde, würde ich sagen, sie sei voll und ganz damit beschäftigt, schön zu sein. Doch vermutlich ist es ihre Art, mir einen stummen Vorwurf zu machen. Jedenfalls braucht sie fast fünfzehn Sekunden Bedenkzeit, bevor sie sich dazu durchringt, meinen Gruß zu erwidern. Anscheinend bin ich in diesem Laden der einzige, der freiwillig ›Guten Tag‹ sagt.

Sie schiebt ein paar Faxe zusammen und reicht sie mir mit der übrigen Post. Ich hatte gehofft, einen Blick auf ihre Beine werfen zu können, um der alten Zeiten willen. Aber sie bleibt an ihrem Schreibtisch sitzen, die Knie unter die Tischplatte gezwängt, und streckt mir nur ihren bereiften Arm entgegen.

Es scheint zu einer Art Standardanmaßung geworden zu sein, bei jedem Fax die Mahnung »Eilt!« oder »Eilt sehr!« auf den Kopfbogen zu setzen. Ich fühle mich plötzlich unsagbar müde. Wenn Viola mir jetzt einen Kaffee anbieten würde, könnte es sogar sein, daß ich zum ersten Mal seit einem Dreivierteljahr schwach werde und ja sage. Doch nach Kaffee sieht sie heute gar nicht aus.

»Und was machen wir jetzt?« fragt Viola, ihre Stimme klingt ein bißchen brüchig. Ich habe keine Ahnung, wovon sie spricht, aber es scheint sich auf die Faxe zu beziehen. »Die versuchen schon den ganzen Vormittag, Sie zu erreichen. Ich habe gesagt, ich kann Sie bei Dr. Stickroth unmöglich stören. Selbst wenn ich wollte, seine Privatnummer ist geheim. Sie können sich nicht vorstellen, was hier los ist. Haben Sie denn meine Nachrichten auf Ihrem Handy nicht gekriegt?«

Ich mache mir ernsthaft Sorgen um Violas Belastbarkeit. Als sie hier anfing, war sie durch nichts zu erschüttern. Sie hat nicht einmal mit der Wimper gezuckt, als sie mich an ihrem zweiten

Arbeitstag schmerzgekrümmt vor meinem Schreibtisch fand, weil ich mir bei ein paar Liegestützen mit In-die-Hände-Klatschen das Handgelenk verstaucht hatte. Und jetzt läßt sie sich durch ein paar Faxe aus der Fassung bringen? Ich spüre, wie ich anfange, von ihr enttäuscht zu sein. Inzwischen habe ich wenigstens ihre Oberschenkel im Blick, die sie fest auf die Sitzfläche preßt. Trotzdem behalten sie ihre Form. Wahrscheinlich tanzt Viola in ihrer Freizeit. Oder sie verbringt bedeutend mehr Abende auf dem Stairmaster, als man bei ihren schmalen Knien meinen sollte.

Ich blättere zu einem der Faxe zurück und überfliege ein paar Zeilen. Insolvenzantrag, Konkursverfahren, nichts Ungewöhnliches am Neuen Markt. Absender ist ein Existenzgründerduo aus Jena, das ich vor drei Monaten umfassend beraten habe, vielversprechende Computerfreaks mit einer schwachen Story. Ich mußte hier und da ein bißchen dick auftragen, um deutlich zu machen, warum die Menschheit unbedingt noch einen E-Commerce-Anbieter braucht. Soweit ich weiß, ist unsere Hausbank damals nicht mit eingestiegen, und ich habe sie auch nicht weiter dazu animiert. Währenddessen rollt Viola endlich mit ihrem Stuhl unter der Schreibtischplatte hervor, die Kniescheiben wie Katzenköpfe aneinander geschmiegt. Es wird Zeit, daß sie lernt, das Wesentliche vom Unwesentlichen zu unterscheiden. Aber das werde ich ihr wohl nicht mehr beibringen.

Viola wippt ungeduldig mit den Schuhspitzen. Ihr hoher Spann geht mir durch und durch. Schade, daß es so mit uns kommen mußte. Offenbar hat sie nichts anderes im Sinn, als mir ein Problem aufzuhalsen, das auf einer Wichtigkeitsskala von eins bis zehn allerhöchstens eine Fünf darstellt. Von daher habe ich es nicht besonders eilig und sehe erst einmal in Ruhe meine Post durch. Ich weiß schon im voraus, wie dieses Gespräch laufen wird. Die beiden Jungs werden behaupten, sie hätten auf meinen Rat hin zuviel in die Werbung investiert. Ich werde sagen, im Gegenteil, es sei noch zu wenig gewesen. Wir werden uns ein bißchen anschreien und gegenseitig die Schuld in die Schuhe schieben. Dabei ist die ganze Diskussion von vornherein sinnlos. Bei den Zahlungsausfällen im letzten Quartal hätten sie einen Goldesel gebraucht. Wenn die beiden klug sind, entscheiden sie sich noch heute für ein Ende mit Schrecken, tauchen für ein paar Monate ab und machen danach eine private Internet-Detektei auf, die gegen Kreditkartenbetrüger und andere schwarze Schafe ins Feld zieht. Aber soweit sind wir noch nicht. Alle nachfolgenden Ratschläge hängen davon ab, ob ihre Honorarzahlungen an mich schon eingegangen sind. Wenn Viola wirklich fix wäre, hätte sie den Vorgang längst herausgesucht. Doch ich will nicht kleinlich sein. Am meisten enttäuscht mich, daß sie sich nicht nach meinem Termin bei Stickroth erkundigt hat. Die Zehn auf der Wichtigkeitsskala! Ein schlichtes »Wie war's?« hätte genügt.

Ich gehe weiter in mein Büro. Viola klappt ihren Kalender zusammen und folgt mir. Es ist so üblich, daß wir gemeinsam all meine Termine durchsprechen. Doch gerade das Gewohnheitsmäßige daran macht mich auf einmal unendlich traurig. Wir haben uns nichts mehr zu sagen, Viola und ich, seien wir ehrlich. Unsere Zusammenarbeit ist in Routine erstarrt.

Sie setzt sich auf den Stuhl gegenüber von meinem Schreibtisch, die Beine leicht angewinkelt. Das Ebenmaß ihrer Zwillingsknie berührt mich noch immer. Ich starre auf ihre eineiigen Kniescheiben und verliere für einen Moment den Faden. Wie von weither läuft ein Schimmer über ihre unwahrscheinlichen Schienbeine. Die schlanken Waden links und rechts sind nur ein feiner, länglicher Strich. Doch es ist nicht mehr dasselbe. Ihr Körper ist wie entzaubert. Ihre Reize sind Erinnerung.

Nur aus Gewohnheit suche ich das Gegenlicht und stelle mich ans Fenster. Es ist kurz vor halb zwei. Aus einem grauen, sonnenlosen Himmel fällt diffuses Streulicht ohne jegliche Brillanz. Mein Schattenriß ist höchstwahrscheinlich unscharf. Ich spanne den Latissimus dorsi an, der von den Schultern bis zu den Hüften strammzieht. In Höhe der Achselhöhlen kneift der Stoff. Irgendwann werde ich dieses Hemd mit der Wucht meines Schultergürtels sprengen. Ich schiebe die Achseln eine Handbreit nach vorne und dekliniere das Flächenmaß meines V-Rückens in verschiedenen Posen durch. Doch all das geschieht völlig mechanisch. Violas Anwesenheit spielt dabei keine Rolle. Ich fühle mich durch ihren Blick nicht mehr gesehen.

Unten vor dem Bürogebäude hält ein Taxi. Der Fahrer springt heraus und umrundet den Wagen. Ich kann ihn von hier oben nicht genau erkennen, aber er trägt die gleiche Schirmmütze wie mein Verfolger gestern. Mit übertriebener Höflichkeit hält er seinem Fahrgast die Tür auf. Es ist eine wildfremde Frau, die aus dem Wagen steigt. Weinheimer steht an der gegenüberliegenden Straßenseite und winkt.

Ich trete vom Fenster zurück und drehe mich zu Viola um. Sie sitzt in maskenhafter Schönheit da, ihren Kalender auf den Oberschenkeln, und betet meinen Tag herunter. Vielleicht habe ich in ihrem Fall auch immer nur Schönheit und Teilnahmslosigkeit verwechselt. Mein Schreibtisch ist leer, beinahe jungfräulich. Für einen Moment atme ich auf. Dann sehe ich die Orchideen im Waschbecken neben dem Aktenschrank. Die Ecke sieht aus wie ein mit Blumen geschmückter Schrein. Offenbar macht Viola mit Weinheimer gemeinsame Sache.

Ich bin drauf und dran, den Krempel aus dem Fenster zu schmeißen. Doch als ich versuche, das schwülstig obszöne Blütengezüngel zu fassen zu kriegen, fällt mir eine Grußkarte ins

Auge, die gestern noch nicht da war. Sie ist so groß und überdeutlich beschrieben, daß ich nicht umhin kann, sie zu lesen: »Danke, daß du kommst!« Das Ausrufezeichen ist eine umgekehrte Geburtstagskerze. Es ist Weinheimers Schrift.

Viola schweigt und starrt mich an. Ich bekomme mich wieder unter Kontrolle. In schnellen Schritten umkreise ich meinen Schreibtisch und streife dabei ihren Stuhl. Sie hat die Haare locker hochgesteckt, was die Wölbung ihres Hinterkopfes noch betont. Ich möchte mit beiden Händen hineingreifen in dieses Nest aus Haar, Fülle und Geschmeidigkeit. Wie elektrisiert bleibe ich in ihrem Rücken stehen. Sie dreht den Kopf nicht, sondern schaut stur geradeaus auf den Schreibtisch, an dem ich sitzen sollte. Meine Hände schweben über ihrem bloßen Nakken. Wenn es nur um sie ginge, könnte ich jetzt mit ihr machen, was ich will. Doch um sie geht es nicht. Sie hat Weinheimer nur einen Gefallen getan.

Tagesordnung.

Als erstes möchte ich, daß Viola sich vertraulich bei Claaßen nach seinen Urlaubsplänen erkundigt. Natürlich wird sie nichts aus ihm herausbekommen. Claaßen, dieser Streber, hat wahrscheinlich noch seinen ganzen Jahresurlaub gut und denkt gar nicht daran, ihn zu nehmen. Statt dessen wird er versuchen, Viola auszuhorchen. Daher erzähle ich ihr, ich würde mir große Sorgen machen, weil ich gehört hätte, er wolle sich für längere Zeit aus dem Geschäft zurückziehen. Selbstverständlich wird Claaßen kein Wort davon glauben. Aber wenn er nicht sowieso schon alle Hebel in Bewegung gesetzt hat, um herauszufinden, was heute morgen zwischen Stickroth und mir besprochen wurde, dann wird er es jetzt tun. Und da trifft es sich gut, daß Viola nicht das geringste über mein Treffen mit Stickroth weiß. Ich sehe ein langes Telefonat auf sie zukommen.

Zweitens möchte ich, daß sie alles über seine neue Sekretärin in Erfahrung bringt. Ihre Lebensumstände, Gewohnheiten, besondere Vorlieben et cetera. Natürlich ist es vollkommen unnötig, einen solchen Aufwand zu treiben. Ich würde Frau M. auch so herumkriegen. Aber wenn ich Viola bitte, die Sache diskret zu behandeln, besteht eine gewisse Chance, daß Claaßen davon Wind bekommt. Und es ist immer gut, wenn er sich nicht erklären kann, was ich gerade im Schilde führe.

»Drittens«, und ich tue so, als würde es jetzt erst recht delikat, »habe ich noch eine persönliche Bitte.« Ich sehe Viola fest in ihre gleichförmigen Augen und warte auf den Moment, in dem ihre Pupillen sich weiten. »Es fällt mir nicht leicht, darüber zu reden, aber, offen gestanden, ich habe mich in die beste Freundin meiner Partnerin verliebt. Das ist unverzeihlich, ich weiß, ich mache mir selber die schlimmsten Vorwürfe, aber ich dachte, vielleicht verstehen Sie mich.«

Ich hole tief Luft. Es ist immer das größte Problem, beim Lügen nicht zu lachen. Viola schaut mich wortlos an. Wie neunzig Prozent ihrer Blicke ist auch dieser unleserlich. Aber sie schluckt.

»Ihr Name ist Katrin. Sie wohnt zur Zeit bei ihr. Und meine Bitte wäre, könnten Sie diese Nummer anrufen?« Ich schreibe Isabells Privatnummer auf einen Zettel, obwohl Viola sie wahrscheinlich seit ihrem ersten Arbeitstag auswendig kennt. »Sollte Katrin ans Telefon gehen, stellen Sie einfach zu mir durch. Wenn meine Verlobte sich meldet, sagen Sie ihr schöne Grüße, ich sei sehr beschäftigt und liebe sie.«

Das Telefon klingelt. Eigentlich ist das gar nicht möglich, man kann mich hier nicht direkt anwählen, aber es klingelt. Ich brauche nicht lange zu überlegen, wer das sein könnte. Es gibt nur einen, der so etwas fertigbringt: Weinheimer! Sicher rechnet er damit, daß ich jetzt noch einmal ans Fenster trete, um nachzusehen, wie er mit seinem Handy auf der Straße steht und grinst. Doch den Gefallen tue ich ihm nicht. Ich lasse es klingeln und komme noch einmal auf mein Geständnis zurück. Es täte mir leid, ich wolle sie in diese Angelegenheit nicht mit hineinziehen. Wenn sie sich weigern würde, könnte ich das absolut verstehen.

Viola zeigt keine Reaktion. Ich bin mir plötzlich nicht mehr sicher, ob sie nicht doch durchschaut, daß ich nur mit ihr spiele. Ihr ebenmäßiges Gesicht läßt alle möglichen Schlüsse zu. Sie könnte sehr geduldig oder sehr gleichgültig sein, entsetzt oder fasziniert, ich komme über Vermutungen wieder einmal nicht hinaus. Der Satz »Wir haben Frau Schlüter als eine äußerst diskrete Kollegin kennen- und schätzengelernt« schießt mir durch den Kopf. Das Telefon klingelt noch immer. Viola steht auf und nimmt ab.

»Ja«, sagt sie, »ja, er ist jetzt da. Augenblick, ich verbinde.«

Viola reicht den Hörer an mich weiter. Soviel zum Thema ›diskrete Kollegin‹. Ich streiche den Satz ein für allemal aus ihrem potentiellen Zeugnis, melde mich mit meinem Namen und sage gar nichts mehr.

Es dauert einen Moment, bis ich begriffen habe, daß am anderen Ende nicht Weinheimer ist, sondern einer der Jungunternehmer aus Jena. Also hat Viola einfach auf mich umgestellt. Ich finde ihr Vorgehen für eine mittlere Bürokraft mit starken kommunikativen Defiziten ziemlich eigenmächtig. Dennoch überwiegt meine Erleichterung. Der Jenaer Jungunternehmer hält einen Monolog, bei dem ich ihn nicht stören will. Soll er sich erst mal in Ruhe beklagen!

Bei einem drohenden Konkurs sind vor allem zwei Dinge wichtig: das richtige Timing beim Verlassen des sinkenden Schiffs und die Fähigkeit, Geld zu haben, auch wenn man offiziell keines mehr hat. Grundsätzlich sollte man seine privaten

Finanzen strikt von den Firmenfinanzen trennen. Selbst der Geschäftsführer eines Ein-Mann-Unternehmens täte gut daran, sich ein regelmäßiges Monatsgehalt auf ein Privatkonto zu zahlen. Wurde das vor lauter Anfangseuphorie versäumt, dann sollte man spätestens in Konkursnähe dafür sorgen, daß man sich noch eine Jahresgage zukommen läßt, bevor es gar nichts mehr gibt. Wie hoch der unternehmerische Schuldenberg auch sein mag, kaum etwas spricht dagegen, privat in Besitz von etwa 25.000 Dollar Bargeld zu sein, die nicht existieren. Damit lassen sich später die wichtigsten Rechnungen begleichen – gemeint sind die kleinen Alltagsbeträge, nicht die großen Kredite! – und man hat ein paar Monate Zeit, um in Ruhe über ein neues Geschäft nachzudenken. Bargeld ist dafür unerläßlich. Es ist sehr viel leichter, mit einer Million Schulden zu leben, als ohne das nötige Kleingeld im Portemonnaie.

Beratungstechnisch ist dieser Punkt nie das Problem. Die Notwendigkeit von Bargeld leuchtet den meisten Geschäftsleuten ein. Selbst buchhalterisch Minderbegabte entwickeln plötzlich erstaunliche Fertigkeiten im Beiseiteschaffen von eisernen Reserven. Viel schwieriger ist die Frage des richtigen Timings.

Die meisten Unternehmer sind von Natur aus optimistisch. Das befähigt sie nicht zuletzt, sehr lange Durststrecken durchzustehen. Allerdings ist die Wahrscheinlichkeit ziemlich gering, daß ein sich stetig verschlechterndes Geschäft plötzlich Gewinne abwirft, nur weil man kurz vor der Zahlungsunfähigkeit steht. Natürlich sollte ein Unternehmer nie den Glauben an sich selbst verlieren. Aber er muß lernen, seine Zuversicht auf die richtigen Projekte zu verteilen. Einen Karren aus dem Dreck zu ziehen ist oft viel unökonomischer, als sich nach einem neuen Karren umzuschauen. Manchmal fällt das schwer, weil es sich dabei um Herzblut handelt. Man hat viel Zeit, Geld und Kraft in seine alte Firma investiert. Man fühlt sich emotional gebunden. Doch jetzt kommt alles darauf an, diese starken Gefühle und die ureigene Zuversicht auf das nächste Projekt umzuleiten. Man darf den Glauben nicht verlieren, man muß ihn nur verlagern, und das möglichst rechtzeitig. Gerade den Anruf beim Konkursanwalt sollte man nicht zu lange hinausschieben. Fünf vor zwölf ist aus vielerlei Gründen besser als zwölf Uhr.

Es wäre wirklich nicht schlecht, wenn ich mich noch heute mit Katrin treffen würde. Eine starke Trainingspartnerin ist genau das, was ich jetzt brauche. Ich darf auf keinen Fall bequem werden, kurz vor dem Ziel. Frau Stickroth weiß einen guten Körper zu schätzen, deswegen liegt mir so viel an ihrer Gunst. Aber sie ist auch anspruchsvoll. Um von ihr protegiert zu werden, darf ich mich ihrem Mann nicht zu sehr angleichen. Das wäre genau die falsche Taktik. Ich muß weitertrainieren. Ich muß absolut Athlet sein, auch nach Endlossitzungen, Verhandlungspoker und Zigarrenrauch. Ich muß beides schaffen, Körper und Karriere. Und wenn mir jemand Ansporn dafür sein kann, ist es Katrin.

Es gibt eine ganze Reihe von Punkten, die der Jungunternehmer aus Jena nicht richtig sieht. Das ist bedauerlich, aber wohl kaum zu ändern. Es ärgert mich, daß jemand, den ich ausführlich beraten habe, in der Analyse seines Scheiterns dermaßen danebenliegt. Viel haben er und sein Kompagnon nicht dazugelernt. Doch es wäre sinnlos, ihm zu widersprechen. Ich habe weder die Zeit noch die Kraft für Rückzugsgefechte und gegenseitige Schuldzuweisungen. So wie die Dinge liegen, kann es jetzt nur noch darum gehen, dieses Kapitel mit Vernunft und Anstand zu Ende zu bringen.

Unterdessen frage ich mich ernsthaft, was mit Viola los ist. Sie hätte ihre Beine längst in Bewegung setzen müssen, um mir die fraglichen Unterlagen zu bringen. Woher soll ich wissen, welchen Kurs ich einschlagen muß, wenn unklar ist, ob wir nicht aufgrund des ausstehenden Beraterhonorars zur Gläubigerseite gehören? Doch sie sitzt nur da und richtet ihre makellosen Knie auf mich. Es scheint, als hätte ich Viola durch den kurzen Exkurs in die Abgründe meines Privatlebens mehr schockiert, als ich dachte. Vielleicht habe ich damit tatsächlich einen langgehegten Traum von ihr zerstört – das war jedenfalls meine Absicht. Doch vielleicht zeigt sich auch nur einmal mehr die tiefe Apathie ihrer Schönheit.

»Also, hören Sie zu, wir haben nicht unbegrenzt Zeit. Was Sie jetzt am dringendsten brauchen, ist Bargeld, ausreichend Bargeld, das Ihnen ›nicht gehört‹, wenn Sie wissen, was ich meine. Mit einer solchen Reserve, auf die Sie natürlich erst nach dem Konkurs zurückgreifen können, fällt es Ihnen leichter, sich von Ihrem liebsten Kind zu trennen, und Sie erholen sich auch wesentlich schneller davon.« Ich trete ans Fenster und schaue auf die Straße. Weinheimer ist verschwunden. Nur der Taxifahrer mit der Schirmmütze lehnt an seinem Wagen und raucht. Aus Jena kommt verhaltener Protest. Ich bin die unbeirrbare Stimme der Vernunft.

»Bitte! Das alles ist keine Katastrophe. So etwas passiert x-mal am Tag. Wenn Sie eine Zeitlang geschickt aus der zweiten Reihe agieren, werden Sie bald in der Lage sein, einen Vergleich anzubieten. Reden Sie mit Ihren Gläubigern, suchen Sie das Gespräch. Wenn die Banken davon überzeugt sind, daß bei Ihnen nichts mehr zu holen ist, geben die sich mit erstaunlich wenig zufrieden, Sie werden sehen. Die Zauberformel lautet ›30 Prozent ist besser als gar nichts‹. Damit kommen Sie in den meisten Fällen ziemlich weit. Und noch etwas«, ich versuche, nicht allzu gelangweilt zu klingen, denn jetzt kommt mein persönliches Schlußwort, »kein übertriebenes Schuldbewußtsein gegenüber Institutionen! Den Rat gebe ich Ihnen gratis.«

Je länger ich darüber nachdenke, desto besser gefällt mir die Idee, Katrin zu meiner festen Trainingspartnerin zu machen. Es würde nicht nur meinen Sinn für das athletische Optimum schärfen, es wäre überhaupt gut für meine Motivation. Gerade wenn man privat und beruflich an der Spitze steht, ist es wichtig, wenigstens eine Frau um sich zu haben, die man nicht bekommt.

Ich tausche mit Jena noch ein paar Freundlichkeiten aus, dann knipse ich das Gespräch weg und wende mich wieder Viola zu. Eigentlich könnte sie jetzt lächeln. Jedenfalls wüßte ich nicht, warum sie mit mir unzufrieden sein sollte. Ich beuge mich über die blankpolierte Schreibtischplatte, die so stark reflektiert, daß ich meinen Adamsapfel erkennen kann. Prägnant und sicher ruht er unter meinem vorwärtsstrebenden Kinn. Das flößt Vertrauen ein. Mein Oberkörper ist ein massiver Schatten. Ich bin im Vollbesitz meiner physischen Leistungsfähigkeit. Von Verfall keine Spur. Mit Katrin vor Augen werde ich Körper und Karriere optimieren.

Ein regelrechter Nostalgieschub überkommt mich, als ich langsam auf Viola zugehe. Hübsch war sie schon immer, doch erst der Abschied gibt ihrer Schönheit Tiefe. Es ist mir auf einmal sehr wichtig, daß sie mich in guter Erinnerung behält. Ihre Unterschenkel stehen wie üblich schräg zur Sitzfläche. So wird sie immer für mich dasitzen, die Waden aneinandergeschmiegt, mit ihrem unglaublich hohen Spann und dem leichtläufigen Glanz ihrer Strümpfe. Ich stelle mich vor sie und hole aus. Zum Abschied wünsche ich mir von Viola nichts sehnlicher als eine eindeutige Reaktion. Ich packe ihren Hinterkopf, ihr Haar löst sich. Strähnen fallen ihr über die Schultern und ins Gesicht. Ihr Atem geht unhörbar. Ich könnte schwören, daß ihre Augen feuchter sind als sonst.

»Viola ...«

Ich beuge mich zu ihr herunter. Ihr Gesicht kommt meinem ganz nah, zwei Spiegelhälften links und rechts, die glatte Haut temperaturlos, ihre Augen glänzen weich. Ich will etwas sagen. Unser Atem vermischt sich. Einen Moment lang bleiben wir so, bis ich ganz sicher bin, daß sie mich nie vergißt. Dann reiche ich ihr das Telefon. Ich möchte, daß sie jetzt Katrin anruft und mit ihr alles klar macht.

5

Ich gehe vom Gas, schaue in den Rückspiegel und zähle bis zwanzig. Niemand folgt mir. Nur ein blauer Kombi biegt um die Ecke und hält vor einer Einfahrt, Ende eines Großeinkaufs. Ich bin mir ziemlich sicher, daß ich den Taxifahrer an der vorletzten Ampelkreuzung endgültig abgeschüttelt habe. Aber es könnte auch sein, daß er mein Ziel längst kennt und sich deswegen Zeit läßt. Wenn er für Weinheimer arbeitet, ist ihm Isabells Adresse mit Sicherheit ein Begriff. Möglich, daß er mir direkt vor ihrer Haustür auflauert. Ich war von Anfang an gegen diesen Treffpunkt. Aber ich konnte Katrin schlecht erklären, warum.

Ich bin zu früh. Katrins physische Leistungsfähigkeit erreicht ihr Tageshoch angeblich gegen 17.00 Uhr. Ich wollte fünf Minuten vor der verabredeten Zeit hier sein, um mich in Ruhe auf das Lauftraining mit ihr einzustellen. Doch daß ich es so schnell hierher schaffen würde, hätte ich selbst nicht gedacht. Ich fahre im Schrittempo an dem Apartmenthaus vorbei, in dem Isabell wohnt. Der Taxifahrer ist nirgends zu sehen. Trotzdem halte ich nicht an. Erst, als ich am Rand des weitläufigen Parks eine Lücke zwischen zwei Kastanienbäumen finde, stelle ich meinen Wagen ab. Niemand muß wissen, daß ich hier bin. Auch Isabell nicht, falls sie unerwartet nach Hause kommt.

Ich lehne mich zurück und atme tief durch. Mein Adrenalinspiegel sinkt im Sekundentakt. Ich spüre den Tag in den Knochen. Nicht zu trainieren ist manchmal anstrengender als das gewohnte Programm. Es kommt mir vor, als wären seit heute früh Jahre vergangen. Ich kann mich nur schwer mit der Vorstellung anfreunden, schon in wenigen Minuten beschwingt und leichtfüßig an Katrins Seite durch den Park zu joggen. Meine Form wird sich sehr steigern müssen, bevor ich mich ihr zeigen kann.

Ich öffne das Handschuhfach und krame nach dem Fist-Twister, den ich vor Monaten zuletzt benutzt habe. Ursprünglich hatte ich mir diese Handspirale angeschafft, um bei längeren Ampelphasen oder im Stau etwas für meine Unterarme tun zu können. Doch das Unterarmtraining spielt bei meinen regulären Workouts mittlerweile eine so große Rolle, daß sich solche Extras erübrigen. Schließlich handelt es sich um die Muskelpartie, die man im Alltag am ehesten zeigen kann, ohne öffentliches Ärgernis zu erregen. Ich denke, ich werde für Katrin ein kurzärmeliges T-Shirt anziehen.

Die Kontraktionen mit dem Fist-Twister sind auch bei hohem Tempo wenig effektiv, der Widerstand ist zu gering. Um auch nur annährend Betriebstemperatur zu erreichen, muß ich den Sitz zurückschieben und zeitgleich eine Serie von Kniehebungen absolvieren. Dabei ziehe ich die Beine in seitlichen Schwüngen links und rechts am Lenkrad vorbei. Insbesondere nach einem Ausrutscher in der Tagesdiät sollte man die schrägen Bauchmuskeln verstärkt ansprechen, um dem Unterhautfett im Hüftbereich keine Chance zu geben.

Natürlich wäre ich jetzt im Fitness-Studio besser aufgehoben. Laufbänder sind dem Joggen in freier Wildbahn jederzeit vorzuziehen. Zum einen hat man dabei die wichtigsten physiologischen Eckdaten immer parat. Zum anderen erspart man sich leistungsmindernde Störungen durch Outdoor-Einflüsse wie Wandergruppen, Hundehaufen und das Wetter.

Mich wundert sehr, daß Katrin Dauerlauf in ihrem Programm hat. Entgegen weitverbreiteten Vorurteilen ist Joggen nicht gut für die Figur. Wer sich davon schönere Beine erhofft, daß er auf ausgelatschten Pfaden täglich seine Runden dreht, kann einem nur leid tun. Wie alle natürlichen Bewegungsmuster beansprucht das Joggen eine Vielzahl von Muskelgruppen im Ober- und Unterschenkel sowie im Gesäßbereich. Die entsprechenden Trainingseffekte sind viel zu pauschal für eine problemspezifische Modellierung der Beinmuskulatur. Nur beim Gerätetraining (Beinpresse, Leg Curler, tiefer Block) läßt sich das muskuläre Dickenwachstum steuern, wohingegen Waden und Oberschenkel beim Voll-Joggen unkontrolliert anwachsen. Laufen als solches beseitigt keine Problemzonen, das Bein wird nur insgesamt kräftiger. Und damit ist in der Regel den wenigsten Menschen geholfen. Ich bin mir nach wie vor nicht schlüssig, ob ich für Katrin eine kurze Hose anziehen soll, und wenn ja, wie kurz. Mir bleiben noch fünf Minuten Zeit, um darüber nachzudenken.

Vier. Ich fühle mich immer noch müde und schlapp. Kontraproduktiv ist auch die Vorstellung, Katrin womöglich in einem Jogginganzug wiederzusehen. Es gibt nichts Deprimierenderes als ein Rendezvous mit einem idealen Körper, der von Kapuzenoberteilen und schlabberigen Trainingshosen geschluckt wird. Mir will einfach nicht in den Kopf, daß Katrin sich lieber bis zur Formlosigkeit vermummt, als ihre Traumfigur in einem vollklimatisierten Fitness-Studio zur Schau zu stellen. Ich entscheide mich für knappe Laufshorts mit weit geschlitzten Beinaußenseiten und ein kurzärmeliges Funktions-T-Shirt aus leichtem, atmungsaktivem Fleece-Stoff, der laut Herstellerinformation die Feuchtigkeit vom Körper weg an die Oberfläche transportiert, wo sie verdunstet. Den Außentemperaturen kann man in dieser undefinierbaren Jahreszeit nicht trauen, vom Windchill-Faktor ganz zu schweigen. Doch ich bin durchaus bereit, am Anfang ein wenig zu frösteln, wenn es laufergonomisch einer größeren Schrittfreiheit und der optischen Verlängerung meiner Beine dient.

Ich ziehe mich einhändig um, da ich nicht länger als nötig

mit dem Fist-Twisting aussetzen will. Meine Unterarme sind im Kommen. Es gelingt mir, das Fleece-T-Shirt über den Kopf zu streifen und gleichzeitig die Kontraktionen meiner linken Faust noch zu beschleunigen. Erste Ermüdungserscheinungen der Handmuskulatur stellen sich ein. Die Scheiben beschlagen.

Mit den Beinen in Klappmesserposition binde ich mir die Schuhe. Dann nehme ich die Seitwärtsschwünge wieder auf. Die knappen Shorts stehen mir ausgezeichnet. »Du könntest als Schuhmodel arbeiten«, hatte mir Vivian vor etwa drei Jahren ins Ohr geflüstert (bei einem Strandspaziergang auf Lanzarote). Das war sehr weitsichtig von ihr. Meine geraden Schenkelmuskel und die Spanner der Oberschenkelbinde, die beim Bauchmuskeltraining mitarbeiten, machen einen fantastischen Eindruck.

Zwei Minuten. Ich bin so gut wie umgezogen und knete nur noch ein paar schnelle Links-Rechts-Kombinationen. Meine Unterarme haben das Anderthalbfache ihres Anfangsvolumens erreicht. Mein Puls überschreitet die hundertdreißig. In den Armbeugen sammelt sich Schweiß. Außerdem transpiriere ich entlang der Sitzpolsterung auf dem Rücken. Ich kann nur hoffen, daß meine Funktionskleidung hält, was sie verspricht, und die Feuchtigkeit bald nach außen abgibt.

Noch dreißig Sekunden. Der Dunst auf den Scheiben wird dichter. Kondenswasser rinnt von den Fensterfugen herab. Endlich fühle ich mich vorzeigbar. Genau in dem Moment, als ich aussteige, fährt das Taxi im Schrittempo an Isabells Apartment vorbei. Doch jetzt kann mich nichts mehr erschüttern. Ich schlage die Tür zu und aktiviere die Zentralverriegelung. Mein Körper funktioniert. Sämtliche Handgriffe, Blicke, Bewegungen ergeben sich zwanglos und sicher. Ich laufe nicht weg, ich bin ein Jogger unterwegs zu seiner Strecke.

Im Laufschritt überquere ich die Straße und biege ein in die Auffahrt des Apartmenthauses. Beim Outdoor-Joggen besteht immer die Gefahr, daß die Arme schnell abkühlen, sofern man auf ein figurbetontes T-Shirt nicht verzichten möchte. Die Durchblutung geht zurück, und der Muskelumfang dünnt aus. Von daher sollte Katrin meine Unterarme zu Gesicht bekommen, bevor sie wieder auf Normalgröße schrumpfen. Der erste Eindruck ist entscheidend. Ich gehe auf der Fußmatte zu einem leichten Skipping über und klingele bei Isabell. Die Arme verschränke ich locker vor der Brust. Niemand öffnet.

Isabells Wohnung liegt im dritten Stock. Ich tänzele ein paar Schritte rückwärts, um hinaufzuschauen. Nirgendwo brennt Licht. Das ganze Haus sieht verlassen aus. Möglich, daß Katrin nicht mehr da ist. Vielleicht haben wir uns verpaßt, vielleicht hatte sie auch nie vor, mich hier zu treffen. Doch das beunruhigt mich nicht. Ich brauche sie nicht mehr. Ich brauche nur dieses Kribbeln von Kraft in meinem Körper und das Gefühl, immer weitertrainieren zu können. Ich bin mit jeder Muskelfaser absolut Athlet.

Pro forma warte ich noch eine halbe Minute und reiße beim Skippen die Knie hoch. Mein Atem kommt in knappen, kraftvollen Stößen. Meine Oberschenkel glänzen leicht. Der blonde Flaum auf meiner moderat gebräunten Haut richtet sich auf. Für einen Moment wünschte ich, Vivian könnte mich so sehen, nur um ihr zu beweisen, daß meine Beine sie nie enttäuschen werden. Ihr Lieblingswort für meine Oberschenkel und die Schien-Wadenbein-Muskulatur war, glaube ich, »leopardengeschmeidig« (im Flughafenhotel, nachdem unsere Maschine gecancelt worden war). Doch im Grunde brauche ich niemanden mehr, der mich bewundert. Noch zwanzig Skips links und rechts mit betont nachgezogenen Knien. Dann laufe ich los. Ich habe nur einen einzigen Gedanken: Sport.

Dank Katrins Abwesenheit eröffnen sich ungeahnte Trainingsmöglichkeiten. Ich peile ein rigoroses Freiluft-Training an. Zur Kräftigung der Bein- und Gesäßmuskulatur fallen mir unzählige Übungen ein. Schwieriger ist es, unter natürlichen Bedingungen ein sinnvolles Oberkörper-Workout zusammenzustellen. Hier und da bieten sich Parkbänke für Intensiv-Liegestütze mit hochgelegten Beinen an. Denkbar wären auch rückseitige Dips mit abgewinkelten Stützhänden entlang der Sitzflächenkante. Doch das sind nicht die ekstatischen Trainingsleistungen, die mir vorschweben. Und irgend etwas in mir sträubt sich gegen die Vorstellung, mitten in einem städtischen Naherholungsgebiet mit abgesägten Birkenstämmen als Langhantelersatz zu neuen Rekorden aufzubrechen. Meine Schritte federn trittfest und sicher über die Zugangswege zum Parkeingang. Meine Beine sind phänomenal. Es läuft alles darauf hinaus, daß ich mir auf irgendeinem Kinderspielplatz mit Klimmzügen den Rest gebe, bevor ich zum Nachbessern ins Fitness-Studio fahre. Frau Stickroth wäre stolz auf mich.

An einem Baum gleich neben dem Parkeingang steht Katrin und dehnt ihren linken Zwillingswadenmuskel. Den befürchteten Jogginganzug hat sie im Schrank gelassen. Sie trägt eine hautenge Trainingsjacke aus Lyrca, deren Reißverschluß bis zu ihrem Nabel offensteht, darunter ein strammes Bustier, bauchfrei, und semi-lange Tights, die oberhalb der Knie abschließen. Ihre Kniekehlen wirken unglaublich zart. Ihre Waden sind überraschend glatt und schlank. Mit ihrem gestreckten Bein beschreibt sie eine gerade Linie, die von der Ferse bis zu den Schultern verläuft, geteilt durch die zwei festen Halbkugeln ihres Pos. Ich habe mich nicht getäuscht, Katrin hat die Alpha-Anatomie schlechthin. Nur läßt mich das völlig kalt. Ich wäre jetzt lieber mit meinem Körper allein.

Sie nickt kurz zu mir herüber, zum Zeichen dafür, daß sie mich gesehen hat. Dann wechselt sie in den Einbeinstand und dehnt ihre Kniestreckmuskulatur, indem sie die angewinkelte Ferse mit der Hand bis an die Pohalbkugel zieht. Das Knie ihres Standbeins ist leicht gebeugt und profiliert sich in seiner gesunden Eleganz und Festigkeit. Die Trainingsjacke spannt über ihrem abgespreizten Arm. Sogar durch eine zentimeterdicke Schicht von Lyrca-Fasern hindurch sieht man ihre wohlgeformte Trizepsmulde. Noch immer kommt es mir so vor, als würde ich ihren Körper kennen, nicht erst seit gestern, sondern von jeher. Aber ich empfinde nichts als Ungeduld. Ich werde hier nicht endlos auf der Stelle traben und warten, bis sie jeden einzelnen Zeh gestretcht hat. Meine Unterarme sind merklich abgekühlt. Ich fröstele ein bißchen um die Brust. Doch die Muskulatur ist fest und unverwundbar. Ich kann der Anstrengung nicht länger widerstehen. Ich will dahin, wo ich mich am deutlichsten spüre, an die äußerste Grenze, ins Extrem.

Katrin läuft los. Offenbar hat sie eine bestimmte Strecke im Sinn. Ich schließe mich ihr an. Es versteht sich, daß ich sie das Tempo bestimmen lasse. Immerhin ist es ihr Training, ich begleite sie nur, das war der Deal, auch wenn mir inzwischen nicht mehr danach ist.

Sie gibt eine mittlere Geschwindigkeit vor. Wir laufen bei etwa siebzig Prozent der maximalen Herzfrequenz. Alles im aeroben Bereich. Wenn wir wollten, könnten wir uns bequem in kurzen Sätzen unterhalten. Doch wir haben uns nichts zu sagen. Wie mir scheint, ist die einzige Gemeinsamkeit zwischen ihr und mir, daß wir beide lieber alleine trainieren würden.

Katrin muß ihren Rhythmus nicht lange suchen. Sie geht von Anfang an genau ihr Tempo, ohne zu verlangsamen oder zu beschleunigen. Atem und Schrittfrequenz sind vollkommen aufeinander abgestimmt und gleichmäßig getaktet. Sie wiederholen sich mit absoluter Präzision. Ich würde gern ein bißchen mehr Druck machen, um schon einmal eine Grenze am Horizont zu sehen. Deswegen laufe ich ein paar Fußlängen voraus, lasse mich wieder zwei Schritte zurückfallen und fange von hinten erneut an zu drängeln. Aber Katrin ist nicht aus der Ruhe zu bringen.

Wir überqueren eine kleine Holzbrücke und laufen weiter auf schlackefarbenen Parkwegen aus einem plattgewalzten Sand-Lehm-Gemisch. Der Härtegrad dieses Belags ist ziemlich hoch. Doch Katrin federt mit einem gazellenhaften Kniehub dahin, als wäre sie auf Tartan unterwegs. Irgendwie ist es schwül hier, was an der Feuchtigkeit liegen mag, die der Park ausdünstet. Ich vermisse den für Outdoor-Aktivitäten charakteristischen Wind. Schweiß perlt auf meiner Stirn, erste Rinnsale über den Schläfen. Ich könnte natürlich mein T-Shirt ausziehen und mit freiem Oberkörper laufen. Aber das will reiflich überlegt sein.

Was dafür spricht:

1.) Die körpereigene Thermo-Regulation durch Schweiß und Verdunstung könnte sich ungehindert entfalten.

2.) Meine Haut wäre zur Abwechslung der Vollstrahlung des natürlichen Lichts ausgesetzt und damit einem Breitenspektrum von UV-Komponenten, wie es auf keiner Sonnenbank zu finden ist.

3.) Wenn Katrin mit halbgeöffneter Trainingsjacke und knallengen Tights joggt, sollte ich nicht hochgeschlossen hinter ihr herlaufen.

Andererseits:

1.) Es ist vielleicht doch ein bißchen zu frisch oben ohne.

2.) Auch bei monochromer Bewölkung ist die Sonneneinstrahlung oft intensiver, als man denkt. Entsprechend steigt das Risiko von Hautkrebs.

3.) Außerdem ist mein Nabel noch nicht reif für seine Veröffentlichung und die Brusthaarproblematik weiter ungeklärt.

Ich entscheide mich, die T-Shirt-Frage vorerst aufzuschieben. Es könnte als ein Zeichen frühzeitiger Erschöpfung mißverstanden werden, wenn ich mir bereits nach einem Kilometer die Kleider vom Leib reiße. Dabei bin ich meilenweit von jeder Leistungsgrenze entfernt. Wenn es nach mir ginge, könnten wir einen Zahn zulegen. Nur durch einen Tempo-Dauerlauf hart an der anaeroben Schwelle kann man sich klar von den Wald-und-Wiesen-Joggern abgrenzen, die nach Büroschluß ein wenig die Keulen schwingen.

Sorgen bereitet mir allerdings, daß ich wohl nie zu einer aussagekräftigen Attraktivitätsstatistik über meine Brustbehaarung kommen werde, wenn ich die ganze Zeit blickdicht durch die Gegend renne. Als käme es beim Schaulaufen auf einen Millimeter Nabeltiefe mehr oder weniger an! Entscheidend ist, wie souverän man seinen Nabel präsentiert. Selbstbewußtsein ist das wichtigste Signal.

Ich setze noch mal zu einem Überholmanöver an. Es geht mir dabei nicht um Katrin, ich möchte meinen Körper überraschen. Er soll spüren, daß ich den unbedingten Willen zur Härte habe. In kurzen Sprints presche ich drei, vier Meter vor, bremse wieder ab und immer so weiter. Doch plötzlich verschärft Katrin das Tempo. Mit weiten, ausgreifenden Schritten startet sie in ein neues Intervall. Ihre Beine wirken leicht und endlos, ihre Schrittlänge ist unglaublich. Vielleicht hätte ich vorher doch mit ihr zusammen stretchen sollen. Ein ausführliches Stretching mit einer Schrittlängendehnung von drei, vier

Zentimetern bringt bei einem Zehn-Kilometer-Lauf gut und gerne eine halbe Tempominute.

Weitere, gewichtige Gründe für einen freien Oberkörper: Selbstbewußtsein, Selbstbewußtsein, Selbstbewußtsein! Es spricht eigentlich alles dafür, mich auszuziehen, und zwar lieber jetzt als gleich. Gerade mit meinen potentiellen Schwachstellen (Nabel, Brustbehaarung) muß ich in die Offensive gehen. Außerdem habe ich jetzt so lange darüber nachgedacht, daß ich mir nie verzeihen würde, wenn ich es nicht täte. Das Problem ist nur, daß ich bei diesem Tempo weder den Atem noch den Bewegungsspielraum habe, um mir ein T-Shirt über den Kopf zu streifen, ganz zu schweigen von den Orientierungsschwierigkeiten, die das mit sich bringt.

Katrin zieht weiter an. Ich bin bei neunzig Prozent meiner maximalen Herzfrequenz. Eine Gruppe von Feierabendjoggern taucht in einer Kurve unvermittelt vor uns auf. Bei unserem Antritt dauert es nur Sekundenbruchteile, dann sind wir an ihnen vorbei. Der Klang ihrer Stimmen verformt sich mit der Entfernung, die zwischen uns und ihrem Geplauder aufklafft. Noch ein paar Schritte, dann leiste ich mir einen Blick zurück: Die Jogger sind nur noch auf und ab wippende Zwerge vor einer Waldkulisse.

Den nächsten Zweihundert-Meter-Bogen gehen wir mit schonungsloser Härte an. Es ist genau das, was ich jetzt brauche. Alles links und rechts verschwimmt. Die Anstrengung ist ein Tunnel zu meinem Ziel. Ich bin nur noch Atem, die Gier sämtlicher Lungenbläschen nach Sauerstoff, pure Entschlossenheit, durch die immer knapper werdende Luft zu gehen. Diese Bewegung ist alles, was ich will. Wir sind weit im anaeroben Bereich.

Katrins Laufstil ist exzellent. Auch bei maximalem Tempo pendelt sie nicht. Ihre Schrittführung bleibt leichtfüßig und elegant. Sie läuft kraftvoll aus der Hüfte heraus, runde, fließende Bewegungen. Zum ersten Mal erlebe ich aus nächster Nähe solch eine Ökonomie. Ihr Kniehub staucht nicht ein. Die Arme schwingen trotz Sprintgeschwindigkeit locker und unverkrampft in einer Parallele zum Körper. Der Reißverschluß ihrer Trainingsjacke öffnet sich mit jeder Bewegung ein kleines Stück bis hinunter zum Bündchen und gibt den Blick auf ihren Nabel frei. Ich kann kaum glauben, daß ihr diese Tempohärte überhaupt nichts ausmacht.

Intervalltraining ist absolut notwendig, das sehe ich ein. Wer immer nur eine konstante Geschwindigkeit läuft, wird nie schneller. Das wäre, als würde man seinen Wagen ausnahmslos in ein und demselben Gang fahren. Ein ambitionierter Läufer muß das Tempo variieren, bewußt hoch- und runterschalten. Dadurch erzeugt er nicht nur eine größere Bandbreite an Trainingsreizen, es werden auch unterschiedliche Stoffwechselvorgänge aktiviert: die Fettverbrennung bei niedrigem Lauftempo, bei mittlerer Geschwindigkeit der Zugriff auf die verfügbaren Kohlenhydrate in den Glykogenspeichern und schließlich die anaerobe Energiegewinnung beim Spurt. Nur durch wechselnde Intervalle werden sämtliche Reserven ausgeschöpft und die verschiedenen Arten der Energiebereitstellung kultiviert. Der Körper lernt, immer wieder andere Tanks anzuzapfen. Er wird in die Lage versetzt, schneller auf neue Anforderungen zu reagieren, und entwickelt eine hohe energetische Geläufigkeit. Ich kann nicht mehr.

Katrin tanzt. Unfaßbar ihre Wendigkeit und der weiche Fluß ihrer Bewegungen. Mit jedem Schritt demonstriert sie eine Körperbeherrschung anderer Ordnung. Es sieht aus, als wäre sie in diesem Tempo vollkommen aufgehoben. Keinerlei Anzeichen von Erschöpfung oder Schwäche. So, wie sie läuft, ist es die pure Lust. Ich kann nicht länger mithalten. Vielleicht noch bis zur nächsten Gabelung und von da aus weiter, an den

Rhododendronbüschen vorbei. Doch ich muß mir versprechen, daß ich spätestens bei dem Waldstückchen, das gerade in Sicht kommt, anhalten werde. Ich bin im Tunnel. Ich laufe einen Endspurt ohne Ende. Die Tunnelröhre schließt sich.

Aus dem Nichts wirbelt uns eine Handvoll Spaziergänger entgegen. Kreisende Gesichter, diffuse Fleischscheiben, die Stimmen schrill, verzerrt. Wir laufen mitten durch sie hindurch. Ungebremst stürze ich auf zwei ältere Damen mit fliederfarbenen Haaren zu. Der Gedanke, daß sie mich sehen, hält mich aufrecht. Ihr Blick ist in meinem Tunnel ein kleiner Spalt. Jetzt wäre die letzte Möglichkeit, mein T-Shirt auszuziehen.

Ich fasse den Kragensaum und zerre daran, den Kopf nach vorne gebeugt, während ich weiter auf das Waldstückchen zu rase. Meine Beine verheddern sich. Ich strauchele und komme vom Weg ab. Laub auf einmal. Knöchelhoch Laub. Meine Schritte schwimmen in bräunlichen Blättern. Ich sacke in die Knie und schleppe mich im Entengang vier, fünf Meter weiter vorwärts. Dann fasse ich wieder Tritt. Ich bin zurück auf der Strecke, aber bei Tempo null. Katrin läuft uneinholbar voraus. Meine Beine sind schwer. In den Oberschenkeln lähmende Erschöpfung. Aber ich muß an Weinheimer denken, ich sehe ihn in seiner ganzen Jämmerlichkeit vor mir und mobilisiere einen Haß, der meine Füße systematisch voreinander zwingt. Nie werde ich ihm den Gefallen tun und versagen, nie ihm ähnlich sein! Meine Fersen dengeln links und rechts gegen die Waden, ich friere am Rücken, wo mein T-Shirt verrutscht ist, aber ich gewinne an Fahrt. Es gelingt mir, den Abstand zu Katrin zu verringern. Ich laufe ohne jedes Gefühl in den Beinen, doch wie durch ein Wunder schließe ich auf. Dann erst sehe ich, daß Katrin auf mich wartet und locker auf der Stelle trabt. Das soll sie nicht. Ich will nicht, daß sie Rücksicht auf mich nimmt. Gleichzeitig bin ich vor Dankbarkeit den Tränen nähe.

Die letzten achthundert Meter, mittlere Geschwindigkeit. Es geht wieder. Mein Blick klart auf. Mein Puls pegelt sich um hundertsiebzig ein. Das ist im Rahmen. Katrin und ich laufen nebeneinander, kein Wort, nur unser Atem im Wechsel. Alles andere hat aufgehört zu existieren.

Mein Verdacht ist, daß sie ihr Tempo nach mir richtet. Deswegen beschleunige ich leicht, aber stetig. Ich muß nicht einmal so tun, als würde es mir nichts ausmachen. Es geht mir gut. Problemlos laufe ich einen Vorsprung von fünfzehn, zwanzig Metern heraus. Katrin läßt mich ziehen. Ich kann natürlich nicht ausschließen, daß sie mir zuliebe zurückbleibt, aus reiner Läuferhöflichkeit. Sie hätte ohne Frage die Reserven für einen weiteren Temposhift. Doch auf ihrem Programm steht offenbar lockeres Auslaufen. Nichts kann sie davon abbringen. Ich muß an Jenny denken und die elfte bulgarische Wiederholung. Es fällt mir schwer, jetzt aufzuhören, anstatt immer weiter über das Limit hinauszugehen. Doch ich revanchiere mich und warte auf Katrin, indem ich eine kleine Schlaufe um einen mit Blättern gefüllten Zierbrunnen skippe. Sie läuft noch immer so leicht. Ihre Schritte sind während der ganzen Strecke kein bißchen schwerer geworden.

Wir sind so gut wie da, als sie auf einmal den Reißverschluß öffnet und ihre Trainingsjacke auszieht. Damit überrascht sie mich völlig. Es ist unvernünftig, sie könnte sich erkälten, gerade auf den letzten Metern, aber sie tut es einfach. Es ist mein Gedanke, dem sie nachgibt. Ihr V-Rücken vor dem Patchwork der Wege und Grünflächen, ihre ovalen Schulterkuppen ganz nah, unnachahmlich die Art, wie sie ihre Hüften nach vorne bringt bei jedem Schritt. Ich sehe die Mulde, die sich zwischen ihren schrägen und geraden Bauchmuskeln formt, ich sehe, daß sie auch dann nicht verschwindet, wenn sich ihr Körper auf dem Scheitelpunkt der Bewegung streckt. Mir entgeht auch die kurze Erschütterung nicht, die das Muskelgeflecht ihres Torsos durchzieht, wenn sie am Ende der Schwungphase den Fuß aufsetzt. Ich kenne diesen Körper wie meinen eigenen. Wir verlassen den Park.

Isabells Wagen ist nirgends zu sehen, als wir die Straße überqueren und die Auffahrt des Apartmenthauses hochtraben. Vor den Stufen am Eingang bleiben wir stehen. Ich stemme eine Hand in die Hüfte und lege den Kopf in den Nacken. Mein Kreislauf besteht aus weißem Rauschen. Mit jedem Atemzug löst sich eine Qual, die mir schon in Fleisch und Blut übergegangen war. Hitze und Kälte changieren auf meiner Haut.

Katrin reicht mir ihre Trainingsjacke. Sie bückt sich, einen Fuß auf die Treppe gestützt, und bindet sich nacheinander die Schuhe auf. Sie ist nicht im geringsten außer Atem. Kein Tropfen Schweiß auf ihrem breiten Rücken. Ihr Bauch ist kein Bauch. Über dem zarten Sixpack riffelt sich ihre Haut mit der Feinheit einer krausgezogenen Stirn. Wie eine Klammer schließt die schräge Muskulatur kurz vor dem Darmbeinkamm ab. Katrin ist unzerstörbar stark. Sie ist, wie ich immer sein wollte. Deshalb erscheint sie mir so vertraut. Ihre Trainingsjakke ist noch warm.

»Du kannst sie mir jetzt wiedergeben«, es ist der erste persönliche Satz, den sie zu mir sagt. Sie hat sich wieder aufgerichtet und sieht mir direkt ins Gesicht. Ihr Lächeln hat einen unübersehbar spöttischen Zug. Sie nimmt mir die Jacke aus der Hand. Ich weiß nicht, wie ich es ausdrücken soll, aber ich muß sie wiedersehen. Vielleicht kommt sie noch mit ins Fitness-Studio?

»Heute abend um acht, nicht vergessen!« Katrin hat sich abgewendet, sie ist schon halb in der Tür. »Isabell hat mich extra gebeten, dich noch einmal an die Verabredung mit Weilheimer zu erinnern.«

»Weinheimer«, sage ich.

»Weinheimer, richtig«, sie geht. »Ach, und herzlichen Glückwunsch zu eurem Geburtstag.«

6

»Mir ist schleierhaft, warum du immer auf die letzte Minute – «

»Soll ich schneller, ich kann schneller fahren.«

»Halt! Nein, bitte, anhalten!«

»Du siehst fantastisch aus.«

»Rot, das war rot!«

»Tolles Kleid.«

»Sag mal, bist du farbenblind?«

»Steht dir.«

»Ich steige jetzt aus und nehme mir ein Taxi.«

»Wirklich schade, daß wir den Abend nicht für uns alleine haben.«

»Daß das klar ist: Wenn du geschnappt wirst, kennen wir uns nicht.«

»Du wolltest doch unbedingt um acht dasein.«

»Ich wollte vor allem lebend ankommen, aber das ist wahrscheinlich zuviel verlangt.«

Ich weiß nicht, was ich noch tun kann, um Isabell davon abzubringen, mit mir zu Weinheimers ›Wiedergeburtstagsparty‹ zu fahren. Sie war sich nicht zu schade, mich vor allen Leuten aus dem Fitness-Studio zu holen. Sie hat bei laufendem Motor dafür gesorgt, daß ich mich ›dem Anlaß entsprechend‹ umziehe. Ich hätte gedacht, sie sei für eine Abweichung vom Protokoll immer zu haben, doch meine Verführungskünste zeigen keine Wirkung.

»Es läuft sowieso auf dasselbe hinaus.«

»Was?«

»Ich werde den ganzen Abend nur mit dir flirten.«

»Na, dann streng dich mal an.«

»Glaub ja nicht, daß ich dich auch nur eine Sekunde mit Weinheimer alleine lasse …« Mir bleibt gar nichts anderes übrig, als die ganze Zeit mit ihr Händchen zu halten. Nur wenn ich jedes Wort überwache, kann ich eventuell verhindern, daß Isabell mit Frau Weinheimers Schlüsselbeinen nähere Bekanntschaft macht. Ich lege meinen Arm um sie und gebe Gas. »Von wem hast du eigentlich die Brosche?«

»Laß das!«

»Es ist noch nicht zu spät, Isabell, noch können wir umkehren. Wir geben Katrin ein bißchen Geld fürs Kino und –«

»Du kannst richtig charmant sein, wenn es ein Problem gibt, vor dem du dich drücken willst.«

»Dann eben nicht.«

Ich muß auf jeden Fall damit rechnen, daß wir der Wahrheit heute abend näher kommen, als mir lieb ist. Von daher sollte ich die eine oder andere Erklärung parat haben. Isabell kann mir immer noch schaden, sie hat Kontakte auf allen Ebenen. Ich möchte nicht wissen, was passiert, wenn sie plötzlich gegen mich Stimmung macht. Solange ich die Juniorpartnerschaft nicht in der Tasche habe, muß ich dafür sorgen, daß sie auf meiner Seite bleibt. Denn soviel ist sicher: Wenn ich sie jetzt, in dieser Phase, gegen mich aufbringe, kann ich gleich einpacken und Claaßen zu meinem Posten gratulieren.

»Weißt du was?« Es hat angefangen zu regnen, ich stelle den Scheibenwischer auf höchste Geschwindigkeit. »Warum gehen wir nicht gepflegt irgendwo essen, nur du und ich, ein Abend zu zweit, das hatten wir lange nicht mehr.« Ich weiß noch nicht genau, wann ich den Absprung in Stickroths kleinen Harem riskieren werde. Ich weiß nur, daß ich beruflich weit an Isabell vorbeigezogen sein muß, bevor ich mich ernsthaft anderweitig binde. »Ich zahle«, flüstere ich ihr ins Ohr.

Das sollte ein Scherz sein, doch Isabell hat momentan keinen Humor.

»Liebling, die warten alle nur auf dich. Michael hat mich extra noch mal angerufen und sich nach deinem Leibgericht erkundigt.«

»Wer ist Michael?«

»Weinheimer.«

»Du nennst Weinheimer Michael?«

»Die Idee ist nicht von mir, seine Eltern hatten sie zuerst.«

»Ich fasse es nicht.«

Ich nehme eine Linkskurve, der Wagen bricht aus, aber ich bringe ihn schnell wieder unter Kontrolle. Isabell krallt sich an der Handbremse fest. Ich habe das ungute Gefühl, daß sie längst mehr weiß, als ich freiwillig zugeben würde. Nur wieviel und was genau, das sollte ich erst in Erfahrung bringen, bevor ich das nächste Teilgeständnis wage. Leider kann ich Weinheimer nicht fragen, ob er ihr von meinem Seitensprung mit seiner Frau erzählt hat.

»Und, was hast du gesagt?«

»Laß mich fahren.«

»Was ist eigentlich mein Lieblingsessen?«

»Also, entweder du konzentrierst dich auf den Straßenverkehr oder –«

»Im Grunde habe ich gar kein Leibgericht, jedenfalls nicht, daß ich wüßte.«

»Fisch.«

»Fisch?«

»Fisch.«

»Aber ich hasse Fisch.«

»Da liegen deine Defizite.«

Mir fallen die Rollmöpse in meinem Kühlschrank ein. Irgendwie werde ich das Gefühl nicht los, sie könnten uns überleben.

»Ich will nicht zuviel verraten, aber es gibt ein Fischbüffet, extra für dich, und der Catering-Service, den Michael leitet, hat einen guten Ruf! Wenn du klug bist, betreibst du ein bißchen Nährstoffhopping und variierst zwischen den verschiedenen Fischsorten. Lachs und Makrele sind zwar nicht gerade mager, enthalten aber die wichtigen Omega-3-Fettsäuren. Hochwertiges Eiweiß holst du dir am besten in Form von Schellfischfilet oder Kabeljau, gedünstet, nur mit Kräutern gewürzt, keine Soße. Der Körper kann Proteine leichter aufbereiten, wenn sie ihm fettarm zugeführt werden. Außerdem ist magerer Seefisch der geeignetste Jodlieferant. Vorsicht übrigens mit Garnelen und Hummer. Die potenzsteigernde Wirkung ist alles andere als erwiesen, dafür aber der hohe Cholesteringehalt wie beim meisten Fingerfood. Austern dagegen –«

»Moment mal! Wer soll denn das alles essen? Ich dachte, wir schauen nur mal kurz rein und gehen gleich wieder. Es war nie die Rede davon, daß wir uns mit Weinheimer die ganze Nacht um die Ohren schlagen. Ich möchte mit diesem Menschen nichts zu tun haben, schon vergessen?«

Isabell hält es nicht einmal für nötig zu antworten. Sie schaut nur kopfschüttelnd geradeaus auf die im Regen schwimmende Straße. Offensichtlich hat sie längst entschieden, wie der Abend laufen soll.

»Entschuldige«, murmele ich und schalte einen Gang hoch, »aber stütz dich lieber nicht auf die Verschalung. Ich habe Airbag.«

»Wenn mir irgend etwas passiert, Liebling, werde ich dich bis an dein Lebensende verklagen. Du mußt die nächste rechts.«

Wir biegen ab in ein Wohngebiet, verkehrsberuhigte Straßen. Mir kommt das alles sehr bekannt vor.

»Gibt es hier in der Nähe nicht dieses orientalische Restaurant, so einen riesigen Freßtempel mit –«

»Nein.«

»Ich hätte jetzt wahnsinnige Lust auf Lammkotelett.«

»Das wäre dann Fleisch.«

»Beim Training habe ich ununterbrochen an nichts anderes gedacht.«

»Ach ja, der Mythos vom Sportlersteak! Es wird Zeit, daß du dich davon verabschiedest.«

»Was heißt Steak? Ich rede von Lammkoteletts.« Ich bereue schon, daß ich es überhaupt versucht habe.

»Lammkoteletts enthalten durchschnittlich 30 Prozent Fett. Damit kannst du den Bonus an Niacin und Vitamin B 12 praktisch vergessen. Deine Verdauung schafft das gar nicht. Da wäre ein Steak rein theoretisch noch gesünder, aber das ...«

»Schon gut, ich –«

»... das hängt ganz von der Mastchemie ab. Es gibt zwar Studien, nach denen das Fleischeiweiß den Testosteronspiegel beim Mann deutlich ansteigen läßt, doch wenn du mich fragst, könnte das auch auf andere Faktoren zurückzuführen sein. Sicher ist nur, daß du deinen Körper in hohem Maße mit gesättigten Fettsäuren ...«

»Isabell, bitte –«

»... mit Cholesterin und Purinen belastest, was sich negativ auf deine Blutfettwerte und den Harnsäurespiegel auswirkt. Wenn du das Infarktrisiko halbwegs einschränken willst, solltest du Fleisch ab sofort nur noch als seltene Beilage betrachten. Ich werde übrigens nicht eher aufhören zu reden, bis du dich an das Tempolimit hältst.«

»Aber hier ist Zone 30! Da kommen wir nie –«

»Fisch hingegen eignet sich ohne Einschränkung zur Hauptmahlzeit und bei Michael sind wir praktisch an der Quelle –«

»Okay, okay.«

»Und auf dem Rückweg fahre ich.«

Es hat keinen Sinn, mit Isabell zu diskutieren, wenn sie sich etwas in den Kopf gesetzt hat. Ich sollte mir meine Kräfte besser für Weinheimer aufsparen.

»Da drüben ist es.«

»Uhrenvergleich!«

»Hausnummer 53 ...«

»Zwanzig null vier. Wenn ich nicht auf dich gehört hätte, wären wir pünktlich.«

»Oder tot.«

»Dann würde uns keiner einen Vorwurf machen.«

»Hier!«

Es gibt tatsächlich einen Parkplatz direkt vor der Haustür. Damit schwindet meine letzte Hoffnung, es könnte noch etwas dazwischenkommen.

»Isabell, ich muß mit dir reden.« Ich sollte Frau Weinheimer und ihre Schlüsselbeine wenigstens schon mal erwähnen, damit ich mich hinterher auf meine Offenheit berufen kann.

»Liebling, wir sind spät dran.«

Sie hat die Beifahrertür schon aufgestoßen.

»Nein, warte!«

»Hat das nicht Zeit bis nachher?«

Nein, es hat nicht Zeit bis nachher, aber wie erkläre ich ihr das, ohne daß es gleich so dringend wirkt. »Gib mir einen Kuß!«

»Das hättest du dir früher überlegen müssen.«

Ich beuge mich mit geschlossenen Augen zu ihr hinüber. Ich werde sie erst küssen und ihr dann erklären, daß alles, was zwischen mir und den Weinheimers gewesen sein mag, vorbei ist, daß es mir nie etwas bedeutet hat, so wahr ich hier ... – In dem Moment schlägt die Tür zu. Ich öffne die Augen.

»Isabell?«

Sie steht schon vor dem Klingelbrett im Hauseingang.

»Du willst doch da nicht etwa reingehen, Isabell?«

Sie läutet. »Also, was ist jetzt, kommst du?«

»Du setzt dich sofort wieder in den Wagen.«

»Vergiß die Blumen nicht.«

»Ich, ich denke gar nicht daran!«

»Dann gib her.«

»Ich muß mit dir reden, Isabell, bitte!«

»Hallo?«

Krächzlaute aus der Gegensprechanlage, der Türsummer ertönt. Ich nehme die Blumen und steige aus. Der Alptraum hat begonnen.

»Hoffentlich hast du die häßlichsten Orchideen gekauft, die du finden konntest.«

»Du bist süß.«

»Ich bin nicht ›süß‹.«

»Süß sauer.«

»Hat er gesagt, welches Stockwerk.«

»Die oberste Etage, wie bei dir.«

Es spricht alles dafür, daß sie Bescheid weiß.

Der Fahrstuhl kommt unwiderruflich. Eigentlich würde ich lieber die Treppe nehmen, um mich bis ins letzte für diesen Abend zu stählen. Der Aufbaueffekt von anderthalb Stunden Fitness-Studio ist schnell verpufft. Ich habe wirklich kein Gerät ausgelassen, damit jeder einzelne Muskel in Topform ist, wenn ich bei Weinheimer erscheine. Doch mein Trainingspanzer hat nicht einmal die Fahrt mit Isabell überstanden. Schweigend stehe ich neben ihr in der Kabine, kein Blick zur Spiegelwand. Mit gekreuzten Armen taste ich nach meinem Schultergürtel. Das V ist noch da.

Der Fahrstuhl hält mit einem saugluftartigen Geräusch. Beim Gang durch den Etagenflur habe ich Anwandlungen von Endgültigkeit. Die Wohnungstür steht offen.

»Sekunde!«

Weinheimers Stimme. Er kommt uns mit einer Kerze in der Hand entgegen. Ich sage nichts.

»Pünktlich wie immer.«

»Sind wir die ersten?«

»Die einzigen.«

Weinheimer und Isabell begrüßen sich auf französische Art, ich lege die Blumen auf eine Kommode.

»Vielleicht schauen später noch ein paar gute Bekannte vorbei. Aber erst mal, dachte ich, feiern wir den Anlaß im kleinen Kreis.«

Weinheimer reicht mir die Hand. Die Kerze in seiner Linken flackert und erhellt ein erdfarbenes Jackett mit abgetöntem Wildlederbesatz.

»Danke, daß du gekommen bist.«

»Für Feierlichkeiten bin ich eigentlich der Falsche.«

»Ich weiß«, er nickt eifrig, »ich weiß das zu schätzen. Mein Gott, wie oft habe ich mir diesen Moment ausgemalt!«

»Dann bist du jetzt sicher enttäuscht.«

Weinheimer strahlt. »Er hat seinen Humor nicht verloren!«

Isabell nickt und lächelt derart gekünstelt zurück, daß es schon fast wieder ihr Ernst sein könnte. Die Garderobe, nach der ich mich aus Verlegenheit umsehe, ist vollkommen leer.

»Ja, legt doch ab. Die Bouillabaisse ist in einer Minute soweit. Möchtet ihr was trinken, einen Aperitif?« Weinheimer greift nach meinem Mantel und berührt mich dabei an der Schulter. »Ich habe eine ganze Kiste Apfelschorle für dich gekauft. Oder bevorzugst du einen Orangensaft, frisch gepreßt?«

»Wasser.«

»Unser Sportler, wie er leibt und lebt.«

»Stilles Wasser, wenn's geht.«

»Absolut ohne Kohlensäure, schon klar.«

»Für mich einen Prosecco.«

»Wie hast du ihn eigentlich aus seinem Fitness-Studio gelockt?«

»Ich bin Mitglied geworden.«

»Gute Idee!«

Weinheimer ist weg und sofort wieder da.

»So, einmal Prosecco, bitte, dein Wasser – oder möchtest du gleich eine ganze Flasche?« Sein Gesicht taucht augenzwinkernd vor mir auf. Ich schüttele den Kopf. »Na, ihr meldet euch, wenn ihr was braucht. Fühlt euch wie zu Hause. Ich schaue mal eben nach der Suppe.«

Isabell setzt sich auf eine Ledercouch, die Beine wie im Damenreitsitz angewinkelt. Ich bleibe mitten im Wohnzimmer stehen. Alles dreht sich.

»Was hast du?«

»Mir ist nicht besonders.«

»Die Bouillabaisse wird dir gut tun.«

»Ich weiß nicht ...«

»Du zeigst alle Symptome eines Nichtfischessers.«

»Ich bin wirklich nur dir zuliebe hier, Isabell.«

»Es gibt absolut keinen Grund, nervös zu sein.«

Ich schaue sie fassungslos an. Ist sie so perfide oder weiß sie tatsächlich nicht, was hier gespielt wird?

»Herzlichen Glückwunsch!«

Frau Weinheimer betritt den Raum und steuert direkt auf mich zu. Sie trägt ein schulterfreies Abendkleid. Ihre Schlüsselbeine haben sich nicht verändert. Sie sind noch immer eine gerade Linie.

»Hallo.«

Die Art, wie sie mir ihren Arm entgegenstreckt, läßt nur einen Handkuß zu. Ich kann nicht anders und inhaliere den pudersüßen Duft um ihren Puls.

»Er hat darauf bestanden, daß ich das hier anziehe«, flüstert sie mir in den Nacken. »Erinnerst du dich?«

Ich müßte lügen und tue es. »Ja«, sage ich sanft.

Doch niemand hört mich. Frau Weinheimer hat mir ihre Hand schon entzogen und fixiert Isabell, während sie eine Schleife um den Couchtisch geht. Tänzelnd setzt sie einen Fuß vor den anderen. Ich frage mich, wieviel sie schon getrunken hat. Isabell erhebt sich.

»Darf ich bekannt machen? Isabell, Esther.« Die Frau, mit der ich geschlafen habe, als ich gründlich über uns nachdenken wollte.

»Wir haben, glaube ich, kurz telefoniert.«

»Freut mich.«

Beide stehen sie irgendwie tatenlos voreinander und sehen sich an. Frau Weinheimer wirkt etwas größer. Aber sie trägt auch die höheren Pumps. Zum ersten Mal fallen mir ihre Schulterblätter auf: flächige, kleine Flügel.

»Freut mich wirklich, Sie kennenzulernen. Ich habe schon viel von Ihnen – oder von dir – gehört. Mein Mann war ganz begeistert –«

»Esther, achtest du bitte darauf, daß alle genügend zu trinken haben.« Weinheimer schreitet mit einer dampfenden Suppenschüssel voran ins angrenzende Eßzimmer. »Wir tauschen beim Catering heute die Rollen, ich kümmere mich um die Speisen, sie organisiert die Getränke. Die Bouillabaisse ist mein Geheimrezept. Seitdem ich nicht mehr schwimme, sind Fische meine große Leidenschaft. Darf ich bitten?«

Weinheimer weist uns die Stühle an, wir nehmen an dem ovalen Eßtisch Platz. Ich würde gerne einen gewissen Sicherheitsabstand zu seiner Frau wahren, aber Weinheimer hat sich das offenbar anders gedacht und plaziert mich genau neben ihr.

»Na, habt ihr euch gleich wiedererkannt?«

Frau Weinheimer mustert mich wortlos.

»Kaum zu glauben«, überbrückt er ihr Schweigen, »daß seitdem ein Jahr vergangen sein soll. Ich weiß gar nicht, ob ich ›erst‹ sagen soll oder ›schon‹. Manchmal kommt es mir vor, als sei es Ewigkeiten her, aber im nächsten Moment ist alles wieder so gegenwärtig, als wäre es gestern gewesen.«

»Schmal ist er geworden.«

»Findest du?«

»Er hat abgenommen, im Gesicht.« Frau Weinheimer starrt mich an, ich fühle mich wie ein Hologramm meiner selbst.

»Ja, aber der Oberkörper hat zugelegt«, auch Weinheimer betrachtet mich sehr interessiert, »Schultern, Nacken, die Muskulatur überhaupt. Er trainiert doch ständig.«

Ich würde jetzt gerne einen Satz mit ›ich‹ sagen.

»Seine Wangen sind hohler als damals.«

»Das liegt an den Kinnbacken, Esther. Die sind kräftiger geworden. Genau wie sein Hals. Ich finde ihn insgesamt deutlich breiter, allerdings auch etwas kantiger, das gebe ich zu.«

»Du kannst das gar nicht beurteilen, dafür läufst du ihm zu oft über den Weg.«

»Entschuldige, aber laß uns das abkürzen, die ganze Diskussion ist vollkommen sinnlos bei so einem Licht. Diese Kerzen werfen Schatten, wo gar keine sind, da sehen wir alle ziemlich eingefallen aus, mit Verlaub.«

»Aber eigentlich zeichnen Kerzen eher weich, es ist eigentlich ein besonders weiches Licht.«

»Esther, bitte, reden wir von was anderem!«

Weinheimer beugt sich über den Tisch und füllt uns auf. Ein Schlag aschgraue Brühe landet auf meinem Teller, gespickt mit Brocken von zerfallenem Fisch, daumennagelgroßen Muscheln und einer ausgerissenen Krebsschere.

»Ich habe die Suppe so fettarm wie möglich gehalten und auf Sahne ganz verzichtet. Natürlich würden ein paar zusätzliche

Fettprozente den Fischgeschmack insgesamt besser abrunden. Aber so, finde ich, nur mit Kräutern, schmeckt es nach Meer. Also, ich meine, wirklich: Meer. Ohne h. Guten Appetit!«

»Danke.«

»Gleichfalls.«

Isabell ißt das tatsächlich. Weinheimer schaufelt ganze Fischleichen in sich hinein. »Außerdem, nach dem Catering zu urteilen, das Stickroth sonst bei uns bestellt, hast du heute morgen sicher fett gegessen ...«

»Stimmt, du hast noch gar nichts erzählt, wie war's denn eigentlich?«

Ich lasse ein paar Tropfen reine Brühe auf meinen Löffel laufen und führe ihn unter dem Vorwand, viel pusten zu müssen, langsam zum Mund. Aber ich bringe es nicht über mich. Der Geruch von brackigem Salzwasser steigt mir in die Nase.

»Er macht es spannend.« Weinheimer wirft Isabell einen bedeutsamen Blick zu, doch sie winkt nur ab. »Wenn bei dem Frühstück eine Juniorpartnerschaft herausgekommen wäre, hätten wir es noch vorm Mittagessen erfahren.«

»Das ist nicht gesagt!«

»Hoffentlich war es nicht so wie das Gesicht, das er macht.«

Ich schaue von meinem Teller auf, Isabell und Weinheimer sehen mich erwartungsvoll an. Mir ist speiübel.

»Es war ...«, ich muß zweimal schlucken, »es war sehr mächtig.« Langsam lasse ich den Löffel wieder sinken. Ich kann nicht mehr.

»Es ist natürlich eine schwerwiegende Entscheidung«, sagt Weinheimer wie an meiner Stelle, »ich meine, Juniorpartner, das wäre ein Karrieresprung! Aber wo bleibt das Privatleben? Ganz zu schweigen vom Sport! Die Frage ist doch –«

»Von Privatleben kann gar keine Rede sein«, unterbricht Isabell.

»Ja, aber die Frage ist, was will man überhaupt? Will man ein Privatleben oder ist das nur ein Vorwand, um die entscheidenden Herausforderungen nicht anzunehmen.«

»Oder sind die ›entscheidenden Herausforderungen‹ ein Vorwand, um sein Privatleben nicht anzunehmen.«

»Wie auch immer. Die Frage ist nur –«

»Schon allein den Begriff ›Privatleben‹ finde ich dubios. Als hätte man mehrere Leben zur Auswahl!«

Isabell und Weinheimer scheinen sich prächtig zu unterhalten. Frau Weinheimer hat ihren Blick von mir gelöst und starrt geradeaus an die Wand. Ihr einziger Halt ist das Glas, aus dem sie in Abständen trinkt. Ich bugsiere die gefledderte Krebsschere an den äußersten Tellerrand.

»Ja, nur, die Frage ist, wer oder was kommt zu kurz, nicht wahr?« Weinheimer stupst mich solidarisch an, die Krebsschere rutscht wieder zurück in die Brühe. »Wenn man nicht alles sein kann, Karrieremensch, treusorgender Gatte und Vorzeigeathlet, was dann, worauf beschränkt man sich? Und wie kann ich morgens in den Spiegel gucken mit dem Wissen, nur ein Drittel von dem Mann zu sein, der ich sein könnte?«

»Entschuldige, Michael, aber das hört sich so an, als wären Familie und Partnerschaft nur weitere Disziplinen in der großen Olympiade des Lebens. Wenn alle so denken würden, wäre es bloß eine Frage der Zeit, bis unsere schöne bunte Single-Welt endgültig ausstirbt.« Isabell hat nicht mal eine Viertelstunde gebraucht, um auf ihr Lieblingsthema zu kommen. »Gott sei Dank gibt es auch heute noch ein paar Dinge, bei denen es auf Gemeinsamkeit ankommt und nicht darauf, der Beste zu sein. Die Suppe schmeckt übrigens ausgezeichnet.«

»Rein theoretisch. In der Theorie hast du vollkommen recht. Aber praktisch? Ich kenne keine funktionierende Beziehung, die nicht im Kern davon lebt, ein Machtspiel zu sein. Und wehe, wenn die Machtfrage entschieden ist! Dann ist das Spiel nämlich aus. Ich finde, die provenzalische Kräutermischung könnte einen Hauch minziger sein.«

Frau Weinheimer krallt sich regelrecht an ihrem Drink fest. Ausnahmsweise könnte ich auch einen Schluck vertragen, es wäre der erste seit einem Jahr. Isabell und Weinheimer sind nicht zu bremsen.

»Minze? Meinst du wirklich?«

»Nur eine Idee. Das Kräuteraroma kann sich auf einer ätherischen Basis besser entfalten.«

»Und du hättest nicht die Befürchtung, daß es zu sehr nach Badezusatz schmeckt?«

Ich beschließe endgültig, die Bouillabaisse nicht anzurühren, und schiebe den Teller beiseite. Mein Magen hat sich auf Knollengröße zusammengezogen.

»Na, dann würde ich sagen«, sagt Weinheimer, »kommen wir jetzt zum Büffet. Wenn ich mir eine persönliche Empfehlung erlauben darf: Als Amuse-gueule rate ich zu den gerollten Sardinen mit meiner speziellen Pesto-Haselnuß-Knoblauch-Füllung auf Semmelbröselfundament. Die üblichen Vorbehalte sind mir bekannt, die Sardine ist hierzulande so sehr zum Büchsenfisch verkommen, daß man sie sich ohne metallischen Nachgeschmack gar nicht mehr vorstellen kann. Aber es gibt sie auch frisch! Sie ist der magerste in der Familie der Fettfische, und wenn wir alle beherzt zugreifen, dürfte selbst der Knoblauch kein Problem sein. – Esther, du hast die Getränke im Blick?«

Frau Weinheimer hat dafür nur ein Achselzucken übrig, was ihre Schulterpartie hervorragend zur Geltung bringt. Dann schenkt sie sich bis an den Glasrand nach. Unterdessen kurvt ihr Mann um den Tisch und sammelt die Suppenteller ein.

»Hat's dir nicht geschmeckt?«

Sein kummervoller Tonfall löst einen erneuten Ekelschauer bei mir aus.

»Doch, doch. Ich bin nur …«

»Dir liegt Stickroth noch schwer im Magen.«

Er beugt sich beim Abräumen über meine Schulter. Wieder zwinkert er mir zu. Ich vergesse zu nicken und starre Weinheimer einfach nur an.

»Möchtest du ein paar Fatburner vorweg? Ich habe frische Ananasecken und Papaya-Schnittchen, alles vorbereitet.«

»Danke, geht schon«, hauche ich, »geht schon wieder.«

Das Büffet an der Längsseite des Eßzimmers liegt im Kerzenlicht da wie aufgebahrt.

»Sicher? Du brauchst es nur zu sagen …«

»Nein, nein, nur keine Umstände.«

»Was heißt Umstände? Du hast mir das Leben gerettet!«

»Aber das hätte doch jeder –«

»Ist das denn wirklich wahr?« mischt Isabell sich ein.

»Ja, aber jeder hätte doch –«

»Ich kann noch immer nicht glauben, daß du ausgerechnet –«

»Wieso denn nicht er?« ergreift Weinheimer meine Partei. »Wie muß denn ein Lebensretter aussehen, deiner Meinung nach, wie Mutter Teresa?«

»Nein, aber er ist nun wirklich der größte Egoist, den ich kenne, und –«

»Und warum bist du dann mit ihm zusammen?«

»Vielleicht, weil ich Mutter Teresa bin und –«

»Weil du das Machtspiel mit ihm liebst! Weil du dich durch ihn herausgefordert fühlst und in der – wie hast du das genannt? – in der großen Olympiade des Lebens gegen ihn gewinnen willst. Du willst die Stärkere sein, auch du, Isabell!«

»Bitte! Ich bitte euch! Was soll denn das? Es ist doch wirklich nicht der Rede – ich meine, jeder andere hätte an meiner

Stelle, in der Situation, in der ich war, dasselbe, versteht ihr ...« Warum unterbricht mich denn keiner? Gerade eben wurde ich noch nach jedem Halbsatz unterbrochen, und jetzt, wo ich im Grunde nichts mehr sagen will, schweigen auf einmal alle.

»Wieso«, es ist Isabell, die nach einer Ewigkeit spricht, »in was für einer Situation warst du denn?«

Von Frau Weinheimer kommt ein kurzer, undefinierbarer Laut, irgendwo zwischen Schluchzen und Schluckauf. Ich halte es durchaus für möglich, daß sie ihr Glas mit bloßen Händen zerdrückt. Mein Magen hebt sich und pumpt Säfte aus den entlegensten Winkeln meiner Eingeweide die Speiseröhre hinauf. Ich versuche die Entfernung zur nächsten Toilette abzuschätzen. Wenn mich nicht alles täuscht, befindet sich das Gäste-WC gleich neben der Garderobe. Im Notfall könnte ich in weniger als zehn Sekunden über der Kloschüssel sein.

»Also, was ist jetzt mit den Sardinen? Ich glaube, bevor wir weiterreden, können wir alle eine Stärkung gebrauchen.« Weinheimer steht schon am Büffet und lädt seine Sardinenbatzen auf Vorspeisenteller. »Den Kabeljau habe ich übrigens von A bis Z nach Isabells Rezept gekocht.«

»Du bist so ein Schwächling.« Frau Weinheimer spricht zwischen zusammengebissenen Zähnen hindurch. Isabell und ich erstarren. Doch Weinheimer läßt sich nichts anmerken. »Guten Appetit!« sagt er, als er die Sardinen serviert, mit einer Spur von Genugtuung.

»Danke.«

»Gleichfalls.«

Vor mir liegt ein salzig aussehendes Bündel Fisch. Die Schwanzflosse ragt über den silberschwarzen Körper wie der abgespreizte Flügel einer toten Fliege. Ich kämpfe Millimeter für Millimeter mit einer Kotzsäule in Mandelhöhe. Gabelgeklapper von den Tellern ringsum.

»Um auf unser Thema zurückzukommen«, Weinheimer wirkt trotz Fischkrümel im Mundwinkel verblüffend souverän, »ich finde, du hast gar keine andere Wahl. Du mußt die Juniorpartnerschaft annehmen, auch wenn es auf den ersten Blick eine Entscheidung gegen Isabell zu sein scheint. Mit einer solchen Chance vor Augen kannst du nicht einfach weiterleben wie bisher. Selbst, wenn du dich gegen deine Karriere entscheiden solltest, es wird nie mehr dasselbe sein.«

»Ich habe gar keine Lust, dir zu widersprechen, Michael, weißt du das?« Isabell klingt auf einmal unheimlich matt. »Hast du überhaupt eine Vorstellung davon, wie ermüdend es ist, immer nur darauf warten zu müssen, bis ihr euch ausreichend bewundert fühlt? Bis ihr soviel Selbstbestätigung eingeheimst habt, daß ihr endlich bereit seid, auch mal einen Gedanken an andere Menschen zu verschwenden, geschweige denn, Verantwortung für sie zu übernehmen?«

Ich verstehe nicht ganz, was sie meint. Aber ich ahne, worauf das hinausläuft. Gleich wird sie sagen, daß wir langsam lernen müssen, uns zu bekennen ...

»Oder meinst du, ich kann mir für mein Leben nichts Besseres vorstellen, als euch tagaus, tagein nur zu spiegeln?«

Daß wir nicht unser ganzes Leben damit verbringen können, uns immerzu selbst darzustellen.

»Euer Publikum zu sein ist nämlich nicht halb so interessant, wie ihr glaubt!«

Daß es Menschen und Dinge außerhalb unseres Egos gibt, für die es sich zu leben lohnt.

»Mein Gott, werdet endlich erwachsen!«

Was soviel heißt wie: Vater, Mutter, Kind.

»Du könntest eigentlich auch mal was sagen!«

»Ich?«

Ich bin kaum in der Lage, ›ich‹ zu sagen. Die Kotzsäule hat

meinen Rachen erreicht, ich muß das Kinn heben und schlukken. Es gelingt mir, die Festbestandteile halbwegs zurückzudrängen, doch der gallenbittere Geschmack breitet sich unaufhaltsam in meiner Mundhöhle aus. Verzweifelt versuche ich, an etwas Schönes zu denken. Isabells Nabel kommt mir in den Sinn.

»Ich, äh ...«

»Hör zu, Isabell«, es ist Weinheimer, der für mich spricht, ich schließe die Augen und konzentriere mich auf mein Bild von ihrem Bauch, »seien wir ehrlich, du würdest es auch nicht aushalten mit einem Mann, der an dem entscheidenden Punkt seines Lebens versagt hat.«

»Wie meinst du das?« Isabells Stimme entfernt sich, ihre Nabelsenke liegt flach und unfaßbar vor mir.

»Du würdest dein Leben auch nicht mit jemandem teilen wollen, der in dem Moment, als er hätte stark sein müssen, die Nerven verloren hat, du hättest kein Vertrauen mehr, keinen Respekt vor ihm.«

Was geht mich das an? Ich muß nur fest an diese Nabelsenke denken, dann kann mir gar nichts passieren.

»Entschuldige, Michael, aber ich verstehe nicht ganz ...«

»Du glaubst, du bist nicht so, stimmt's? Du glaubst, du gehst nicht nur nach Macht und Jahresgehalt. Verlierer sind dir sympathisch, du kannst auch mal lachend darüber hinwegsehen, wenn jemand Schwäche zeigt, das denkst du doch, Isabell?« Ich denke an ihren Bauch und sonst nichts. »Aber du würdest nie Kinder haben wollen von einem Mann, den du für einen Versager hältst, für eine genetische Niete. Oder? Man kann sich viel vormachen, aber bei den Chromosomen hört der Spaß auf!«

Ich wünschte, Weinheimer würde jetzt ganz schnell das Thema wechseln. Ich bin schon in der REM-Phase, als Isabells Bauch sich plötzlich aufbläht. Zuerst denke ich noch, ich habe ihn unter Kontrolle. Doch er schwillt immer weiter an, wobei sich der Nabelgrund nach außen stülpt wie ein knorpeliger kleiner Finger, der von innen gegen ihre Bauchdecke drückt. Heftiger Würgereiz überkommt mich. Ich reiße die Augen weit auf.

»Wenn die Körper entscheiden, Isabell«, Weinheimer hat seine Stimme gesenkt, fast klingt es, als wolle er ihr drohen, aber er sieht mich dabei an, »wenn die Biologie zuschlägt, der Instinkt, geht es immer danach, wer der Stärkere ist. Das ist unsere Programmierung, seien wir ehrlich, das sind zigtausend Jahre Evolution.«

»Was? Wovon redet ihr überhaupt?« Isabell schaut zwischen ihm und mir hin und her. Frau Weinheimer ist aufgestanden, das Glas in der Hand. Sie schwankt ein bißchen.

»Ja, merkt ihr denn nicht, daß er von sich spricht!« Sie hat die Schultern hochgezogen. Ihre Schlüsselbeine zeichnen einen tiefen Schattengrat. »Er redet die ganze Zeit nur von sich.«

Ich müßte jetzt irgend etwas einwenden, um Frau Weinheimer zum Schweigen zu bringen, aber ich wage es nicht, den Mund aufzumachen. Zehn Sekunden bis zur Kloschüssel könnten knapp sein.

»Wenn ich für unsere Gäste kurz übersetzen darf«, sie wirft Weinheimer einen vernichtenden Seitenblick zu. Nach allem, was sie getrunken hat, müßte sie eigentlich lallen, doch sie spricht klar und überdeutlich. »Er wollte uns mitteilen, daß es nicht leicht ist, sein Leben dem Mann zu verdanken, der ihm Hörner aufgesetzt hat, habe ich recht? Daß es nicht leicht ist weiterzuleben, wenn man aus der Evolution im Grunde schon ausgeschieden ist! Daß er unser Mitleid verdient, weil er ein armer, impotenter, alter –«

Es geht los!

Ich stürze auf den Flur und weiter aufs Gäste-WC. Weinheimer ruft mir etwas nach, doch meine Aufmerksamkeit gilt der

WC-Tür und den letzten Metern bis zu dem Klodeckel aus gewachstem Nußholz. Mein Kopf ragt weit in die Porzellanmulde hinein. Schemenhaft spiegele ich mich im Abzugswasser. Ich schließe die Augen. Sofort taucht der Schwangerschaftsbauch mit dem nach außen gestülpten Nabel wieder plastisch vor mir auf. Ich übergebe mich überraschend gehaltvoll. Der ganze Stickroth ist noch in mir drin.

III. TAG

Das ist die einzige Frage, die sich während des Wettkampfs stellt: Zu welcher Kategorie Mensch gehört man, Finisher oder Non-Finisher?

Ch. Ludlin, Iron Man

1

»Drei Millimeter.«

Eine innere Stimme sagt mir, daß es höchste Zeit ist aufzustehen, aber das Licht blendet so. Tastend versuche ich, die Bettdecke zurückzuerobern, um mich noch einmal auf die andere Seite zu drehen. Das Maßband in meinem Bauchnabel kitzelt und ist kalt. Mein Rachen brennt. Offenbar habe ich mir bei der exzessiven Kotzerei gestern nacht die Speiseröhre verätzt. Doch irgendwie ist mir leichter. Hat Isabell gerade »drei Millimeter« gesagt?

»Knapp.«

Ganz nah das Klimpern ihrer Fingernägel, als sie das Maßband einrollt, die Wärme ihres Körpers neben mir. Sanft streicht sie über mein Nabellid, ihr Atem bewegt die Härchen auf meiner Haut. Dann dreht sie sich weg, steht auf und geht ins Bad. Ich drifte langsam wieder nachtwärts, Traumbilder und Erinnerungen. Frau Weinheimer in ihrem Kleid, Herr Weinheimer in Auflösung, das Echo meiner Brechattacken im Gästeklo. Dazu meine immer wiederkehrenden Beteuerungen, daß alles in Ordnung sei – »nein, wirklich, es geht schon!« –, während ich drauf und dran war, meinen Zwölffingerdarm hervorzuwürgen. Es wird Jahrzehnte dauern, bis ich wieder auf zivile Art ein Fischrestaurant betreten kann.

»Zufrieden?«

Ihre Stimme holt mich zurück. Gestern nacht war die totale Katastrophe. Schlimmer hätte es nicht kommen können. Doch gerade das erscheint mir auf einmal sehr tröstlich. Es ist vorbei. Endgültig. Ich habe Weinheimer hinter mir.

»Du müßtest doch eigentlich zufrieden sein.«

Ich bin zu schwach, um zu nicken oder den Kopf zu schütteln. Wenn ich sprechen könnte, würde ich wahrscheinlich antworten, daß ich nie zufrieden bin, schon aus Prinzip nicht. Aber ich spüre am ganzen Körper eine solche Leichtigkeit, daß ich fast sagen möchte: Ja.

»Es sind genau drei.«

Ich reiße die Augen auf. Isabell steht nackt in der Badezimmertür, ihre geschwungene Silhouette im hellerleuchteten Türausschnitt. Ich muß mehrfach blinzeln. Dann sehe ich, wie sie sich über ihren Nabel beugt und ihn sorgfältig ausmißt.

»Drei Millimeter an der tiefsten Stelle. Wie bei dir.«

Ich bin mit einem Schlag hellwach.

»Wie, wieso?« krächze ich. Ich sollte wirklich nicht sprechen. Es klingt, als hätte ich die ganze letzte Nacht geschrien.

»Miß doch selbst!«

Sie wirft mir das Maßband zu und verschwindet in einem Geflimmer aus weißen Kacheln und Licht. Ich höre ihre nackten Füße auf dem Fliesenboden, sie setzt sehr vorsichtig mit den Zehenspitzen auf. Nach gestern nacht ist die Millimeterfrage eigentlich nicht mehr wichtig, zumindest hängt mein Leben nicht länger davon ab, trotzdem bin ich neugierig. Ich hebe die Schultern in Crunchposition und vermesse mit zittrigen Fingern meine Nabelsenke neu. Die Wahrscheinlichkeit, daß Isabell es nicht so genau genommen hat, ist relativ groß.

»Schade eigentlich, daß du gestern nicht länger durchgehalten hast«, ihre Stimme hallt durch die Wohnung, »es wurde dann doch noch ganz interessant.«

»Das glaube ich nicht.«

»Wirklich, du hast wieder einmal das beste verpaßt. Von seinen Komplexen mal abgesehen, kann man sich mit Michael sehr gut unterhalten.«

»Das glaube ich einfach nicht!«

»Jedenfalls soll ich dir von ihm bestellen, warte mal, wie hat er sich ausgedrückt? Entschuldigung für die letzten zwei Tage.«

»Drei!«

»Es war einfach so, daß Esther sich endgültig von ihm trennen wollte, und da hat er noch einmal alles versucht. Er dachte, wenn sie sehen würde, wie wenig du ihrer Erinnerung entsprichst ... naja. Wahrscheinlich wird er heute noch ausziehen.«

»Knapp drei Millimeter. Du hast vollkommen recht.«

»Also, der Spuk ist vorbei.«

Aber natürlich könnte es auch daran liegen, daß ich im Liegen messe und die unteren Bauchmuskelfasern den Nabelboden heben.

»Außerdem glaube ich, ganz im Ernst, ein Tapetenwechsel würde ihm guttun. Andere Leute, eine andere Stadt ...«

Nur meine altbewährte Methode kann jetzt wirklich Klarheit schaffen!

Fünf Schritte, und ich stehe neben Isabell vor dem Badezimmerspiegel. Auf einmal dieses Gefühl von Zusammengehörigkeit. Wir sehen uns an, lange. Wir sehen unseren Spiegelbildern in die Augen. Dann gleiten die Blicke langsam hinab. Es ist nicht nötig zu messen, mein Nabel hat ihr Niveau erreicht. Keine Spur mehr von Loch und lichtscheuer Tiefe, er ist nur noch Ornament in einer muskelgewölbten Bauchpartie, das maskuline Gegenstück zu ihrer sanften Nabelsenke. Der Schwung von Isabells Lidbogen wird von meinem Nabellid exakt wiederholt. Bei ihr wie bei mir wirkt dieses Häutchen straff und verspielt zugleich. Unsere Blicke treffen sich über den zarten Rillungen in der Mitte. Wir sehen und denken dasselbe. Unsere Näbel sind ein Paar.

Ich zucke leicht zusammen, als Isabell die Hand hebt, um über meine Wange zu streichen. Für den Bruchteil einer Sekunde hält sie inne, dann berühren ihre glatten Finger meine Haut. Wir lächeln, sogar unser Lächeln ist verwandt. Wie sich zeigt, bin ich handscheu, noch immer. Aber wenn ich diese Scheu jemals verlieren sollte, dann vor ihr.

Unmöglich zu sagen, wie lange wir beide so dastehen.

Ich wünschte, ich könnte den Augenblick rahmen, ich könnte es festhalten, dieses Bild von uns. Im selben Moment zeichnet Isabell vor unseren Gesichtern ein Rechteck in die Luft. Das werde ich nie vergessen.

Eine Welle von Zeit rauscht über uns hinweg.

Ich würde jetzt gerne etwas sagen, das ich meine. Andererseits die Kostbarkeit der Stille, das Gefühl, daß sie auch so versteht. Ich versuche, ein ernstes Gesicht zu machen, aber das Lächeln bleibt.

»Isabell, ich …«, meine Stimme klingt heiser, aber fest, »… ich möchte mich bei dir entschuldigen. Ich hätte dir die ganze Weinheimer-Geschichte erzählen sollen, einschließlich der Sache mit, du weißt schon. Es tut mir leid.« Sie lächelt weiter. »Es tut mir leid, daß wir uns damals noch nicht so nah waren wie heute. Dann wäre das alles nicht passiert.«

»Nicht tragisch werden, Liebling.«

Ich drehe den Kopf und sehe ihr ins Gesicht, fast ein bißchen ungläubig. Wie kann sie morgens schon so schön sein? Isabell schaut unverändert in den Spiegel. »Eigentlich seid ihr gar nicht so verschieden, Michael und du. Ihr habt beide diesen Hang zum Tragischen.«

Ich habe keine Ahnung, wovon sie spricht, aber ich neige sehr dazu, ihr recht zu geben.

»Du hast mit seiner Frau geschlafen, na und? So was kommt vor. Deswegen muß man sich nicht terrorisieren oder voreinander weglaufen, das macht doch alles nur noch schlimmer.«

»Isabell, hör zu, ich …«, ich muß es ihr einfach sagen, jetzt oder nie, »… die ganze Wahrheit ist, ich wollte ihn gar nicht retten. Wenn es eine Möglichkeit gegeben hätte, mich anderweitig aus der Affäre zu ziehen, hätte ich ihn ertrinken lassen. Ich wollte nur nicht als Schwächling dastehen. Es war reine Eitelkeit. Daß ich dabei nicht selber ertrunken bin, grenzt an ein Wunder. Und was meine Heldentat anbelangt: Weinheimer wurde mir praktisch in die Arme gespült, ich konnte gar nicht anders als ihn retten, jeder an meiner Stelle hätte –«

»Psst!« Sie legt ihren Zeigefinger auf meinen Mund, um mich zum Schweigen zu bringen. Ich beruhige mich etwas, aber ich bin noch nicht fertig. »Jedenfalls, du hast vollkommen recht, ich bin der größte Egoist, den es gibt. Sogar bei der vermeintlich besten Tat meines Lebens habe ich die ganze Zeit nur an mich gedacht, und dann dieser Typ! Du machst dir kein Bild davon, wie das ist, dann diesen Typen zu sehen, dem ich schon den Tod an den Hals gewünscht hatte, um ungestört mit seiner Frau flirten zu können, und der mir auf einmal überall hin nachläuft in seiner irregeleiteten Dankbarkeit, das ist doch –«

»Siehst du, du nimmst es schon wieder tragisch.«

»Ja, aber das ist doch so was von –«

Isabell schmiegt sich an mich, ihre Oberschenkel, Hüften, ihren Bauch. »Es ist vorbei, Liebling, das ist es.«

Kann es sein, daß ich etwas ganz Entscheidendes vergessen habe? Habe ich ihr wirklich alles gesagt? Oder wie ist es möglich, daß sie mein Geständnis so gelassen aufnimmt?

»Das gleiche Gespräch hatte ich vor weniger als acht Stunden mit Michael. Er ist genauso melodramatisch veranlagt wie du. Was das angeht, wart ihr beide wirklich füreinander bestimmt.«

Sie beißt kurz in meine Schulter und massiert die oberen Schlüsselbeinfasern mit ihren Schneidezähnen. Dann knabbert sie an meinem Kapuzenmuskel weiter.

»Ja, nur ...«

»Warum macht ihr es euch so schwer?«

»Ich will ja nur, daß du …«
»Mhm! Du schmeckst nach Vanille.«
»… daß du weißt, Isabell, daß ich –«
»Vanille und Salz.«
Ich kann die Tränen nicht länger zurückhalten. Sie laufen mir einfach so übers Gesicht. »Ich bin nicht so stark, wie du denkst, Isabell. Ich bin nicht so stark.«
Isabell hört auf mit allem, sie ist einfach nur da.
»Ich weiß.«
Wir stehen mit gekreuzten Hälsen im Badezimmer, ineinander gebeugt, und lassen Zeit verstreichen. Ich bin glücklich.

Ich weine noch eine Weile lautlos zwischen ihre Schulterblätter, während Isabell längst wieder an meinen Halsmuskeln kaut und sich über den Kopfwender bis zum Ohrläppchen hocharbeitet. Ihr Rücken ist naß von meinen Tränen, so glücklich war ich noch nie. Zusammenlaufende Tropfen rinnen die Wirbelsäule hinab bis zu den Mulden über ihrem Becken. Die ganze Anspannung der letzten Tage löst sich. Ich habe das Gefühl, vollkommen leer und getröstet zu sein. Das sollten wir öfter machen. Isabell küßt mich sachte aufs Ohr.
»Frühstück«, sagt sie.
Ich nicke und gehe duschen.

Es ist das erste Mal seit Monaten, daß ich den Tag nicht mit einer Kombination aus Crunches, Liegestützen und Klimmzügen beginne. Ich richte den kalten Strahl der Wechseldusche auf mein Gesicht, prasselnde Kühle auf geröteten Lidern, eine Wohltat für meine Augen nach dem Flüssigkeitsverlust. Der Tropfenstrom, der mir über die Lippen rinnt, schmeckt sehr lange noch nach Salz.
Ich genieße es, unter der Dusche zu stehen und Zeit zu

haben. Ein Sonntagsgefühl, wie ich es selbst an Sonntagen nie hatte. Neben meinem Frühstücksworkout ging zuletzt nichts mehr. Das wird sich ab sofort ändern. Isabell ist bei mir, und genau so soll es sein. Ich werde endlich ein normales Leben führen. Ich werde im Sitzen frühstücken, zu Hause an dem spezialgefertigten Nußbaum-Eßtisch, den ich bislang nur als Ablage benutzt habe. Ich werde reden, schweigen, Zeitung lesen und dabei die Beine ausstrecken, bis ich gegen Isabells Füße stoße. Es wird Tage geben, an denen ich vor ihren Augen in Morgenmuffeligkeit versinke, und solche, an denen sie unter meiner guten Laune zu leiden hat. Ich kann es kaum erwarten, zu den einfachen Dingen zurückzukehren. Es gibt niemanden mehr, dem ich etwas beweisen muß.

Erst jetzt wird mir klar, in welchem Maße ich von der Angst getrieben wurde, ein Versager wie Weinheimer zu sein. Das ist ein für allemal vorbei. Isabell hat recht. Es wird Zeit, daß ich anfange, die Dinge leichter zu nehmen. Die Wechseldusche schaltet auf warm, Umarmungen von Wasser, das über Brust und Schultern strömt. Ich werde diese Warmphase auskosten, bis sämtliche Spiegel beschlagen.

Ich höre das Klappern von Tellern und Besteck aus dem Eßzimmer, während ich mich abtrockne, ein Geräusch, das mir Freudentränen in die Augen treiben würde, wenn meine Drüsen nicht restlos leergepumpt wären. Ich bin nicht länger allein.

In aller Ausführlichkeit frottiere ich meinen Rücken und sehe dabei fantastisch aus, ohne es zu müssen. Meine Arme vereinen in skulpturhafter Manier Form und Volumen. Meine Brustmuskulatur sitzt wie ein Panzer über den Rippen, geteilt durch einen bestechend tiefen Mittelgrat, der senkrecht auf mein ausgeprägtes Sixpack zuläuft. Die Plackerei der letzten Monate war nicht umsonst. Aber ich brauche keinen fremden Blick mehr, der mir das bestätigt. Mein Körper ist in Nähe aufgehoben, in den Berührungen, mit denen Isabell mich umgibt. Der Wasserdunst über den Spiegeln lichtet sich.

Früher hätte mich mein profilträchtiger Anblick auf der Stelle zu einem Blitztraining animiert, schon allein um zu gewährleisten, daß ich die Form auch halte. Jetzt streife ich meinen Bademantel über und schlendere gelassen zum Frühstück ins Eßzimmer. Ich warte nicht einmal, bis die Spiegelfläche restlos aufklart. Das Bild, nach dem ich lebe, ist nicht länger nur ein Selbstporträt. An der Klimmzugstange gehe ich ohne jeden Greifreflex vorbei.

Isabell sieht hinreißend aus in dem alten Herrenhemd, das sie aus einem der Schränke gefischt haben muß, um die ich seit Jahren einen Bogen mache. Sie hat die Manschetten mehrfach umgekrempelt, was ihre schlanken Handgelenke sehr betont. Ihre Schenkel unter dem Hemdsaum wirken seidig und unendlich lang.

»Guten Morgen!«

Ich liebe diese Frau. Das weiß ich auch ohne Gedächtnis, ich weiß es in jedem Augenblick. Und ganz allmählich, während ich einen Arm um Isabells Taille lege, nähere ich mich dem Gedanken, daß ich sie auch lieben würde, wenn sie anders wäre.

Es gibt Zwieback und grünen Tee. Irgendwie verspüre ich nach der Brechorgie der vergangenen Nacht einen kapitalen Hunger auf etwas Herzhaftes. Stickrothsche Frühstücksszenarien umnebeln meinen Verstand: Rührei mit Schinken, dampfende Mohnbrötchen, Erdbeermarmelade und Bohnenkaffee. Aber das sind natürlich vollkommen abwegige Gelüste. Isabell weiß es besser.

Sie schenkt mir Tee nach, eine versöhnliche Geste, von der ich mir wünsche, daß wir immer wieder zu ihr zurückkehren, egal, was passiert. Dann kramt sie den obligatorischen Brottrunk aus ihrer Handtasche und nimmt einen kräftigen Schluck. Ein bißchen wundere ich mich über das Vollwert-Müsli mit Dinkelflocken und Trockenfrüchten, das sie aus einer der hintersten Regalreihen hervorgeholt haben muß. Ich für meinen Teil habe es schon seit Jahren nicht mehr gesehen. Doch Isabell scheint von dessen Haltbarkeit fest überzeugt und rührt es mangels frischer Milch mit einem Kraftshake an. Wo sie die sauren Gurken in Branntweinessig aufgetrieben hat, ist mir schleierhaft. Immerhin war sie so rücksichtsvoll, die Rollmöpse aus dem Sperrbezirk meines Kühlschranks nicht mit aufzutischen. Ich kaue auf einem Stück Zwieback, das staubt.

Beim Essen haben Isabell und ich bislang meist übers Essen geredet. Das erübrigt sich jetzt. Eine Weile ist nur das Krachen des Zwiebacks zu hören und das Anschlagen ihres Löffels an den Rändern der Müslischale. Ich weiß, daß es keine Notwendigkeit gibt, irgend etwas zu sagen. Trotzdem möchte ich nicht den Anschein erwecken, uns könnte in Zukunft der Gesprächsstoff ausgehen.

»Du bist so schön, Isabell.«

»Mhm!«

»Ich werde nie vergessen, wie du heute –«

»Entschuldige, aber können wir das nach dem Frühstück besprechen? Du, ich habe so einen Hunger, und ich kann einfach nicht gleichzeitig kauen und Komplimente entgegennehmen.«

Sie schiebt sich einen Eßlöffel Müsli in den Mund. Ihr Gesicht verrät keine Spur von Entsetzen über bitter schmeckende Fruchtwürmer oder faulige Flocken. Die Kiefer mahlen rhythmisch in einem fort. Es scheint ihr zu schmecken. Ich lasse mich nicht entmutigen.

»Jedenfalls kommt es mir so vor, als hätten wir seit Urzeiten nicht mehr miteinander gefrühstückt. Mittagessen, ab und zu. Abendessen, in schöner Regelmäßigkeit. Aber Frühstück? Ich wüßte nicht, wann wir zuletzt ...« Natürlich war das meine Schuld. Ich hatte es immer viel zu eilig. Völlig undenkbar, den Tag mit Herumsitzen und Essen zu beginnen. »Ich will damit nur sagen, verstehst du, daß ich mich freuen würde, wenn wir beide von jetzt an wieder häufiger –«

Isabell starrt geradeaus an die Wand, als hätte sie auf etwas Lebendiges gebissen. »Geht die Uhr da richtig?«

Ich schaue über die Schulter. Es ist viertel vor elf.

Der alte Sprick! Ich habe total verschwitzt, daß ich ihn heute vom Flughafen abholen soll, 10.30 Uhr, mein Gott! Er steht seit einer geschlagenen Viertelstunde am Ausgang, und ich sitze seelenruhig hier im Bademantel am Frühstückstisch. Jetzt geht es nicht mehr um Juniorpartnerschaft, ja oder nein. Ich habe soeben meinen Job verloren.

»Na, dann haben wir noch ein paar Minuten«, konstatiert Isabell ungerührt. Ich schaue sie völlig entgeistert an. Zwiebackstaub fällt mir aus dem Gesicht und rieselt auf meine Oberschenkel.

»Deine Sekretärin hat angerufen. Die Maschine verspätet sich um eine Dreiviertelstunde. Voraussichtliche Ankunftszeit 11 Uhr 15. Ich soll dir sagen, du sollst pünktlich sein.«

»Isabell, du ...« Ich weiß nicht, soll ich lachen oder weinen?

»Die Flugnummer habe ich notiert.«

»Ich bin ...« – sprachlos, was Isabell nicht davon abhält, in Ruhe ihr Müsli aufzuessen, »... also wirklich!« Ich könnte jetzt sagen, daß sie immer für eine Überraschung gut ist. Doch irgendwie habe ich das Gefühl, sie wird diesen Satz in Zukunft noch oft genug von mir hören.

»Trink jetzt deinen Tee aus«, sagt sie sanft. Wie nebenbei

streicht sie mit ihren Fingerspitzen über meine Hand. Dann fischt sie eine mittlere Gewürzgurke aus dem Einmachglas, stopft sie sich in den Mund und räumt ab.

Ankleiden geht wesentlich zügiger, wenn man es nicht mit diversen Workout-Einheiten und Dehnübungen kombiniert. Insofern kommt die übliche Hektik nicht auf. Ich bin heilfroh, mich heute morgen nicht schon als Arbeitsloser umziehen zu müssen, und werde es diesem Tag ewig danken. Trotzdem möchte ich dem alten Sprick nicht allzu feierlich unter die Augen treten. Schließlich hole ich ihn vom Flughafen ab, um mit ihm ins Büro zu fahren und nicht zu meiner Konfirmation. Ich entscheide mich für einen dunkelblauen Standard-Dreiteiler mit hellblauem Hemd und breiter Krawatte. Die Ankleidezeit ohne Windsor-Knoten beläuft sich auf zwei Minuten dreiundfünfzig.

Isabell ist aus unerfindlichen Gründen schneller. Ausgehfertig kommt sie zu mir ins Schlafzimmer zurück. Sie trägt einen taubengrauen Hosenanzug mit decolletébetontem Revers und eindrucksvoll taillierter Jacke. Ihr ganzes Auftreten ist perfekt. Entsprechend steil falle ich neben ihr ab. Der Blick, mit dem sie meine Garderobe bemerkt, ist ernüchternd.

»Was für eine Einstellung willst du denn damit zum Ausdruck bringen?«

»Ich dachte, ich komme nicht zu feierlich daher, schließlich hole ich ihn nur vom Flughafen ab, um mit ihm – «

»Er ist der Coach schlechthin, weißt du das nicht? Und er ist euer wichtigster Seniorpartner!«

»Ja, klar, nur dachte ich, ich fahre mit ihm ins Büro und nicht zu meiner – «

»Wenn du ihm signalisierst, daß dieses Treffen für dich nichts Besonderes ist, dann muß er glauben, daß du auch nichts Besonderes bist oder willst.«

»Aber ich dachte, es ist schließlich nicht meine Konfirmation, zu der wir fahren, sondern –«

»Du mußt vor allem entschieden und selbstbewußt auftreten.« Isabell macht sich an meinem Kleiderschrank zu schaffen. »Er muß sehen, daß du deine Chance sofort erkennst und nutzt!«

»Du hörst dich an wie Stickroth persönlich.«

»Na, dann sind wir uns ja einig. Wie wäre es hiermit?«

Wir entscheiden uns für einen anthrazitfarbenen Dreiteiler mit dunkelblauem Seidenhemd und schmaler Krawatte, Ton in Ton, was mich ein bißchen irritiert. Doch Isabell versichert mir glaubhaft, gerade das sei momentan das I-Tüpfelchen der Eleganz.

»Und du meinst nicht, es könnte so aussehen, als hätte ich mich extra für ihn schick gemacht?«

»Wieso für ihn? Du kommst doch in Begleitung einer schönen Frau.«

Da hat sie allerdings recht.

Isabell wartet schon an der Tür, während ich noch überlege, ob ich meinen Aktenkoffer mitnehmen soll. Es würde zweifellos den Gesamteindruck abrunden, wenn ich mit Koffer käme. Erstens hätte ich etwas, woran ich mich festhalten kann. Und zweitens wäre es irgendwie unseriös, wenn ich so ganz und gar freihändig ins Büro spazieren würde. Andererseits sollte ich vielleicht nicht zu sehr den Angestellten herauskehren …

»Können wir?« fragt Isabell etwas gelangweilt. Nur aus den Augenwinkeln sehe ich, wie sie die Rollmöpse diskret in ihrer Handtasche verschwinden läßt. Soviel Rücksicht rührt mich.

»Wir können!«

Ich nehme den Koffer und schließe die Wohnungstür auf. Direkt vor mir, auf der Fußmatte, liegt ein Briefumschlag mit exotischen Blumenornamenten. Ich brauche nicht auf den Absender zu schauen, um zu wissen, wer dahintersteckt. Isabell hebt ihn auf.

2

»Du hast gesagt, daß es vorbei ist. ›Vorbei‹, hast du gesagt!«

»Es ist wahrscheinlich nur sein Abschiedsgruß.«

»Solange er mich noch mit Abschiedsgrüßen bombardiert, ist es nicht vorbei. Vorbei heißt für mich Funkstille, keinerlei Lebenszeichen, Ende der Durchsage.«

Ich weiß nicht, worüber ich mich mehr aufrege, über Weinheimers Brief oder Isabells Fahrweise. Wir verlieren dreißig Sekunden pro Kilometer.

»Jetzt mach doch den Umschlag erst mal auf.«

»Mag sein, daß wir mit ›vorbei‹ nicht ganz dasselbe meinen, aber ich will nichts mehr von ihm hören, nichts, verstehst du, gar nichts, er soll gefälligst aufhören, für mich zu existieren.«

»Und, was schreibt er so?«

Ich denke nicht daran, auch nur eine Zeile von diesem Brief zu lesen. Andererseits ist er der handfeste Beweis, daß Isabell sich irren kann, und so etwas wirft man nicht einfach weg. Wir nähern uns dem Flughafenzubringer. Sie fädelt sich auf der Kriechspur ein.

»Übrigens, wenn du hier hundert fährst, erwischst du die grüne Welle.«

»Wenn du mir gute Ratschläge geben willst, nimm ein Taxi.«

Isabell schaut unverwandt geradeaus. Ich weiß genau, daß sie sonst schneller fährt. Mit der Summe ihrer Bußgeldbescheide könnte sie per Fernpatenschaft problemlos die Ausbildung von drei bis vier afrikanischen Schulkindern finanzieren. Ihr geht es nur ums Prinzip, und das macht mich nervös.

Ich reiße den Umschlag auf. Ein ganzer Stapel Fotos fällt heraus und verteilt sich über den Beifahrersitz. Auf den ersten Blick scheinen es lauter harmlose Urlaubsschnappschüsse zu sein, Aufnahmen von Barbados, die üblichen Palmen, Strandansichten und das blaue, blaue Meer, wäre da nicht dieses Pärchen, das sich mal leidenschaftlich, mal verspielt in den Armen liegt: Frau Weinheimer und ich. Auf diesen Fotos ist jedes Stadium unseres Flirts dokumentiert. Weinheimer muß uns die ganze Zeit beobachtet haben. Oder er hat uns beobachten lassen. In jedem Fall wußte er bis ins kleinste Detail Bescheid.

»Soll ich hier irgendwo rechts ranfahren?«

»Nein, nein, bloß nicht! Links, fahr links auf die Überholspur. Ich sehe nicht ein, daß wir wegen Weinheimer auch noch zu spät kommen.« Mir bleibt die Luft weg, als ich mich bücke, um die unter den Sitz gerutschten Fotos einzusammeln. Sorgfältig taste ich die Fußmatte ab, mein Kopf läuft voll Blut. »Hast du nicht gesagt, er wollte von hier wegziehen?«

»Doch, ja. Die Trennung ist beschlossene Sache.«

»Hoffentlich heißt das nicht, daß er jetzt eine Brieffreundschaft mit mir anstrebt.«

Isabell bedenkt mich mit einem kurzen Seitenblick. »Ich kann mir nicht vorstellen, daß ihm das noch so wichtig ist.«

Zwischen Handbremse und Sitzpolster ziehe ich mit spitzen Fingern ein letztes Bild hervor. Es ist ein sehr dunkler Abzug, eines der wenigen Fotos vor abendlicher Kulisse. Die Aufnahme wurde diskreterweise ohne Blitz gemacht, daher die vielen Bewegungsunschärfen, die auf eine lange Belichtungszeit hindeuten. Ringsum der mit Kerzen und Kerzenattrappen erleuchtete Speisesaal, nach allen Seiten hin offen zur warmen bajanischen Nacht. Im Hintergrund ein Fischbüffet. In der Mitte Tanz. Unsere Gesichter sind kaum zu erkennen, aber Frau Weinheimer trägt dasselbe Kleid wie gestern abend. Ich atme in die Beuge ihres Halses. Sie hat den Kopf zurückgeworfen. Ihre Gesichtszüge sind leicht verrutscht, Augen, Stirn und Wangen verschwimmen in der Bewegung, ihr Mund ist wie zu einem Lachschrei aufgerissen. Doch das sehe und höre ich schon nicht mehr. Mein Blick gilt einzig und allein ihren makellosen Schultern, ihrer im Kerzenlicht schimmernden Haut und der geraden Linie ihrer Schlüsselbeine.

»Und, gefallen sie dir?«

»Was?«

»Na, die Bilder.«

Unwillkürlich drehe ich das Foto um – als gäbe es noch etwas zu verbergen.

»Irgendwie ist das ein schlechtes Omen.«

»Bitte?«

»Vielleicht sollte ich dem alten Sprick heute lieber nicht über den Weg laufen.«

»Das ist nicht dein Ernst.« Isabell schnaubt vor Mißbilligung.

»Ich glaube, ich bin momentan nicht in der Verfassung.« Mir ist nicht wirklich übel, es ist nur der Flashback von gestern.

»Da vorne ist eine Haltebucht, laß uns kurz –«

»Nein, Isabell, nicht anhalten, links fahren! Mit diesem Wagen muß man links fahren, sonst –«

»Was ist denn los mit dir?«

Mein Blick fällt auf die Rückseite des Fotos. Datum und Uhrzeit sind exakt verzeichnet. Die Aufnahme wurde gestern vor genau einem Jahr gemacht. Ich kann mich nur noch vage an eine bajanische Cocktailparty erinnern, an Tanz und eine lange Inselnacht. Ich erinnere mich nicht wirklich an das Kleid, nur an Frau Weinheimers Schulterpartie. Vielleicht hatte ich für meine Verhältnisse ein bißchen zuviel karibischen Rum getrunken. Auf jeden Fall habe ich das Fischbüffet schon damals nicht angerührt. Es war die Nacht davor. Am nächsten Morgen ist Weinheimer ins Wasser gegangen.

»Weißt du, was das bedeutet?« Meine Stimme ist auf einmal ganz ruhig. »Das bedeutet, daß er sich absichtlich …« Ich bin bereit, es zu sagen, ich will ihr nur die Chance geben, mich zu unterbrechen. »… daß er ins Wasser gegangen ist, um nicht mehr wiederzukommen.«

»Unsinn! Selbst wenn er damals für einen Moment an Selbstmord gedacht haben sollte …«, Isabell schwenkt nun doch auf die Überholspur und zieht an einer LKW-Kolonne vorbei, »du hast ihn vor einer Dummheit bewahrt, vor einer unglaublichen Dummheit!«

»Ich habe ihn vielleicht gerettet, aber ich habe sein Leben zerstört.«

»Also, jetzt reicht's!« Isabell schlägt mit der Handkante auf das Lenkrad. Sie verfehlt die Hupe nur um wenige Zentimeter. »Du hörst dich schon genauso verrückt an wie er. Diese Hirngespinste nehmen langsam Ausmaße an …« Ich habe sie selten so unbeherrscht erlebt. »Kapierst du denn nicht, es ist vorbei! Er hat sich von diesen Bildern getrennt, er wollte sie lossein, das ist alles. Michael hat mit dieser Geschichte abgeschlossen, und genau das solltest du auch tun!« Sie ist so wütend, daß ich staune. »Ja, hat er denn gar keinen Brief mitgeschickt? Zeig doch mal her!«

»Was denn für einen Brief?«

»Einen Abschiedsbrief, ein paar Zeilen, irgendwas …«

»Du meinst …«

»Nein, nicht so einen ›Abschiedsbrief‹, Herrgott! Ich meine ein ganz ordinäres Tschüs!«

Plötzlich wird mir alles klar. »Isabell« – daß ich das nicht früher bemerkt habe! –, »er ist nicht gestern ins Wasser gegangen, gestern vor einem Jahr war das Fest. Das eigentliche Jubiläum ist erst heute. Heute ist sein Todestag!« Muß ich ihr wirklich sagen, was das heißt? »Er wird es wieder tun.«

»Was?«

Damals war es so um die Mittagszeit. Vielleicht ist es noch nicht zu spät.

»Wir müssen umkehren.«

»Wieso denn?«

»Kehr um.«

»Manchmal glaube ich wirklich, du bist ein hoffnungsloser Fall.«

»Isabell …« Ich bin drauf und dran, ihr ins Lenkrad zu greifen. Sie scheint das überhaupt nicht zu kümmern.

»Du bist hoffnungslos romantisch.«

Ohne den Blick von der Straße zu lösen, reißt sie mir den Umschlag aus der Hand und fährt mit den Fingern durch das Kuvert. Dann zieht sie ein Blatt Papier hervor und reicht es mir. Es ist nur eine kurze Notiz. Zwischen zwei auf den Kopf gestellten Ausrufezeichen, die aussehen wie erloschene Kerzen, erstreckt sich Weinheimers verhaßte Handschrift.

»*Hier eure Bilder als Souvenir, ich brauche sie nicht mehr. Dein …* undsoweiter.«

»Na, also.«

»Was heißt ›na, also‹?«

»Na, also, es ist vorbei, wie ich gesagt habe.«

»Isabell, das ist, ich bitte dich, wenn das kein Hinweis ist, dann weiß ich nicht, laß uns umkehren, bevor es zu spät ist!«

Sie drängelt sich in einem ziemlich gewagten Manöver zurück auf die rechte Spur und rast dann über den Standstreifen auf einen Parkplatz zu. Ich sage nichts, aber falls sie jemals wieder an meinem Fahrstil herummäkeln sollte, werde ich sie daran erinnern. Ein Ruck, und wir stehen.

»Jetzt hör mir mal zu«, ihr Ton ist streng, fast gebieterisch, »dir ist offensichtlich noch immer nicht klar, worum es hier geht. Das ist kein Spiel mehr. In knapp zehn Minuten triffst du Sprick. Alles andere ist unwichtig, jedenfalls hat es für dich unwichtig zu sein! Sprick ist der Drahtzieher im Hintergrund. Wenn du glaubst, er berät nur Stickroth, liegst du falsch. Er hat überall seine Finger drin. Nenn mir sämtliche Top-Consulter, die dir gerade einfallen – er hat sie gecoacht, alle. Wenn du in der Branche überhaupt noch ein Bein auf die Erde bekommen willst, solltest du in spätestens«, sie schaut auf die Uhr, »neun Minuten gut sein, sehr gut! Hast du mich verstanden? Also, reiß dich zusammen und vergiß diese alberne Urlaubsbagatelle!«

Stille auf einmal, ein Hohlraum von Stille um uns herum, während draußen die Autos vorbeidonnern. »Aber ich könnte ihn vielleicht retten«, ich spreche sehr leise, »diesmal könnte ich ihn vielleicht wirklich retten.«

»Warum solltest du? Weil du mit seiner Frau geschlafen hast? Glaub ja nicht, daß du der einzige gewesen bist. Es tut mir leid, wenn ich jetzt eine Illusion zerstöre, aber sie hat nicht ihr Leben lang auf dich gewartet. Du warst nur eine Gelegenheit von vielen. Sie hätte jeden anderen an deiner Stelle –«

»Schon gut.«

»Und sie hat auch jeden anderen an deiner Stelle, vorher, nachher –«

»Ich hab schon verstanden.«

»Um so besser.« Isabell legt den Arm um meine Lehne und beugt sich zu mir herüber. »Es wird langsam Zeit, daß du dir eine weniger idealistische Vorstellung davon machst, was Frauen an dir attraktiv finden. Oder glaubst du, daß du der einzige Mensch bist, der keine Gefühle hat?«

Wir sehen uns fest in die Augen. Dann schüttele ich den Kopf.

»Das freut mich.« Sie weicht keinen Zentimeter zurück. »Sogar Michael hat inzwischen begriffen, daß man zwar ohne gewisse Werte nicht leben kann, aber auch nicht mit ihnen. Es gibt nur zwei Möglichkeiten: Entweder man trennt sich oder man entwickelt einen elastischeren Begriff von Monogamie.

Doch dazu, Liebling, mußt du vor allem eine Voraussetzung erfüllen. Du mußt aufhören, die Dinge tragisch zu nehmen.«

»Beantworte mir eine Frage«, ich würde es mir nicht verzeihen, wenn ich jetzt schlucken müßte, »was willst du von mir, Isabell?«

Ich werde alles tun, was sie verlangt.

»Was ich will?« Sie lacht ziemlich echt, aber ich bin nicht überzeugt. »Ich will dasselbe wie du, mein Schatz. Ich will, daß du diesen Job bekommst. Was dachtest du denn?« Ihr Gesicht kommt meinem ganz nah, ich spüre ihren Atem, wenn sie spricht. »Ich wünsche mir, daß du Sprick so beeindruckst, wie du mich beeindruckt hast.«

Sie spielt kurz mit den Fingern auf meiner Hemdbrust. Dann nimmt sie mir die Fotos aus der Hand und blättert den Stapel flüchtig durch.

»Begabter Fotograf!« Sie klingt noch immer amüsiert. »Nur die Motivwahl ist ein bißchen einseitig.« Es scheint ihr tatsächlich nichts auszumachen, mich in den Armen einer anderen zu sehen. Sie schiebt die Bilder wieder zusammen und steckt sie in den Umschlag zurück. Langsam fange ich an, ihr zu glauben. Es ist wirklich vorbei.

»Übrigens finde ich nicht, daß du seitdem schmächtiger geworden bist. Ganz im Gegenteil. Du siehst viel kräftiger aus als damals ...« Ihre Hand kommt zu mir zurück und streicht über meine Schulter. »... männlicher, wenn ich das sagen darf.«

Es ist seit langem das erste Mal, daß ich bei einem Kompliment erröte. Isabell fährt mit kühlen Fingerspitzen über mein glühendes Gesicht. »Smart warst du immer schon, das muß man dir lassen. Aber jetzt, wo dein Körper noch muskulöser ist, wirkst du gleichzeitig, ich weiß nicht, irgendwie vertrauenerweckend.«

»Danke.«

»Das Vergnügen ist ganz auf meiner Seite.« Sie läßt ihre Hand in meinen Jackenausschnitt gleiten und krallt die Finger über meiner Brust zusammen. »Im Gegensatz zu früher, würde ich sagen, weniger Surfbrett, mehr Wellenbrecher – wenn du weißt, was ich meine.«

»Danke sehr.« Ich merke mir ›männlich‹, ›muskulös‹ und ›Wellenbrecher‹ (Isabell auf einer Fahrt zum Flughafen).

»Warum bedankst du dich ständig, bist du beleidigt?«

»Nein, nein, gar nicht.« Ich spanne den großen Brustmuskel so unauffällig wie möglich an. »Ich frage mich nur gerade, vielleicht ist es an der Zeit, mich von meiner Brustbehaarung zu trennen?«

»Wieso?«

»Wieso? Ja, wieso eigentlich?« Natürlich, weil jedes männliche Model derzeit ohne Pelz auf der Brust herumläuft, aber das wird sie nicht gelten lassen. »Vielleicht, weil, weißt du, manchmal habe ich das Gefühl, die vielen Löckchen könnten irgendwie ablenken.«

Isabell schaut völlig verständnislos.

»Mein Oberkörper wird dadurch so undeutlich, findest du nicht? Oder würdest du sagen«, ich versuche es mit einem Scherz, »echte Wellenbrecher sind immer leicht bemoost ...«

»Moment! Habe ich mich verhört oder geht es jetzt darum, ob du dir die Brust enthaaren sollst?«

»Naja, ich ...«, wenn ich nicht schon rot wäre, würde ich es jetzt, »... ich denke sozusagen laut.«

»Du willst also wieder aussehen wie ein Junge, blank wie ein Babypopo um die Brust, die alte Beachboy-Nummer, ist es das?«

»Es war nur so ein Gedanke.«

»Vergiß es!« Isabell entzieht mir ihre Hand und lehnt sich in ihren Sitz zurück. Mit einer abfälligen Geste läßt sie das Seitenfenster herunter. Luft und Lärm von der Autobahn.

»Wenn ich dir einen Tip in Sachen Frauen geben darf«, sie nimmt den Umschlag und fuchtelt mir damit vor der Nase herum, »ein Vogel nistet nicht gerne in einem kahlen Baum.«

Dann wirft sie die Fotos aus dem Fenster und fährt los.

So wie Isabell sich durch den Rückstau vor dem Flughafengebäude laviert, ist klar, daß Verkehrsregeln für sie nur eine Rolle spielen, wenn sie nicht selbst am Steuer sitzt. Sie liefert sich einen heftigen Wortwechsel mit einem Busfahrer, der mit Beschimpfungen anfängt und in Anzüglichkeiten endet. Dann parken wir im Rangierbereich einer Bushaltestelle und stürzen auf die Glastüren der Flughafenhalle zu. Laut Anzeigetafel hat Spricks Maschine noch nicht zur Landung angesetzt. Wir sind in der Zeit.

Es gibt nur ein Problem, ich habe meinen Fist-Twister im Handschuhfach vergessen. Im ersten Moment kann ich noch darüber schmunzeln, weil mir dieses Dilemma so bekannt vorkommt. Doch je länger es dauert, desto unruhiger werde ich. Schweißperlen laufen mir den Rücken hinunter. Unerträglich der Gedanke, hier müßig herumzustehen, während ich etwas Sinnvolles für meinen Körper tun könnte.

Ich halte nach einem Laden Ausschau, der Freizeitartikel verkauft. Vielleicht kann ich hier irgendwo einen Softball auftreiben und ihn so lange kneten, bis Sprick den Erdboden erreicht. Ich bin davon überzeugt, daß ich die halbe Partnerschaft schon in der Tasche hätte, wenn ich den alten Sprick gleich mit einem festen Händedruck begrüßen würde. Es rächt sich, daß ich heute morgen nicht trainiert habe. Mit einem durchgearbeiteten Muskelkorsett könnte ich der Musterung durch unseren Senior viel gelassener entgegensehen. Die Geschäfte im engeren Umkreis führen nur Zeitschriften, Tabakwaren und Alkohol.

»Laß das!«

Isabell versetzt mir einen Stoß mit dem Ellbogen. Ich begreife nicht gleich, was sie meint. Doch offenbar bin ich ganz automatisch zum einarmigen Kraftrudern mit Aktenkoffer übergegangen. Es gibt nur eine Erklärung für meinen Zustand: Workoutentzug.

»Entschuldige.«

»Gib mir den Koffer.«

»Nein, danke, Isabell, es geht schon. Ich dachte nur gerade …«

»Du dachtest was …?

»Was? Ja …« Ich halte den Koffer nicht am ausgestreckten Arm, sondern hebe ihn leicht auf etwa acht Uhr an, um wenigstens einen statischen Belastungsreiz auf die Muskulatur auszuüben, »… was kann ich für einen festen Händedruck tun, das war so die Überlegung.«

»Dein Händedruck ist fantastisch, wie er ist.«

»Ich weiß, aber …« Wenn ich das Handgelenk ganz unauffällig anziehe und wieder absenke, kann ich die Streckmuskulatur ein bißchen kräftigen. Bei der nächsten Gelegenheit müßte ich dann vom Über- in den Untergriff wechseln, um mir die verschiedenen Handbeuger vorzunehmen.

»Keine faulen Tricks, hast du verstanden?«

Ich schüttele den Kopf und nicke. Ja, ich habe verstanden. Nein, keine faulen Tricks. Dann lasse ich den Kopf noch eine Weile kreisen, um die Verspannungen im Nacken und Halswirbelbereich zu lockern.

»Überleg dir bloß keine Strategie im voraus. Sprick mit einem Plan zu kommen, wäre der größte Fehler, den du machen kannst. Du mußt offen bleiben für die Situation, flexibel und reaktionsschnell.« Isabell fixiert mich. »Solange du weißt, was du willst, kann nichts schiefgehen.«

Ich nicke noch einmal und senke das Kinn auf die Brust. Ich würde jetzt gerne eine Serie Liegestütze dazwischenschieben in Kombination mit einem verschärften Klimmzügeprogramm, doch das ist aussichtlos.

»Ach, und noch etwas. Hör ihm auf keinen Fall mit gesenktem Kopf zu. Das wirkt devot. Du darfst niemals Demut und Respekt verwechseln. Respekt heißt gegenseitige Anerkennung, Demut bedeutet Selbstaufgabe und erzeugt unterschwellige Aggressionen. Also, denk daran, Kopf hoch!« Sie gibt mir einen leichten Klaps. »Es ist alles eine Frage der Einstellung, klar?«

Wir schauen fast gleichzeitig auf den Arrival-Monitor. Spricks Flugnummer blinkt. Die Maschine hat zur Landung angesetzt.

»Wobei, Isabell, ehrlich gesagt, ich bin mir nicht vollkommen ...« Ich weiß, sie wird gleich sehr wütend sein, »... ich bin mir nicht sicher, ob ich das wirklich will.«

Isabell sieht mich einfach nur an.

»Ich glaube, diese Juniorpartnerschaft, Sprick, Stickroth und was sie von mir denken, das ist mir auf einmal nicht mehr so wichtig, verstehst du?« Da sie nicht redet, rede ich. »Heute morgen hatte ich das Gefühl, wir könnten wirklich ein Paar sein, ein echtes Paar, Isabell, nicht nur zwei Einzelgänger in einer sporadischen Zweckgemeinschaft. Es war, als würde ich viele Dinge, die bislang mein Leben ausgemacht haben, plötzlich nicht mehr brauchen. Körpertraining, Karriere, Erfolg in jeder Form, ich hätte mir früher nie vorstellen können, darauf zu verzichten. Aber ich glaube, es wäre nicht einmal Verzicht. Ich würde das alles überhaupt nicht vermissen im Zusammenleben mit dir.«

»Aha«, sagt sie und schweigt.

»Ja, aber wenn ich an Sprick denke, an gleich, an das, was ich sein muß, um Erfolg zu haben, dann ...« Sie könnte mir ruhig etwas helfen, ein paar ermunternde Worte, ein wohlwollender Blick, »... dann erscheint mir dieser Morgen wie ein Irrtum. Und da, wo ich gerade noch die Möglichkeit gespürt habe, mein Leben mit dir zu teilen, da sehe ich jetzt nur noch Schwäche.«

Sie sieht, wie ich mich bemühe, aber sie hilft mir nicht.

»Es ist doch nicht so, daß ich nicht wüßte, was ich zu tun habe. Ich kann Willen und Entschiedenheit zeigen, kein Problem. Ich bin ein Karriere-Athlet, ich knicke nicht ein. Streß, Isabell, ist mein Element, wenn es darum geht. Ich bade in Streß!« Von ihr kommt nicht einmal ein Nicken, aber gut. »Ich weiß nur nicht mehr, ob ich das will, ob ich immer nur ›ich‹ sein möchte und dieses Leben, das nur meins ist und sonst nichts, jeden Tag aufs neue leben will, immer wieder von vorne, immer nur ich allein.«

»Du zweifelst.« Das ist alles, was sie sagt.

»Nein, Isabell, ich zweifle nicht!« Passanten und wartende Angehörige schauen zu uns herüber, ich senke die Stimme, aber im Grunde ist es egal. »Ich bin mir sicher, daß ich es nicht will. Ich will nicht in mein altes Leben zurück.«

»Fällt dir das nicht ein bißchen spät ein?« Isabell schaut auf den Arrival-Monitor und wirft dann einen kurzen Blick auf das Rollfeld. »Sprick kann jeden Moment hier sein.«

»Ja, dann soll er doch kommen. Dann sieht er einmal, daß es auch Menschen gibt – einige wenige! – die andere Prioritäten setzen. Die nicht nur an sich und ihre Karriere denken, sondern bereit sind, gegen den eigenen Vorteil und zugunsten ihres Partners zu verzich-«

»Du bist süß.«

Na, endlich!

»So süß.« Isabell streicht mir durchs Haar. Ich habe noch nie soviel reden müssen für ein einziges Lächeln, ich bin vollkommen erschöpft. Aber es hat sich gelohnt.

»Komm, soll Sprick sich ein Taxi nehmen«, flüstere ich, »laß uns von hier verschwinden, irgendwohin!«

»Junge, Junge«, Isabell atmet einmal tief durch, »du weißt genau, was du einer Frau sagen mußt, wenn du dich vor Schwierigkeiten drücken willst. Du machst mir dann immer die schönsten Komplimente. Aber, Liebling«, sie nestelt an meiner Krawatte und richtet den Knoten, »nichts spricht dagegen, so zu leben, wie du sagst, nur eben nachher. Nachdem du Sprick überzeugt hast. Erst will ich, daß du es noch einmal allen zeigst.«

Ich kann nicht glauben, daß sie das sagt.

»Schau mal, wenn du dich jetzt gegen deine Karriere entscheidest, würde man das als Schwäche auslegen. Verzichten oder versagen, das macht in den Augen der Branche keinen Unterschied. Und auf kurz oder lang würdest du es auch so sehen. Du wirst mich oder dich oder uns beide dafür verantwortlich machen, daß es bei dir beruflich nicht weitergeht. Es wäre nur eine Frage der Zeit, bis du –«

»Ich kann nicht glauben, daß du das –«

Sie lächelt ironisch, sie lacht mich aus.

»Du bist nervös, mein Schatz. Du siehst lauter neue Herausforderungen auf dich zukommen und hast Angst, ihnen nicht gewachsen zu sein. Das ist normal. Du solltest jetzt nur nichts tun, was du später bereust. Richtige Entscheidungen trifft man immer aus einer Position der Stärke heraus. Wenn du dich einmal als Juniorpartner bewährt hast, kannst du immer noch –«

»Dann ist es vielleicht zu spät!«

»Jetzt ist es auf jeden Fall zu früh.«

»Wenn ich einmal Juniorpartner bin, Isabell, gibt es kein Zurück mehr. Dann habe ich mich meiner Karriere verschrieben, ein für allemal.«

»Typisch! Das hätte jetzt auch von Michael kommen können. Das ist noch immer die tragische Weltsicht. Männer am

Scheidewege, einmalige Chancen, schicksalhafte Verfehlungen, mein Gott, das Leben beginnt jeden Tag wieder neu!«

Aus der Sicherheitsschleuse kommen die ersten Fluggäste, einige werden begrüßt, andere rollen mit ihrem Gepäck vorbei. Neben uns steht eine Frau, die unaufhörlich einer Milchglasscheibe zuwinkt. Ich kann nur hoffen, daß der alte Sprick hochgradig fußkrank ist. Uns bleibt nicht mehr viel Zeit.

»Wenn wir zusammen ein neues Leben anfangen wollen«, ich spreche in Isabells Haar, »müssen wir uns beeilen.«

»Ich liebe es, wenn du so etwas sagst, ich bekomme Gänsehaut, ehrlich, aber ...« Sie schaut kurz über die Schulter und wendet sich mir dann wieder zu. »Wir können hier nicht einfach weglaufen, wir sind keine sechzehn mehr. Werd erwachsen!«

»Das heißt also, du willst nicht?«

»Das heißt, willkommen in der Wirklichkeit!«

»Okay.« Ich sage nicht, du wirst noch sehen, was du davon hast, ich sage nur, »okay«. Dann also Juniorpartner.

»Auf einer Festigkeitsskala von eins bis zehn – wo würdest du Spricks Händedruck einordnen?«

Sie schüttelt unmerklich den Kopf, vielleicht sind es auch nur ihre Augen, die nein sagen. »Keine Zweifel, keine Tricks, das ist alles, was du wissen mußt. Und paß auf, daß du den Aktenkoffer stillhältst. Es wirkt unsouverän, wenn du damit ständig herumfuchtelst.«

»Aber, Isabell, ich ...« Ich merke, wie ich den Koffer schon wieder unwillkürlich anhebe, »... ich kenne den Mann überhaupt nicht, ich weiß nichts über ihn. Bis vor ein paar Minuten habe ich noch geglaubt, der alte Sprick würde uns in einer Urne angeliefert –«

»Hallo, Isabell, was für eine angenehme Überraschung!«

Vor uns steht ein graumelierter, gutaussehender Mann im

besten Alter und breitet die Arme aus. Das kann er nicht sein. Niemand über sechzig ist noch so in Form.

»Sprick!« ruft Isabell, ich bin außerstande zu sagen, ob vor Schreck oder Freude. Die beiden umarmen sich. Erst jetzt verstehe ich ihren Wink, er habe die Besten der Branche gecoacht. Sie war seine Schülerin.

»Neues Parfüm?«

»Dasselbe könnte ich von dir behaupten.«

Sie lacht und umarmt ihn noch einmal. Ich bin fassungslos. Hoffentlich hat er die Bemerkung mit der Urne nicht verstanden! Sprick sieht mich an.

»Und Sie sind …?«

Er streckt mir eine solariumgebräunte Hand entgegen, die Fingernägel sind penibel manikürt.

»Hallo«, sage ich und drücke zu.

3

Zum Abschied bekommt er einen Schlag auf die Schulter, eigentlich eine degradierende Geste, aber er lächelt. Er hört auch nicht auf zu lächeln, als Sprick und Stickroth ihm den Rücken zukehren. Er strahlt sogar noch die Tür zum Sitzungszimmer an, nachdem sie sich vor seiner Nase geschlossen hat. Es ist eine gepolsterte Tür.

Eine Weile steht er einfach nur da, mit dem Aktenkoffer in der Hand, dann setzt er sich in Bewegung. Seine Schritte auf den mit Läufern ausgelegten Fluren der obersten Etage sind so leise, als gäbe es ihn gar nicht. Wie von fernher das Ankunftssignal des Fahrstuhls. Er steigt ein und läßt sich auf seine Ebene zurückbefördern. Kein Blick in den Seitenwandspiegel der Kabine, er starrt die Ritzen der Schiebetür an. Sie öffnet sich.

Er tritt hinaus auf den Gang zu seinem Büro. Frauen gehen vorüber. Enge Pullover, kurze Röcke. Er lächelt noch immer. Niemand nimmt von ihm Notiz. Als er am Kopierer entlangstreift, überkommt ihn der Wunsch, seinen Kopf auf die Glasfläche zu pressen und abzudrücken, hundertfach. Er erreicht die Tür, an der sein Name steht. Ohne anzuklopfen tritt er ein. Seine Sekretärin schaut kurz von ihrem Kalender auf. Er hört nicht, was sie sagt. Grußlos eilt er durchs Vorzimmer. Auf den letzten Metern zu seinem Schreibtisch strauchelt er über den Koffer, den er vor sich hergetragen hat. Er muß sich an der Tischplatte festhalten. Dann läßt er sich in seinen Sessel fallen und versinkt.

So also fühlt es sich an, ein Versager zu sein.

Bleibt nur die Arbeit! Er versucht, nicht länger an seine Blamage zu denken, sondern weiterzumachen wie bisher. Anders ist dieser Tag nicht zu überstehen. Er blättert in alten Notizen und ordnet das Liegengebliebene von gestern zu geometrisch exakten Stapeln. Seine Konzepte zur Dynamisierung der Unternehmensstruktur legt er zuunterst.

Ein Geschäftsbrief fällt ihm in die Hand. Der Kopfbogen ist mit dem Vermerk ›dringend‹ versehen. Ein Anhang von drei engbedruckten Seiten verspricht gut eine halbe Stunde Beschäftigung. Er überfliegt die Zeilen und Zahlen, ist aber nicht in der Lage zu erfassen, worum es geht. Er nimmt einen zweiten Brief zur Hand, einen kürzeren. Dasselbe Problem. Einzelne Schlagworte kommen ihm bekannt vor, aber das Ganze ergibt keinen Sinn. Es ist für ihn auf einmal unvorstellbar, daß er der Adressat dieser Briefe sein soll.

Du stehst unter Schock, sagt er sich.

Ich bin müde, hört er sich denken.

Er öffnet eine Schublade und entnimmt ihr ein veraltetes Telefonbuch sowie eine Dreieinhalb-Kilo-Stabhantel. Mit seinem Sessel rückt er ein Stück von der Tischplatte ab, um seinen Oberkörper in eine leichte Schräglage zu bringen. Dann stützt er den rechten Arm auf das Telefonbuch und beginnt mit Stabhantelcurls bis zur Schulterkuppe. Er absolviert zehn Wiederholungen in Superzeitlupe, ohne an etwas zu denken. Übergangslos wechselt er die Seiten. Sein linker Arm fühlt sich taub an. Er verfolgt den Bewegungsablauf mit Interesse. Unter dem dünnen Hemdstoff formt sich sein Bizeps zu einem Oval von der Größe eines Straußeneis.

Sein Blick fällt auf das Telefon. Sicherheitshalber sollte er den Hörer daneben legen. Ein einziger Anruf aus der obersten Etage, und seine Karriere wäre schlagartig beendet. Wahrscheinlich wird man ihn bitten, sein Büro noch heute zu räumen.

Ohne das Schreibtischworkout zu unterbrechen, wählt er mit der freien Hand die Anfangsziffern seiner eigenen Telefonnummer. Er wird vorübergehend nicht erreichbar sein, das ist das beste. Auf diese Weise läßt sich die Katastrophe ein paar Tage hinausschieben, und er gewinnt Zeit. Möglich, daß man einfach vergißt, ihn zu kündigen, es gibt solche Fälle. Andererseits wäre jede Art von Veränderung, auch ein radikaler Schnitt, besser als dieser Zustand.

Vielleicht sollte ich Claaßen fragen, ob er mich eine Weile vertritt. Vielleicht sollte ich ihn um Urlaub bitten? Er grinst bei diesem Gedanken.

Scheppernd stößt er mit der Stabhantel gegen seine Schreibtischlampe. Bei der nächsten Wiederholung zielt er mit dem Hantelkopf direkt auf den kuppelförmigen Lampenschirm, Volltreffer. Er schwingt die Stabhantel jetzt wie eine Abrißbirne und fegt mehrere Ablagekästen vom Tisch. Dann reißt er das Gewicht unmittelbar über dem Telefon in die Höhe. Er will gerade zuschlagen, als es klopft. Die Tür öffnet sich, seine Sekretärin tritt ein.

Er ist froh, daß sie kommt.

Fraglos nimmt sie auf dem Stuhl vor seinem Schreibtisch Platz. Sie scheint sich nicht weiter über die umgestürzte Lampe und die am Boden verstreuten Ablagen zu wundern. In ihrem symmetrischen Gesicht macht sich so etwas wie Verständnis breit. Ihr Blick hat einen mitleidigen Glanz. Das irritiert ihn mehr als alles andere. So deutlich hat er sie noch nie erlebt.

Viola holt tief Luft, bevor sie spricht. »Ich kann mir vorstellen, wie Sie sich jetzt fühlen.« Ihre Brust hebt sich, ihre Stimme klingt beängstigend warm und einfühlsam. Es kann gar nicht anders sein, sie muß mit Stickroth gesprochen haben. Deswegen ist sie hier. Sie ist gekommen, um es ihm zu sagen. »Es tut mir leid.«

Er lehnt sich in seinen Sessel zurück und spielt scheinbar gelassen mit der Stabhantel, bevor er zu einer lockeren Folge von Neun-Uhr-Curls übergeht. In seinem linken Unterarm bahnt sich eine Sehnenscheidenentzündung an. Das Schultergelenk rechts schmerzt infolge seiner Aktenkoffer-Akrobatik am Flughafen. Er ist zu erschöpft, um ihr in die Augen zu schauen. Statt dessen wirft er einen kurzen Blick auf ihre Zwillingsknie.

»Ich habe immer gerne für Sie gearbeitet, ich möchte, daß Sie das wissen. Von allen Chefs, die ich bislang hatte, waren Sie der, ja, wie soll ich sagen, der lebendigste, unkonventionellste.«

Stickroth hat sie geschickt, daran gibt es nichts mehr zu deuten. Er hält es nicht einmal für nötig, ihn persönlich zu sprechen. Der große Meister läßt ihm durch seine Sekretärin mitteilen, daß er entlassen ist. Es wird Zeit, das Hanteltraining einzustellen.

»Also, wenn es irgend etwas gibt, was ich tun kann«, haucht sie und schlägt die Beine übereinander, »ich bin für Sie da.«

Er nickt. Sie könnte ihm ihr Mitleid ersparen, das wäre nett. Er hatte immer geglaubt, sie sei zu solchen Gefühlen nicht fähig. Aus dem Grund hatte er sie eingestellt. Was würde er jetzt dafür geben, sie ein letztes Mal so gleichgültig zu sehen.

»Sie hat es herausgefunden, nicht wahr«, Viola schaut ihn mehr besorgt als fragend an, »sie weiß alles.« Es ist dieser mitfühlende Tonfall, der ihm am meisten zu schaffen macht.

»Ihre Verlobte ist eine so kluge, sensible Frau. Ich habe sie immer bewundert. Es war klar, daß ihr eine solche Affäre nicht lange verborgen bleibt, noch dazu, wenn es sich um ihre beste Freundin handelt. Sie hätte aus Holz sein müssen, um das nicht zu spüren.«

Er richtet sich in seinem Sessel halbwegs wieder auf. Offenbar meint sie sein Stelldichein mit Katrin – auch eine Niederlage, wie er sich eingestehen muß, doch das kann Viola nicht wissen.

»Nun ja, es geht mich im Grunde nichts an, aber ich wollte Ihnen Mut machen. Kämpfen Sie um Ihre Beziehung! Ich möchte nicht mit daran schuld sein, daß Sie beide …« Viola stockt und sieht ihn an. »Sie dürfen solch eine wertvolle Person nicht wegen einer so gewöhnlichen Geschichte verlieren. Sie haben eine zweite Chance, das weiß ich. Sie müssen es nur wollen.«

»Sind Sie sicher?« Er hatte Katrin schon fast wieder vergessen, aber natürlich muß es nach seinem gestrigen Scheingeständnis für Viola so aussehen, als würde er mitten in einem Dreiecksverhältnis stecken. »Ich meine, wenn ich verspreche, Katrin nie wiederzusehen, glauben Sie wirklich, daß sie mir verzeiht?«

So langsam gefällt ihm die Vorstellung, all seine Probleme könnten in einem Seitensprung mit Isabells Busenfreundin bestehen. Lieber ein Mann mit einer Affäre als ein Loser ohne Job. Es rührt ihn, daß Viola ihm so etwas zutraut. Jetzt müßte er sich nur noch selber glauben, er müßte sich mit ihren Augen sehen.

»Ich bin sicher, daß es sich lohnt, um sie zu kämpfen.«

»Und Sie, Viola, was würden Sie an ihrer Stelle tun?«

»Ich?« Sie schmiegt ihre Waden eng aneinander und stellt sie schräg zur Sitzfläche. Von den ovalen Kniescheiben bis zu ihren Fesseln läuft ein irisierender Glanz. »Ja, Viola«, er senkt seine Stimme, »würden Sie mir eine Chance geben?« Ihre Beine beschreiben ein perfektes Z.

»Wie gesagt«, antwortet sie leise, fast atemlos, »Sie müßten es wollen, wirklich wollen.«

Ihr Gesicht erscheint ihm auf einmal unglaublich weich und lesbar. Noch nie hatte sie einen solchen Zug von Nachgiebigkeit um den Mund. In ihren Augen keine Spur von Widerstand. Rasende Stille. Im Vorzimmer klingelt das Telefon.

»Es ist wohl besser, wenn ich …« Sie steht auf und streicht ihren Rock glatt. Möglich, daß sie ihm damit nur zeigen will, wie schön sie ist. Er schaut ihren Beinen nach, als sie zur Tür geht. Das Telefon klingelt ununterbrochen. Erst jetzt realisiert er, daß es die oberste Etage sein könnte, die ihn sucht.

»Warten Sie!«

Viola hält inne, Zwillingswaden- und Plattsehnenmuskel spannen sich. Ihre Kniekehlen sind gleichermaßen Mulde und Relief. Mit einer vagen Handbewegung fordert er sie auf, sich wieder zu setzen. Doch Viola bleibt an der Stuhllehne stehen, das linke Bein leicht angewinkelt, ein klein bißchen Verlegenheit, ein klein bißchen Pose.

»Setzen Sie sich.« Er versucht, möglichst ruhig und gelassen zu wirken. Das Telefon produziert penetrant ein und denselben Jingle. Ihr Blick fällt auf seinen Apparat und den Hörer, den er in seiner Zerstörungswut vom Tisch gefegt hat. »Bitte«, fügt er leise hinzu.

»Ich melde mich nur kurz und sage, daß Sie nicht zu sprechen sind.« Sie macht einen Ausfallschritt Richtung Tür.

»Nein, nein ...« Das würde Stickroth niemals akzeptieren, keine Sekretärin der Welt könnte irgendwen vor ihm verleugnen. »Lassen Sie nur.« Wenn ihn der große Meister jetzt erreichen würde, wäre alles aus.

»Aber ...«

»Ich will, daß Sie bleiben, ich will es wirklich.« Er sagt das ohne Ironie, doch sie lächelt. Langsam, mit beiden Händen ihren Rock festhaltend, gleitet sie auf ihren Stuhl zurück. Das Telefon flötet noch drei, vier Mal vor sich hin, dann ist es still. Aber natürlich wird die oberste Etage so schnell nicht lockerlassen.

»Viola, ich ...«, er weiß selber noch nicht, was er jetzt sagen wird, »es könnte sein, daß ich kurzfristig ein paar Tage verreisen muß, und ich ...« Hatte sie nicht behauptet, er sei der lebendigste und unkonventionellste aller Chefs? »... ich fände es schön, wenn Sie mich begleiten würden.« Er hebt beschwichtigend die Hände, wie um eine vorschnelle Antwort abzuwehren. »Ich weiß, das ist viel verlangt. Aber, um ehrlich zu sein, es würde mir schwerfallen, auf Sie zu verzichten, gerade jetzt.« Ihm gelingt ein verbindlicher Tonfall, doch er ist von seinem Vorschlag genauso überrascht wie sie.

»Ja, aber –«

»Natürlich kommt das ein bißchen plötzlich. Sie brauchen Bedenkzeit undsoweiter.« Er schaut auf die Uhr. Das Telefon im Vorzimmer fängt wieder an. »Wie wäre es, sagen wir, in einer halben Stunde? Nehmen Sie nur das Nötigste mit, Zahnbürste, Unterwäsche, Schlafanzug, wir treffen uns um eins an meinem Stellplatz in der Tiefgarage.«

Viola scheint nicht sonderlich überrascht, sie denkt einfach nur nach. Zum ersten Mal bemerkt er so etwas wie eine Falte auf ihrer glatten Stirn. Sie zieht die bogenförmigen Brauen zusammen, von denen er immer geglaubt hatte, sie seien so unbeweglich wie ein Bild.

»Es geht ja nur um ein paar Tage«, redet er ihr zu. Vielleicht wäre das wirklich die Lösung, nicht für immer, aber für den Moment: zwei, drei Tage allein mit Viola irgendwo ohne Telefon, die aufgestaute Begierde aus einem Dreivierteljahr Büro, kein Gedanke an Zukunft, keine Fragen, wie es weitergeht, nur Beine, Berührungen, Gegenwart.

»Sagen wir, heute und morgen?« Er kann sehen, wie seine Frage über ihre Stirn wandert, ein flüchtiger Gedanke, kurz eine Sorge und irgendwo ein kleiner Zorn. Er sieht, was in ihrem Kopf vor sich geht, wie sie mit sich ringt. Noch nie war ihm Viola so nah.

»Es ist meine Schuld, ich hätte es Ihnen viel früher sagen sollen«, ihre Unterlippe zittert, während sie spricht, »aber ich war immer der Meinung, Sie wüßten es längst. Ich dachte, deswegen hätten Sie mich nach den Urlaubsplänen von Herrn Claaßen gefragt.« In ihren Augen Tränenschimmer, mehr kann man nicht verlangen. »Wir sind seit zwei Monaten verlobt und werden nächsten Freitag heiraten. Er denkt bei unseren Flitterwochen an Hawai.«

»Claaßen?« Fassungslosigkeit.

»Natürlich ist uns klar, daß damit dem Vertrauensverhältnis zwischen Ihnen und mir der Boden entzogen wird. Ich kann nicht Ihre Sekretärin sein und gleichzeitig die Ehefrau Ihres Mitanwärters um die Juniorpartnerschaft, das steht außer Frage. Wenn Sie es wünschen, lösen wir meinen Vertrag noch heute, selbstverständlich unter Verzicht auf Ausgleichszahlungen jeder Art. Für die durch meinen Entschluß verursachten Unannehmlichkeiten entschuldige ich mich im voraus. Wolfgang wäre übrigens bereit, Ihnen solange seine Sekretärin abzutreten. Die Unterlagen von Frau Montesouri habe ich hier. Wie Sie sehen, hat sie die besten Referenzen. Und sie ist absolut diskret.«

»Claaßen!« Entsetzen.

»Es tut mir leid, daß Sie es unter diesen Umständen erfahren. Das macht es nicht leichter, für keinen von uns. Wenn wir noch irgend etwas für Sie tun können, zögern Sie nicht, uns anzurufen.«

»Aber Claaßen ...« Damit nicht genug, daß dieser Niemand es auf seine Juniorpartnerschaft abgesehen hat, jetzt spannt er ihm auch noch die Sekretärin aus! »Ich meine, eine Frau wie Sie, Viola, und ausgerechnet Claaßen!«

»Ich bin sicher«, Viola erhebt sich, »Sie möchten jetzt erst in Ruhe über alles nachdenken, bevor Sie sich weiter äußern.«

Das Telefonklingeln im Vorzimmer setzt für ein paar Sekunden aus und geht dann wieder von neuem los. Er weiß nicht, was er sagen soll. Sie steht schon in der Tür.

»Viola«, sie könnte sich wenigstens noch einmal umdrehen, »wenn Sie mir jetzt einen Kaffee bringen würden ...«

Es ist Zeit für die Tasse, die sie ihm ein Dreivierteljahr lang angeboten hat.

»Milch und Zucker?«

»Ich weiß nicht.« Er weiß es wirklich nicht. »Was meinen Sie?«

»Schwarz.« Auf einmal lächelt sie wieder, traurig und froh. Sein Blick fällt auf die Unterlagen von Frau M.

»Ach, und vielleicht holen Sie uns dazu noch zwei Stückchen Kuchen. In der Caféteria gibt es diesen, den Lieblingskuchen von, na, sag schon ...«

»Käsesahne?«

»War das Käsesahne?«

»Mit Rumrosinen und Mandelsplittern ...«

»Ich glaube, ja«, er blättert und nickt, »ja, bitte.« Auf dem Personalbogen klebt ein Foto von Frau M. im Paßbildformat. Es zeigt sie mit einem üppigen Lächeln und viel glänzender Haut vom Scheitel bis zum Brustansatz. Ihre weiteren Vorzüge lassen sich nur erahnen. Plötzliche Hungerattacken suchen ihn heim. Der mit grünem Tee getränkte Zwieback hat eine bohrende Leere in seinem Magen hinterlassen. Das Telefon ist unerträglich schrill.

»Gehen Sie nur, ich kümmere mich darum.« Seine Worte kommen stoßweise, er kann kaum ein Stöhnen unterdrücken, doch Viola ist längst verschwunden. Er hat den vielleicht letzten Blick auf ihre Kniekehlen verpaßt.

Unter Schmerzen streckt er sich und massiert seine Magengrube. Es scheint, als hätte sich sein Bauch bis auf die Muskelstränge selbst verdaut. Alles ist hart. Mit den Fingerspitzen schiebt er eine dünne Lage Haut über die festen Muskelhöcker seines Sixpacks. Er tastet sich weiter abwärts, die Bauchmuskeldecke entlang, doch er kann seinen Nabel nicht finden. Mehrmals streicht er über die mittlere Muskelrinne hinweg, dann erst entdeckt er eine kleine Erhebung im unteren Drittel des Waschbretts, eine schmale, bogenförmige Hautwulst, sein Nabellid. Doch es ist nicht länger der Rand von etwas, es liegt nur auf. Ringsum herrscht Straffheit und Muskelspannung. Sein Nabel hat aufgehört, ein Loch zu sein, er ist jetzt vielmehr Ornament, eine flache, hautverzierte Stelle. Nabeltiefe null. Er hat es geschafft! Er hat diesen wundesten aller Punkte seinen Bauchmuskeln gleich gemacht. Noch heute morgen wäre er darüber in Freudentränen ausgebrochen, jetzt bedeutet es ihm nichts mehr.

Er ist müde und hungrig – müde, so zu denken, und hungrig nach Schlaf. Alles andere ist ihm egal. Er ist bereit, sein Todesurteil zu empfangen, je eher, desto besser. Einmal noch holt er tief Luft, dann bückt er sich und hebt den Telefonhörer wieder auf. Ein letztes Klingelzeichen, es ist soweit. Er nimmt das Gespräch an.

»Hallo?«

»Was machst du gerade?« Eine Frauenstimme.

»Ich bin …– hallo?«

»Arbeitest du oder trainierst du?«

Wer auch immer das sein mag, sie klingt, als müßte er sie kennen. »Ich arbeite *und* trainiere.«

»Schön.« Katrin vielleicht? »Und was trainierst du?«

»Ich trainiere …«, er greift automatisch nach der Stabhantel auf seinem Schreibtisch, »ich mache gerade ein paar Bizepscurls.«

»Vorm Spiegel?« Nein, nicht Katrin, am anderen Ende ist Frau Stickroth!

»Ja.« Er bleibt sitzen, den Kopf zurückgelehnt, und lügt mit geschlossenen Augen. »Ich spiegele mich in den Fensterscheiben.«

»Beschreib dich.«

»Hören Sie, können wir nicht –«

»Beschreib dich!«

»Also gut, ich …«, selbst Frau Stickroth kann ihn nicht mehr retten, doch ihm fehlt die Kraft, ihr zu widerstehen, »mir ist heiß, ich trainiere schon fast eine Stunde. Mein Hemd ist … ich habe mein Hemd ausgezogen. Mein Oberkörper glänzt vor Schweiß.«

»Details!«

»Bitte?« Er schlägt die Augen auf.

»Einzelheiten!«

»Ja, also, mein Bizeps ist …«, sein Blick fällt auf das Foto von Frau M., »stark geschwollen. Wenn ich die Hantel anhebe, stößt der Muskelballen gegen meinen Unterarm. Über der Bizepswölbung spannt die Haut. Meine Adern, falls Sie das interessiert, sind prall und schlängeln sich über das feste Muskelfleisch, ansonsten, tja …«

»Weiter!«

»Ich …« Ja, was denn noch? »Ich drehe mich ins Profil und gehe über zum Frontheben mit Stabhanteln.« Das hat ihr gestern schließlich so gut gefallen. »Mein Oberkörper, wie gesagt, glänzt. Ich hebe den ausgestreckten Arm auf Schulterhöhe und fixiere ihn im rechten Winkel zum Rumpf.« Er kneift die Augen zusammen, um sich besser konzentrieren zu können. »In dieser Position zeigt sich die Trichterform meines Brustkorbs. Rippenflügel mit Sägemuskelansatz münden in einen kompakten Schultergürtel. In der Waagerechten mein Oberarm mit ausgeprägtem Deltamuskelgeflecht, Trizepsmulde und Fließmuskel, ach, bitte, stellen Sie es dahin!«

Viola ist mit einem Tablett in der Tür erschienen. Jetzt tippelt sie auf Zehenspitzen durch den Raum.

»Sekunde.« Er preßt seine Hand auf den Hörer. »Es kann noch ein Weilchen dauern. Nehmen Sie sich ruhig schon mal ein Stück.« Mit der Kinnspitze deutet er auf den Käsekuchen. Doch Viola hat nur einen Teller gebracht und eine einzelne Tasse Kaffee. Deutlicher hätte sie ihm nicht zeigen können, daß er von jetzt an alleine sein wird. Ihr Gesicht ist wieder Maske, verschlossen, gleichgültig und schön. Ob sie auch Claaßen so anschaut? In Sekundenbruchteilen läuft vor seinem geistigen Auge das Szenario einer gewaltsamen Fütterung ab. Er sieht sich, wie er ihr ein Stück Kuchen nach dem anderen in den Mund stopft und sie mit vorgehaltener Gabel zwingt, ihm zu erklären, was in Gottes Namen an Claaßen erotisch sein soll. Unterdessen versucht er es mit einem Lächeln in ihre Richtung, um seine Einladung zu erneuern. Doch Viola schüttelt nicht einmal den Kopf. Sie geht, wie sie gekommen ist, auf Zehenspitzen aus seinem Büro und schließt die Tür. Er wird ihre Kniekehlen nie wiedersehen.

»So, da wären wir«, meldet er sich am Telefon zurück. Doch er ist ganz woanders, das läßt sich nicht verbergen. »Ich bitte um Entschuldigung.«

»Schön«, sagt sie streng, »dann rasier dich jetzt.«

Was will sie?

»Du wirst in deinem Büro doch irgendwo einen Rasierer haben, also los, rasier dich!«

»Ja, aber ...« Er ist sich nicht ganz sicher, was sie meint.

»Am besten stutzt du die längeren Brusthaare erst mal mit einer Papierschere, aber paß auf«, plötzlich liegt eine Spur von Belustigung in ihrer Stimme, »schneid dich nicht!«

»Ich weiß nicht, ob das so einfach geht, ich meine, jetzt sofort ...«

»Tja, ich wollte es dir eigentlich gestern schon sagen. Aber dafür war mir die Zeit zu schade.« Offenbar spricht sie mit einer Zigarette zwischen den Lippen. Er hört das Schnappen eines Feuerzeugs, sie nimmt einen tiefen Zug. »Dein Torso ist wirklich wie gemeißelt, gute Arbeit, Kompliment. Nur leider wird die Reliefwirkung durch deine Brustbehaarung vollkommen nivelliert. Hat dir das noch niemand gesagt?« Es rauscht, als sie den Zigarettenrauch in den Hörer bläst. »Also, was ist, hast du jetzt den Rasierer?«

»Ja«, damit bestätigen sich seine schlimmsten Befürchtungen, doch sie gehören wie so vieles längst der Vergangenheit an, »ja, das habe ich auch schon gedacht.« In seiner Schreibtischschublade findet er eine angebrochene Packung Lady Shaves, die er seinerzeit dort deponiert hatte, um für Intimbegegnungen am Arbeitsplatz gewappnet zu sein. »Ich glaube, ich hab' jetzt alles.«

»Na dann, worauf wartest du noch?« Wieder Rauch am anderen Ende.

»Also, ich nehme den Rasierer«, er fühlt sich unsagbar müde, »und gehe damit zum Waschbecken«, er könnte jetzt wirklich einen Kaffee gebrauchen. »Als erstes drehe ich den Wasserhahn auf«, er beugt sich über die dampfende Tasse, »das Wasser erwärmt sich schnell«, und inhaliert den Kaffeeduft, »ich reibe mir die Brust damit ein, meine Haut strafft sich«, er nippt einmal kurz, »dann halte ich die Klinge unter den heißen Strahl und setze sie direkt unter dem Schlüsselbein an.«

»Hast du so was schon mal gemacht?« Rauchen.

»Nein.« Er hat es sich nur unzählige Male vorgestellt.

»Noch keine Frau hat deine nackte Brust ...«

»Nein, nie.« Er nimmt noch einen Schluck Kaffee und probiert ein Eckchen von dem Kuchen, der so weich und cremig ist, daß man ihn nicht mal kauen muß.

»Dann weißt du also gar nicht, wie empfindlich deine Haut ist ohne ...«

»Mh-hm.« Einzelne Krümel und Mandelsplitter rieseln auf den Personalbogen von Frau M. Mit vollem Mund sieht er zu, wie ihr üppiges Lächeln von Quarkbrocken bedeckt wird. Sahnespritzer landen auf ihrem Doppelkinn.

»Wie weit bist du?«

»Mhm!« Er leckt sich so lautlos wie möglich die Finger.

»Erzähl's mir!«

»Also, es geht«, er ist ein bißchen außer Atem, »es geht eigentlich ganz gut. Ich habe jetzt die Schlüsselbeinfasern und die Ovale des großen Brustmuskels weitgehend, wie sagt man, freigelegt?«

»Ja.«

»Das heißt, ich kümmere mich jetzt speziell um die Brustwarzenperipherie und den dichteren Bewuchs im Mittelgrat.« – Hunger!

»Bitte, sei vorsichtig! Gerade bei den Brustwarzen können Schnittverletzungen unheimlich schmerzhaft –«

»Ich paß schon auf.« Irgendwo muß er doch noch etwas zu essen versteckt haben, eine Schachtel Pralinen für besondere Anlässe oder Werbegeschenke von irgendwelchen Partnerfirmen aus dem Lebensmittelsektor.

»Wann kannst du kommen?«

Er findet eine Packung Weinbrandbohnen in den hinteren Regionen seines Bücherschranks. »Ich bin jetzt gerade bei den Haarkränzen in Nippelnähe. Zum Glück haben sich meine Brustwarzen durch das Wasser und die Berührung mit der Klinge auf Pfenniggröße zusammengezogen. Sie sind klein und fest, die Randbehaarung hat sich aufgerichtet, ich arbeite mich weiter vor.« Aber Weinbrandbohnen sind nicht ganz das, was er sucht.

»Ich will, daß du mit deiner frisch rasierten Brust noch heute zu mir kommst, hörst du?«

»Ja«, seine Aktivitäten konzentrieren sich auf einen fest verschlossenen Unterschrank, in dem er eine Auswahl von geistigen Getränken für ganz spezielle Gäste verstaut hat. Der Schlüssel müßte irgendwo bei Viola sein. »Ich säubere jetzt die Klinge und spüle meine Löckchen in den Ausguß.« Leise öffnet er die Tür zum Vorzimmer – niemand da! »Übrigens kenne ich eine Menge Frauen, die diesen Haarkringeln bittere Tränen nachweinen würden.«

»Sie wissen eben nicht, was sich dahinter verbirgt.« Ihre Stimme ist nur noch ein Hauch, er muß absolut geräuschlos vorgehen, während er Violas Schreibtisch durchsucht.

»Ich rasiere jetzt den Mittelgrat gegen den Strich von unten nach oben. Bei meinem Nabel fange ich an.« Als da wären, eine Schachtel Butterkekse, eine angebrochene Tüte Eiskonfekt, zwei Schokoriegel. »Ich gehe sorgfältig um das Häutchen am Nabelrand und befreie die Nabelsenke von sämtlichem Bewuchs.« Wer hätte gedacht, daß Viola so naschhaft ist! »Dann rasiere ich sternförmig vom Nabel weg über das Waschbrett.« Oder sind das die kleinen Leckereien, mit denen sie Claaßen herumgekriegt hat?

Er legt den Hörer kurz beseite und stopft in sich hinein, was er zu fassen kriegt, nur weil es Viola gehört, nur damit Claaßen es nicht bekommt, nur weil er den Gedanken an diesen Nabel nicht erträgt, der so perfekt ist, wie er selbst niemals sein wird, ein Verlierer in einem Siegerkörper, ein mit Muskeln gepanzerter Schwächling. Er hat nicht nur Stickroth und Sprick enttäuscht, er hat vor seinem eigenen Bild versagt.

»Hallo? Bist du noch da?!«

»Mh!«

»Alles in Ordnung?«

Er würgt einen Klumpen Süßes hinunter. »Doch, doch.«

»Hör jetzt gut zu«, auf einmal ist die Stimme am anderen Ende wieder ganz Frau Stickroth, streng und entschieden. »Ich gebe heute eine kleine Party, und ich möchte, daß du kommst.

Je später der Abend, desto schöner die Gäste, wenn du verstehst, was ich meine ...«

»Ich glaube nicht, daß mich der große Meister –«

»Wer?«

Er weiß, wie erbärmlich das klingen muß. »Herr Stickroth wird mich heute wohl kaum in seinem Hause –«

»Der große Meister? Ist das sein Spitzname?«

»Ich schätze, ich habe ihn ziemlich enttäuscht.«

»Das laß mal meine Sorge sein.« Sie raucht wieder. »Zieh dir ein weiches Flanellhemd an, und paß auf, daß niemand deine Brust berührt, bevor du bei mir bist, kein Mensch, auch du nicht, verstanden?«

Es klopft. »Ich muß jetzt auflegen.«

»Meine Hände sollen die ersten sein. Versprich mir das!«

»Ja, ich ...«

Ohne weitere Vorwarnung tritt Isabell ein und kommt zu ihm an den Schreibtisch. Er knipst das Gespräch weg, doch die Spuren seines Freßanfalls sind unübersehbar. Er steht da wie auf frischer Tat ertappt.

»Ich wollte dich vorhin anrufen und fragen, ob du mit uns eine Kleinigkeit essen gehen möchtest. Aber wie ich sehe«, Isabell scheint eher amüsiert als entsetzt, »hat sich das Problem von selbst erledigt.«

»Ich ... ja.« Ihm gehen alle möglichen Erklärungen durch den Kopf, er könnte es auf einen Blutzuckersturz schieben oder auf eine Nährstofflücke im überkalorischen Bereich. Aber es wäre sinnlos und erniedrigend, sich jetzt auch noch herausreden zu wollen.

»Und ich hatte schon ein schlechtes Gewissen, weil ich dachte, du verhungerst hier, während ich mir mit Sushi und tollen Ideen aus Tofu den Bauch voll-«

»Isabell, ich muß mit dir reden«, auch das hat aus seinem

Mund schon überzeugender geklungen, aber diesmal ist es ihm ernst, »ich kann so nicht weiterleben, ich kann einfach nicht mehr. Es muß alles – es muß sich was ändern, grundlegend, verstehst du? So geht es nicht weiter!«

»Und?« Sie guckt interessiert.

»Um ehrlich zu sein, als du gerade zur Tür hereinkamst, habe ich für einen Augenblick gehofft, daß du zu mir sagst, es sei alles nur ein abgekartetes Spiel gewesen, eine Art Test oder Probe, auf die du mich stellen wolltest. Du würdest in Wirklichkeit gar nicht verlangen, daß ich Juniorpartner werde, sondern einzig und allein, daß ich mich für dich entscheide, daß ich mich zu dir bekenne, nur das sei wichtig. Und, Isabell«, ihr Blick ist abwartend, aber nicht entmutigend, »wenn du auch nur im entferntesten so denkst, dann ist das meine Antwort: Ja, ich habe mich entschieden. Isabell, ich bekenne mich zu dir von ganzem Herzen.«

»Das ist wirklich sehr lieb«, sie lächelt, »aber ich habe keine Ahnung, worauf du hinauswillst.«

»Ich ...«, vermutlich gehört auch das noch zu der Lektion, die sie ihm erteilen möchte, »ich will damit sagen, mir ist jetzt klar geworden, was es bedeuten würde, Juniorpartner zu sein. Ich müßte mein ganzes Leben diesem Ziel unterordnen, auch mein Leben mit dir. Ich müßte mich bei jeder Gelegenheit prostituieren und alles opfern, was –«

»Prostituieren? Was soll das heißen?«

»Was das heißt?« So langsam bringt sie ihn in Rage mit ihrer scheinheiligen Art! »Ich wäre darauf angewiesen, Stickroths Gattin zu gefallen, ich müßte mich bei ihr einschmeicheln und gleichzeitig seinen trüben Töchtern schöne Augen machen, ich müßte als der ideale Schwiegersohn auftreten, als Charmeur und Hoffnungsträger, ich müßte Interesse heucheln, wo ich nicht interessiert bin, und alles verraten, was mir lieb und teuer ist, das heißt ›sich prostituieren‹, entschuldige meine Ausdrucksweise!«

Isabell scheint unbeeindruckt. »Aber es ist doch deine Sache, wie weit du gehst.«

»Ja, nur –«, er darf jetzt auf keinen Fall die Beherrschung verlieren, »sag mal, willst du mich nicht verstehen, Isabell? Oder können wir uns darauf einigen, daß es hier nicht um irgendeinen Bürojob geht, der sich erledigt hat, sobald die Haustür hinter mir ins Schloß fällt? Das ist eine Lebensentscheidung! Juniorpartner bedeutet, sie werden mich mit niemandem teilen, sie wollen mich ganz, Isabell, mit Haut und Haaren, sie wollen aus mir ein Mitglied ihrer verkorksten Familie machen, und deswegen werde ich nein sagen, nein, danke, ich habe schon eine Familie, ich habe dich!«

»Du bist der charmanteste Drückeberger, den ich kenne, also wirklich!« Sie strahlt. »Aber du weißt genausogut wie ich, daß es heutzutage keine Jobs mehr gibt, bei denen man die Haustür einfach hinter sich ins Schloß fallen lassen kann. Jede halbwegs verantwortliche Position verlangt ein gewisses Maß an innerer Beteiligung und Engagement. Es sei denn, du willst neuerdings in irgendeiner Behörde arbeiten.«

»Ich …«, er beißt sich auf die Lippen, es schmeckt nach Blut und Schokolade, »ich will dich nicht verlieren.«

»Aber, Liebling, davon redet doch kein Mensch. Ich versuche nur, dir klar zu machen, daß es keinen Grund gibt, vor deiner Zukunft davonzulaufen, auch wenn sie dir im Moment vielleicht eine Nummer zu groß erscheint. Und was deine Skrupel in Sachen Prostitution betrifft: Daß jedes Arbeitsverhältnis auch eine erotische Komponente hat, mein Gott, das ist wirklich nicht neu! Wichtig ist nur, daß du für dich weißt, wo du die Grenze ziehst. Alles andere, würde ich sagen, fällt unter die Rubrik ›elastische Monogamie‹ und geht mich nichts an. Das muß eine Partnerschaft heute aushalten. Warte mal, du hast da was!« Mit einem Taschentuch entfernt sie einen Schokoladenrest aus seinem rechten Mundwinkel.

»Isabell, die Wahrheit ist«, es wäre wichtig, ihr jetzt in die Augen zu schauen, aber er schafft es nicht, »ich werde diesen Posten nicht bekommen. Sprick wird mich niemals empfehlen, das sind die Fakten. Aber selbst wenn, verstehst du«, er bringt noch immer keinen Blick zustande, »selbst wenn ich den Posten auf einem Silbertablett serviert bekäme, ich würde ihn nicht annehmen, das mußt du mir glauben, Isabell«, er sieht langsam an ihr hoch, »bitte.«

»Aber du hast ihn, mein Schatz«, Isabell strahlt unverändert, »du hast den Job. Ich komme gerade von oben. Es ist alles besprochen. Sprick und Stickroth sind sich absolut einig. Sie möchten schon die ganze Zeit mit dir anstoßen, aber deine Sekretärin ist nicht ans Telefon gegangen, und bei dir war immerzu besetzt, deswegen bin ich kurz ...« Sie zieht seine Weste stramm und zupft sein Jackett zurecht. »Komm, wir wollen die beiden nicht länger warten lassen.«

Also, dann!

Er folgt ihr durch die Gänge zum Fahrstuhl. Die beiden Susannen, die ihm begegnen, grüßen freundlich. Er nickt. Im Seitenwandspiegel der Fahrstuhlkabine überprüft er noch einmal sein Gesicht. Es sind keine Schokoladenspuren mehr zu sehen. Dafür hat Isabell schon gesorgt. Ihr Lächeln leuchtet neben ihm.

Sie ist immer für eine Überraschung gut, hört er sich denken.

Du bist Juniorpartner, sage ich mir.

4

Ein Millimeter! Ich lege das Maßband mehrmals an und kontrolliere die korrekte Position im Spiegel – exakt ein Millimeter, es bleibt dabei. Und strenggenommen ist das nicht einmal die Nabeltiefe, sondern die Höhe meines Nabellids, das sich in einem sanften Bogen über meiner Bauchmuskeldecke kräuselt. Damit habe ich mein Ziel nicht nur erreicht, ich bin sogar besser als Null. Mein Nabel ist erhaben! Im frisch rasierten Zustand ist das besonders gut zu sehen.

Frau Stickroth hatte recht. Die Reliefwirkung meines unbehaarten Torsos ist enorm. Ich habe die Muskelovale der männlichen Brust immer für vergleichsweise langweilig gehalten, doch das war ein Vorurteil. Wie sich nach einer gründlichen Frontalrasur zeigt, entbehrt der Muskelansatz am Brustbein nicht einer gewissen Dramatik. Die einzelnen Faserstränge erheben sich kraftvoll über den Mittelgrat. Mit ihren präzisen Zackungen und Wölbungen ergeben sie ein mitunter schroffes, aber faszinierendes Bild. Desgleichen das Zusammenspiel von Brustkorb, Sixpack und Sägemuskulatur, das ohne störende Haarbüschel und Spirallöckchen erst so richtig zur Geltung kommt. Meine Nacktheit ist Stärke. Dabei dürfte das Badezimmerlicht sogar eine Idee zu hell sein, um meine Frontmuskulatur in allen Schattierungen auszuleuchten.

Ich wechsele vor den Garderobenspiegel und genieße die Ganzkörperansicht. Schultern, Brust und Becken sind perfekt in Proportion. Es ist ein Jammer, daß ich nur auf einen Sprung hier bin, um mich für Stickroths Party umzuziehen. Viel lieber würde ich mich ausführlich mit meiner aus dem Ei gepellten Anatomie befassen. Socken und Hose nutze ich für ein paar Bewegungsstudien. Ich lasse mich auch nicht aus den Augen, als ich mir das unvermeidliche Flanellhemd überstreife. Mein Körper ist Skulptur. Abwechselnd betrachte ich die klar umrissenen Bauchmuskelschollen meines Sixpacks, meine mit Kraft gepanzerte Brust und die breiten Muskelflügel meines Schultergürtels, der sich bis unter die ausrasierten Achseln wölbt – mir ist unbegreiflich, warum ich meine Enthaarung so lange hinausgezögert habe. Wie konnten sich die meisten Frauen schon mit dem zufriedengeben, was ich war? Jetzt müßten sie mich sehen, jetzt! Selbst Isabell – immerhin eine der vehementesten Fürsprecherinnen meiner Bond-Löckchen! – war schwer von meiner Brustrasur beeindruckt. Sie wartet schon unten im Wagen. In drei Minuten bin ich bei ihr.

Es ist für mich kein Problem mehr, daß sie fährt. Im Gegenteil. Auf diese Weise kann ich in Ruhe mit dem Fist-Twister hantieren und gleichzeitig ein paar Telefonate erledigen. Ich vereinbare einen längeren Vorstellungstermin mit Frau M. Wir sind beide der Meinung, daß wir uns Zeit nehmen sollten, einander kennenzulernen – in Anbetracht der Herausforderungen, die auf uns zukommen. Claaßen spreche ich auf seine Mailbox und wünsche ihm viel Glück. Ich füge ausdrücklich hinzu, daß ich es sehr bedauern würde, wenn er die Firma verließe. Schließlich ist er unser kompetentester Mann. Den Rest der Zeit philosophiere ich über EU-Themen mit einer Investorengruppe aus der Schweiz. Wir fahren pünktlich in das Villenviertel ein. Isabell ist die beste Chauffeurin der Welt.

»Wollte Katrin nicht mitkommen?«

Wir sind schon bei der Toreinfahrt zu Stickroths Anwesen, als mir einfällt, daß es für meinen Auftritt vor dem Inner Circle gar nicht übel wäre, in Begleitung von Isabell *und* Katrin zu erscheinen. Der erste Eindruck ist entscheidend, er muß auf

Anhieb Neugier wecken, und dafür eignen sich zwei Frauen naturgemäß besser als eine.

Isabell läßt das Seitenfenster herunter, um uns dem automatischen Pförtner zu melden. Ein Blick genügt, und wir sind uns einig, wie lästig diese Sicherheitschecks auf Dauer sein können. Ich drücke ihre Hand voll Zuversicht. Bald werden wir hier unbehelligt ein- und ausgehen, das verspreche ich.

»Warum rufen wir Katrin nicht an und fragen, ob sie Lust hat herzukommen, was meinst du?«

»Katrin war eingeladen, aber sie mußte abreisen, heute morgen schon, leider.« Die Torflügel öffnen sich, Isabell fährt an. »Ich soll dich übrigens schön grüßen und dir ausrichten, deine Waden sind fantastisch.«

»Oh, danke«, ich bin gleichzeitig enttäuscht und überrascht. Um meine Beine habe ich mich lange nicht mehr gekümmert. »Hat sie gesagt, warum?«

»Naja, ihr Mann erpreßt sie wieder einmal mit den Kindern. Die Kleine schläft nicht ohne sie, der Große will nicht in die Schule, das alte Lied.«

»Aber ich dachte ...«, ich war schon vorher überrascht, jetzt bin ich bestürzt, »hast du nicht gesagt, sie hätte keine Kinder?«

»Ich habe gesagt, sie haßt Kinder, aber sie hat trotzdem zwei davon.« Isabell klingt nicht besonders neidisch. Möglich, daß sich ihr Kinderwunsch durch Katrins Schockbesuch von selbst erledigt hat. Ich überlege, was ich dafür tun kann, damit Katrin weiter solch einen positiven Einfluß auf sie ausübt.

»Schon erstaunlich«, denkt Isabell laut, »wie sie sich ihre Figur über zwei Geburten bewahrt hat.«

»Ja«, Katrin hat noch immer einen Traumkörper, aber ich merke, wie sich mein Begehren schlagartig in eine Art sportiven Respekt verwandelt, »sie hat sich wirklich gut gehalten.«

Bleibt unterm Strich das Kompliment für meine Waden (Katrin nach einem Joggingausflug in den Stadtpark), immerhin ein Körperteil, zu dem ich bisher eine eher platonische Beziehung hatte. Wir steigen aus und übergeben den Autoschlüssel einem Mann in Livree, der uns bis in die Vorhalle begleitet. Musik rieselt aus versteckten Lautsprechern, als wir unsere Mäntel ablegen. Die Party hat begonnen.

Der Kreis der geladenen Gäste ist gerade noch überschaubar. Ich zähle etwa fünfundvierzig Personen, die sich vorwiegend im Salon und der angrenzenden Bibliothek aufhalten: meist kleinere Grüppchen von maximal vier bis fünf Leuten, vertrauliche Gespräche, wenig Rotation. Man kennt sich.

Stickroth führt uns mit großer Geste ein. Er stellt mich sämtlichen ›alten Bekannten‹ vor, die ihm über den Weg laufen, einschließlich seiner Frau. Wir stehen uns Auge in Auge gegenüber und schauen uns an, als wäre es das erste Mal. Sie spielt ihre Rolle hervorragend. Während ich einen Handkuß andeute, gibt sie ein paar gedankenlose Worte des Bedauerns von sich, weil wir uns neulich beim Frühstück verpaßt hätten. Dann verschwindet sie mit zwei Freundinnen in Richtung Salon. Ihre schauspielerischen Fähigkeiten sind verblüffend. Von ihr kann ich nur lernen.

Stickroth legt mir noch eine gute Viertelstunde seine Hand auf die Schulter. Dann haben uns alle zusammen gesehen, und er läßt sich bereitwillig von zwei hellgrauen Herren aus dem Bankensektor abziehen, die ihn in ein Gespräch über Auslandsengagement und Marktführerschaft verwickeln. Damit wäre der offizielle Teil beendet. Ich versuche, mir noch einmal die wichtigsten Namen und Gesichter in Erinnerung zu rufen. Isabell ist längst im Gespräch. Sie kennt die meistens VIPs persönlich. Ständig wird sie angesprochen, läßt grüßen und wird zurückgegrüßt, während mir nichts anderes übrigbleibt, als so wenig gelangweilt wie möglich danebenzustehen. Noch bin ich nur der Mann an ihrer Seite. Doch ich setze mein Siegerlächeln auf und beschließe, mich davon nicht irritieren zu lassen. Ich habe heute mit ihr gleichgezogen, und morgen werde ich an ihr vorbeiziehen.

Sprick trifft, entsprechend seiner Wichtigkeit, mit erheblicher Verspätung ein. Zum ersten Mal verstummen die Gespräche im Raum. Ein beinahe ehrfürchtiges Schweigen breitet sich aus. Mit seinem leuchtend weißen Schopf und den aristokratischen Zügen ist er die Erscheinung des Abends. Doch er wird es nicht anders gewöhnt sein. Sprick grüßt und entschuldigt sich nach allen Seiten, während er sich durch ein Gemenge von Handschlägen arbeitet, um zu Isabell und mir vorzudringen. Bei dem Gedanken, wie viele seiner Adepten heute abend hier versammelt sind, wird mir etwas mulmig. Inzwischen bin ich mehr als bereit, mich auch von ihm coachen zu lassen.

Wir rücken ins Zentrum des Interesses, als Sprick bei uns halt macht. Sein vermutlich in England geschneiderter Maßanzug riecht nach Sauerstoff und einem exquisiten Eau de Toilette. Er begrüßt Isabell mit Küßchen und gratuliert mir per Händedruck, den ich entschieden, aber maßvoll erwidere. Wir stehen eine Weile beisammen, plaudern und lassen uns dabei zuschauen. Es ist natürlich sehr schmeichelhaft, daß Sprick sich soviel Zeit für uns nimmt, auch wenn er sich fast nur mit Isabell unterhält. Ich beschränke mich auf zwei, drei Randbemerkungen, ich möchte keinesfalls aufdringlich wirken. Isabell schenkt mir ein Lächeln, das sie mit einer Drehung des Kopfes an Sprick weitergibt. Für einen Moment bin ich abgelenkt.

Vom Szenario her wäre es günstig, wenn Stickroth jetzt

käme. Das würde dem Gespräch noch einmal eine offizielle Wendung geben. Ich bin nicht wirklich besorgt über den sehr persönlichen Umgang, den Isabell mit ihrem Mentor pflegt. Ich vertraue ihr und weiß, sie tut es nur für mich. Aber die Intensität ihrer Lobby-Arbeit könnte von den Umstehenden leicht mißverstanden werden. Leider ist der große Meister nirgendwo in Sicht.

Ich zögere keine Sekunde, als Sprick mich fragt, ob er mir Isabell für einen Augenblick entführen dürfe. Sein Charme ist entwaffnend, meine Zustimmung ehrlich. Es ist für alle Beteiligten einfacher, wenn ich nicht mit von der Partie bin. Er legt den Arm um Isabell und durchquert mit ihr den Salon.

Kurz bevor die beiden auf der Terrasse verschwinden, schaut Isabell sich noch einmal nach mir um und reißt die Augen weit auf, so als wolle sie sagen, ›nun mach schon‹! Ich verstehe den Wink. Es ist Zeit, mich um die Damen des Hauses zu kümmern. Geschäft ist Geschäft. Ich werde nie wieder eine Frau finden, mit der man so unkompliziert zusammenarbeiten kann.

Scheinbar in Gedanken streife ich die Bücherreihen entlang. Zigarrenrauch liegt in der Luft, was es nicht gerade leicht macht, die Witterung des kaugummisüßen Mädchenparfüms aufzunehmen, das mich zu den Stickroth-Töchtern führen soll. Stühle und Sessel werden gerückt. Vor allem die Herrenrunden scheinen sich mit Vorliebe in der Bibliothek einzurichten. Immer wieder kommt es im Vorbeigehen zu mannhaften Blickwechseln, Nicken und wortloser Anerkennung. Ich schlendere weiter durch den Salon zurück in die Vorhalle – von Corinna und Carola keine Spur. Wenn ich die Treppe nehmen würde, käme ich zu ihren Schlafzimmern.

»Du willst schon gehen?«

Auf einmal steht Frau Stickroth neben mir. Sie hält eine lange Zigarettenspitze in der Hand, zirkelt sie durch die Luft und schiebt sich das Mundstück zwischen die Zähne. Mit ihren klaren, kalten Augen bannt sie mich an Ort und Stelle. Ich werde hier nur lebend wieder herauskommen, wenn ich genauso schamlos bin wie sie.

»Ich habe Sie gesucht.«

»Du lügst, wie nett!« Sie zuckt nicht einmal mit der Wimper.

»Das verbindet uns.«

Wir beide wissen, daß wir hier in der Halle nicht ungestört sind. Es gibt für uns kaum einen gefährlicheren Ort. Aber genausowenig wie sie will ich mir die Blöße geben, mich umzuschauen.

»Also gut«, sagt sie nach einer Zeit und ascht auf den Marmorfußboden, »ich habe etwas für dich.« Sie zieht einen flachen, rechteckigen Geschenkkarton aus ihrer Handtasche und fuchtelt damit vor meiner Nase herum. »Na, willst du es nicht aufmachen?«

»Ich will es mir erst verdienen.« Ich weiß genau, was sie hören möchte. Das Geräusch von Schritten, die auf uns zukommen und sich wieder entfernen, hohe Hacken auf Marmor, ein leiseres Paar Herrenschuhe zwischendurch. Wir bleiben in unserem Blick und schauen nicht auf.

»In einer halben Stunde müßte das Bad wieder frei sein.« Frau Stickroth spricht etwas lauter, ein Satz für das Protokoll. Gern würde ich mir ihren Nacken näher ansehen, den schlanken Hals, das aufgetürmte Haar.

»Ich hätte nie gedacht, daß Flanell so kitzeln kann«, flüstere ich und streiche mir andeutungsweise mit den Händen über die Brust. Es ist sehr riskant, dieses Spiel mit der Indiskretion, doch ich habe nicht ganz soviel zu verlieren wie sie.

»Eine halbe Stunde müssen Sie sich noch gedulden, wie gesagt.« Sie steckt das Geschenk wieder weg.

»Darf ich raten?« Es ist die Fernbedienung für die Toreinfahrt, ich weiß es. Wenn sie mich durchschaut, wie ich sie durchschaue, kann es nichts anderes sein.

»Später«, sie schließt ihre Handtasche und zuckt mit den Schultern, als wolle sie mich abschütteln, »wir reden später.« Daraufhin schnippt sie mir ihre Asche vor die Füße und verschwindet zwischen den Türflügeln des Portals.

Ich höre noch einen Augenblick zu, wie sie ihre Gäste verabschiedet, Grüße und Gelächter, zuschlagende Autotüren. Dann inspiziere ich die Räumlichkeiten auf dem Weg zurück zur Party. In Zukunft werde ich hier aus- und eingehen, wie es mir gefällt. Gut eine Woche hatte ich für die Fernbedienung eingeplant. Jetzt werde ich sie schon in einer halben Stunde in den Händen halten. Isabell kann wirklich stolz auf mich sein.

Was ich in den nächsten dreißig Minuten zu tun habe, ist vollkommen klar. Ich muß ein bißchen für mich selbst Reklame laufen und mein Gesicht möglichst flächendeckend in Erinnerung bringen. Wichtig ist vor allem, daß ich für die Kameras in den Köpfen noch einmal mit Stickroth und Sprick posiere. Außerdem sollte ich Isabell einen Fingerzeig geben. Sie muß mir den Rücken freihalten, falls in meiner Abwesenheit jemand nach mir fragt. Doch das hat noch Zeit. Zuallererst muß ich die Stickroth-Töchter finden, und ich weiß auch schon, wo. Der einzige Ort, an dem ich noch nicht nachgesehen habe, ist das Büffet im Speisezimmer.

Ich habe keinen Hunger, und ich werde auch keinen Hunger haben. Meine Ernährungsdisziplin ist wiederhergestellt. Wenn es hochkommt, habe ich heute abend vielleicht zwei-, dreimal aus symbolischen Gründen Champagner genippt. Ansonsten halte ich mich an kohlensäurearmes Mineralwasser – eine gewisse Sektähnlichkeit ist durchaus erwünscht, weshalb ich in Sachen Kohlensäuregehalt nicht ganz so dogmatisch sein will. Mit dem landläufigen Fingerfood habe ich abgeschlossen. Es ist leicht zu verzichten, wenn man sein Ziel fest vor Augen hat. Mein Körper ist genau so, wie ich immer sein wollte.

Im Speisezimmer sind zwei lange Reihen von Büffettischen aufgebaut. Mehrere Köche stehen parat, um die gewünschten Kleinigkeiten auf der Stelle zuzubereiten, so daß die übliche Warmhalte-Tristesse nicht aufkommt. Stickroths, das muß man sagen, lassen sich nicht lumpen. Doch ich bin durch und durch diätstabil. Von den angebotenen Delikatessen geht keinerlei Versuchung für mich aus. Im Gegenteil. Es befriedigt mich vielmehr zu sehen, was ich alles nicht zu mir nehmen werde. Wer ißt, was alle essen, wird bald auch so aussehen, wie alle aussehen.

Die Stickroth-Töchter stehen erwartungsgemäß in der Nachtischzone. Gemeinsam belagern sie einen jungen, französisch aussehenden Koch, der frische Crêpes zubereitet. Carola – oder ist es Corinna? – hat einen kleinen Damenbart aus Puderzucker um den Mund. Sie war, glaube ich, diejenige mit den volleren Lippen. Mir kommt es vor, als wäre unser Frühstück Ewigkeiten her. Wer war ich gestern? Und was bin ich jetzt!

Corinna und Carola tragen dummerweise nicht die ärmellosen Blusen, an die ich mich lebhaft erinnere. Sie haben sich heute abend als Geschäftsfrauen verkleidet und ihre Mädchengarderobe gegen Nadelstreifenkostüme mit Lacklederhandtaschen vertauscht. Damit entfallen ihre Oberarme als Erkennungsmerkmal. Bauch und Busen verschwinden hinter dem identischen Schnitt ihrer Blazer. Ich kann nur vermuten, wo die eingenähten Wattierungen aufhören und die Eigenpolsterung ihrer Körper anfängt. Wenn mich nicht alles täuscht, war Corinna die fülligere, doch mit Feinheiten kann ich mich jetzt nicht aufhalten. Ich werde sie entweder beide zum Schwärmen bringen oder keine. Noch achtundzwanzig Minuten.

Corinna – zumindest nehme ich an, daß sie es ist – läßt sich einen Crêpe mit Apfelkompott bestreichen und zusammenrollen. So, wie sie den jungen Koch dabei anschaut, verschwimmen Verliebtheit und Appetit. Dann balanciert sie das Teigröllchen durch die Luft und schnappt mit dem Unterkiefer danach. Es sind wahrscheinlich völlig denaturierte Äpfel, mehrere Eßlöffel Industriezucker und mit Weißmehl verrührte Eier, die sie da in sich hineinschlingt. Schon allein die Rückstände an Öl und Butter würden ausreichen, um mein gesamtes Bauchmuskelrelief einzuebnen. Früher hätte ich diese sinnlose Unersättlichkeit vielleicht reizvoll gefunden, jetzt läßt es mich kalt. Ich habe keinen Hunger mehr auf andere Körper, ich habe nur noch Hunger nach mir selbst.

Mit einer galanten Verbeugung ziehe ich die Aufmerksamkeit auf mich und mache da weiter, wo ich gestern morgen aufgehört habe. In einem Zug küsse ich Carolas pummelige Hand und zwinkere Corinna zu – oder umgekehrt. Von ihrem kaugummisüßen Parfüm rieche ich nichts. Ihre Haut duftet nach warmen Crêpes. Offenbar stehen die beiden schon länger hier.

Es dürfte extrem mühsam werden, mit den Stickroth-Töchtern Konversation zu machen. Deshalb wende ich mich an den jungen Koch und parliere in Restaurantfranzösisch munter drauflos. Schon nach den gängigen Begrüßungsfloskeln läuft er bis an den Rand seiner Kochmütze rot an. Ich brauche meinen begrenzten Wortschatz nicht lange zu strapazieren. Stammelnd gesteht er mir, daß er für seinen Teil aus Chemnitz kommt. Die Mädchen lachen begeistert. Carola – oder ist es Corinna? – klatscht in ihre crêpes-verspeckten Hände vor Entzücken.

Ganz Mann von Welt, bestelle ich für sie noch einen original Chemnitzer Pfannekuchen. »Mit Pflaumenmus«, ächzt sie atemlos. Auch ihre Schwester glänzt vor Wonne. Dann schwenkt ihr Blick zur Seite.

»Was gibt's?« fragt sie in einem herrischen Ton, der mich aufhorchen läßt. So klingt nur jemand, der gewohnt ist zu befehlen – das macht sie wenigstens ein bißchen interessant.

Eine in Schwarz gekleidete Hausangestellte ist an uns herangetreten. Es könnte durchaus dieselbe sein, die gestern beim Frühstück mit Stickroths Zigarrenkiste aufgewartet hat. Aber vielleicht täusche ich mich auch.

»Wir wünschen nichts, danke!« sagt Corinna-Carola unwirsch. Doch die Hausangestellte deutet mit einem Augenaufschlag an, daß sie meinetwegen gekommen ist. Auf dem Silbertablett, das sie vor sich herträgt, liegt ein Briefumschlag mit Trauerrand.

»Eine Dame hat diesen Brief persönlich für Sie abgegeben.«

Ich brauche nicht auf den Absender zu schauen, um zu wissen, wer dahintersteckt. Ich brauche ihn nicht zu öffnen, um zu wissen, was drinsteht. Jetzt ist es an Isabell, überrascht zu sein. Ich habe nie geglaubt, daß Weinheimer sich einfach so trennt und in eine andere Stadt zieht. Er ist auf seine Weise umgezogen.

Ich nicke der Hausangestellten zu und stecke den Brief ein. Die Stickroth-Töchter lauern mit unverhohlener Neugier auf meine Reaktion.

»Ein alter Verwandter«, sage ich leichthin mit einer entschwebenden Geste, doch es kommt von Herzen. Mir ist wirklich leichter jetzt. Weinheimer ist aus der Welt. Es gibt Dinge, die müssen so kommen. Ich entschuldige mich bei Corinna-Carola und Carola-Corinna. Ein Blick auf die Uhr: noch neunzehn Minuten.

Ich bin unschlüssig, ob ich Isabell die Nachricht gleich überbringen soll oder ob es nicht vielleicht klüger wäre, diesen

Trumpf eine Weile im Ärmel zu behalten. Schließlich hat sie Weinheimer auf dem Gewissen. Die Signale waren eindeutig, aber sie wollte nicht auf mich hören. Jetzt habe ich nichts mehr damit zu tun.

Gut gelaunt wie lange nicht mehr begegne ich Stickroth, der auf die exotisch aussehende PR-Chefin eines führenden Computerherstellers einredet. Seine Ausführungen klingen angesichts der dunkeläugigen Schönheit, mit der er es zu tun hat, übertrieben geschäftsmäßig. Ich stelle mich wie selbstverständlich neben ihn und lächele einen Gruß. Ihre Miene hellt sich etwas auf. Mitten im Satz unterbricht sich Stickroth und macht uns miteinander bekannt, als hätte er es nicht schon getan. Jetzt lächelt auch sie. Wir kommen ins Plaudern. Stickroths Hand landet erneut auf meiner Schulter. Er ist zu recht stolz auf mich. Ich bin gut, ich bin wirklich gut im Herstellen eines verbindlichen Gesprächsklimas. Tief in mir drin spüre ich die Gewißheit, endlich da zu sein, wo ich hingehöre. Ich war nie ein Mann fürs Telefon. Meine eigentlichen Qualitäten liegen im direkten Kontakt. Unter vier Augen bin ich eine Macht.

Leider drängt die Zeit. Ich erhebe mein Glas zu Ehren unserer charmanten Gesprächspartnerin und zum Zeichen dafür, daß ich mir noch etwas zu trinken holen muß. Stickroth klopft mir ein letztes Mal auf den hinteren Teil meines Deltamuskels. Für einen Augenblick sind wir wie Vater und Sohn. Dann verabschiede ich mich. Mein Auftritt war ein voller Erfolg – und er hat keine zehn Minuten gedauert.

Sprick und Isabell sind unauffindbar. Ich durchkämme den Salon bis in die abgelegenste Sitzgruppe und schaue sogar noch einmal am Büffet, obwohl ich dabei riskiere, den Stickroth-Töchtern in die Arme zu laufen – nichts. Mein Zeitplan gerät in Gefahr. Und nicht nur das! Ich finde es ziemlich beunruhigend, daß Isabell und Sprick einfach so verschwinden, ohne sich Gedanken darüber zu machen, wie schädlich es für uns alle wäre, wenn der Eindruck entstünde, ich würde meinen Aufstieg zum Juniorpartner nur den guten Beziehungen meiner Lebensgefährtin zu ihrem Mentor verdanken.

Ich habe bereits dreieinhalb Minuten mit sinnloser Sucherei vertan, als ich aus reiner Verzweiflung einen Blick auf die Terrasse werfe. Es ist auf keinen Fall eine Sommernacht. Die Luft ist neblig-feucht und riecht nach faulem Laub. In einer solchen Nacht sitzt man nicht draußen. Trotzdem entdecke ich ein Pärchen auf einer Bank. Vorsichtig trete ich näher. Es sind tatsächlich Sprick und Isabell. Sie sitzen einfach nur da und starren in die Dunkelheit. Zwischen ihnen ist mindestens ein halber Meter Platz.

Ich mache mich mit einem Räuspern bemerkbar, doch sie schrecken nicht einmal zusammen. Offensichtlich sind sie sich keiner Schuld bewußt. Ich spüre, wie die Wut in mir hochsteigt. Das alles hätten sie genausogut drinnen und vor Zeugen haben können. Statt dessen setzen sie meinen guten Ruf aufs Spiel – für nichts und wieder nichts!

»Wenn ich kurz stören darf«, höre ich mich sagen, doch es ist im Grunde nur die Fortsetzung meines Räusperns mit verbalen Mitteln, »ich wollte bloß, daß du Bescheid weißt, Isabell, ich muß jetzt noch mal etwa eine halbe Stunde in Klausur. Nur falls man mich vermissen sollte ...«

Von Isabell kommt lediglich ein müdes Nicken. Irgendwie machen Sprick und sie einen ziemlich abgekämpften Eindruck.

»Alles in Ordnung?«

»Doch, doch«, erwidert sie abwesend. Ich hasse es, wenn sie sich so gehen läßt, ausgerechnet heute abend, wo wir dermaßen unter Beobachtung stehen. Aber das ist der Unterschied zwischen ihr und mir. Sie ist in dieser Welt der Reichen und Schönen zu Hause, ich bin der Neue. Sie und Sprick können es sich vielleicht leisten, müde zu sein, ich bin hellwach und sehe die Gefahren um uns herum glasklar. Es wäre für alle das beste, wenn Isabell sich in nächster Zeit mehr im Hintergrund halten würde.

Aus dem Salon weht leise Musik zu uns herüber. Ich setze einen Fuß auf die Bank und warte, bis Sprick mir seine Aufmerksamkeit schenkt. »Ich würde Sie gerne nachher noch einmal sprechen. Drinnen, falls es Ihnen nichts ausmacht.« Mir ist durchaus bewußt, wie fordernd das klingt, aber ich möchte ganz sicher gehen, daß man ihn und mich heute abend noch miteinander reden sieht.

»Na, dann ...« Sprick klopft sich auf die Schenkel und will gehen, doch er kommt nur mit Mühe von der Bank hoch. Die klamme Nachtluft hat ihm offenbar sehr zugesetzt. Sein Rükken zeichnet sich krumm und bucklig unterhalb der Schulterpolster ab. Überhaupt scheint er seinen Anzug plötzlich nicht mehr auszufüllen. Sein Gang wirkt unsicher und hüftsteif. Er bewegt sich wie ein Greis. Es ist vielleicht das erste Mal, daß man ihm sein tatsächliches Alter ansieht. Erst nach und nach nimmt er wieder die gewohnte Haltung an. Mir bleiben knapp drei Minuten mit Isabell.

»Und, amüsierst du dich?« Sie streicht mit der flachen Hand über den Platz an ihrer Seite, doch ich setze mich nicht zu ihr.

»Ich bin ein bißchen in Eile, Schatz.«

»Du triffst dich jetzt mit ihr?«

»Gleich, ja.« Ich wußte, daß eine Andeutung genügt.

»Sie muß es ganz schön auf dich abgesehen haben, wenn sie als Gastgeberin im eigenen Haus ...«

Ich gehe vor Isabell in die Hocke, das ist für meinen Anzug nicht so verheerend. Außerdem bin ich im Zweifelsfall schneller wieder hier weg. »Du weißt so gut wie ich, daß es dabei um Arbeit geht, nicht ums Vergnügen.«

»Na, dann überarbeite dich nicht.«

»Liebling«, ich nehme ihre Hände und wärme sie zwischen meinen, »ich tue das alles nur für dich.« Ich kann nicht glauben, daß sie ernsthaft eifersüchtig ist, ausgerechnet Isabell, die Erfinderin der elastischen Monogamie. »Hey! Wir haben es so gut wie geschafft. Wir sind hier. Das war es doch, was du wolltest.«

»Ich weiß.«

Ich küsse ihre Fingerkuppen einzeln und schaue langsam an ihr hoch. Ihr Kostüm sitzt nach wie vor perfekt. Strümpfe, Rock und Bluse sind durchweg knitterfrei. Wenn es zwischen ihr und Sprick zu einem Körperkontakt gekommen wäre, würde man es ihr ansehen. Auf ihrem Gesicht liegt ein feinperliger Schleier aus Tau, ganz und gar unberührt.

»Du bist schön.«

Unwillig dreht sie den Kopf.

»Vielleicht möchtest du es jetzt nicht hören, aber du bist schön.« Sie wirkt so zart und verletzlich. Ich wage kaum, sie anzufassen, aus Angst, sie könnte ihre Form verlieren wie ein Wassertropfen, der verläuft, sobald man ihn berührt. Die Frage ist, auf welche Art ich sie am besten von hier wegbekomme. In dieser Verfassung sollte sie nicht unter Leute gehen.

»Hör zu, Isabell, es war ein langer, ereignisreicher Tag, und ich...«, ich fürchte, sie ist unserem Erfolg nicht mehr gewachsen, »ich bin dir sehr dankbar für alles, was du für mich getan hast, wirklich. Ohne dich, das brauche ich dir nicht zu sagen«, aber ich sage es natürlich trotzdem, »ohne dich hätte ich das nie geschafft. Du und ich, wir beide sind ein unschlagbares Team. Wir dürfen jetzt nur nicht anfangen, uns selber im Weg zu stehen.«

»Wie meinst du das?«

Sie weiß genau, wie ich es meine. Aber wenn sie es unbedingt von mir hören will, bitte. »Wir müssen hungrig bleiben, Isabell.«

Unter Umständen sollte ich doch noch mit Weinheimers Todesanzeige rausrücken – nur um ihr zu zeigen, daß sie nicht unfehlbar ist. Vielleicht bringt sie das zur Vernunft.

»Du meinst also, ich darf mich mit dem Erreichten nicht so schnell zufriedengeben. Wer stehenbleibt, fällt zurück. – Ist es das?«

»Ja, das könnte man ...«, ich mache mir inzwischen ernsthaft Sorgen, ob sie dem Druck auf Dauer standhält, »... sagen wir's so, Erfolg ist kein Lotteriegewinn, Erfolg verpflichtet.«

»Ach, und wozu?«

»Zu noch mehr Erfolg.« Ihre Fragerei wird langsam lästig. Ich schaue kurz auf die Uhr und dann wieder zu Isabell. Wenn sie noch etwas sagen will, muß sie sich beeilen.

»Sprick hat mir gerade angeboten, seine Stellvertreterin zu werden. Er möchte, daß ich ihn in ein, zwei Jahren beerbe. Ich könnte sofort bei ihm anfangen. Geld spielt keine Rolle.« Sie macht eine kurze Pause, ich weiß nicht, was ich sagen soll. »Das ist natürlich eine schwerwiegende Entscheidung. Für uns alle. Ich habe ihm gesagt, ich müßte erst mit dir sprechen, aber wenn du natürlich meinst ...«

»Seine Stellvertreterin ...?«

»Sozusagen. Im Prinzip will er nach und nach an mich delegieren, was er –«

»Ja, aber, wie stellt er sich das vor ...«

»Wie stellt er sich was vor?«

»Wie stellt er sich, ich meine, gratuliere dir erst mal, das ist wirklich, das ehrt dich, Glückwunsch.«

»Es ist im Grunde ein Angebot, das man nicht ablehnen kann.«

»Das, ja ...« Fängt jetzt der ganze Kampf wieder von vorne an? »Die Frage ist nur...«

»Die Frage ist, was wird aus uns?«

»Tja, das ist die Frage.« Keine Ahnung.

»Aber vielleicht hast du recht, und wir sollten uns nicht selber im Weg stehen. Wie du schon sagtest, Erfolg verpflichtet ...«

Gerade hatte ich mit ihr gleichgezogen, ich war so gut wie frei! Wenn sie jetzt wieder eine Stufe höher steigt, komme ich nie von ihr los. »Vielleicht sollten wir heiraten, was meinst du, Isabell?«

»Heiraten, wie kommst du denn darauf?«

»Ist das so abwegig?« Es ist die einzige Möglichkeit, sie zu bremsen oder wenigstens an ihrem Aufstieg teilzuhaben. »Isabell, ich mache dir einen Heiratsantrag!«

»Ich glaube nicht, daß das etwas ändert.«

»Was soll das heißen?« Ich nehme noch einmal ihre Hand. »Hast du dich schon entschieden?«

»Nein, ich sehe nur nicht, inwiefern eine Ehe jetzt, zu diesem Zeitpunkt –«

»Na also! Willst du mich heiraten, ja oder nein?« Ich bin mittlerweile so gut wie auf den Knien. Doch sie zögert noch immer.

»Es geht mir nur um das Bekenntnis zueinander, Isabell. Ich möchte, daß wir zusammenbleiben.« Sie muß sich ihrerseits natürlich fragen, was sie davon hat. Wahrscheinlich wäre es einfacher für sie, ihren Weg alleine zu gehen – ohne mich. »Und Kinder, Isabell. Ich will ein Kind von dir.«

»Philipp, bitte, ich ...«

Sie entzieht mir ihre Hand, doch ich bekomme sie wieder zu fassen. Ich bin auf der richtigen Fährte, das spüre ich!

»Nein, wirklich, es ist mein Ernst. Laß uns heiraten und Kinder haben, alles andere wird sich ...«, ich hätte nie gedacht, daß mir das Kinderthema einmal zum Vorteil gereicht, »das sehen wir dann.«

»Ich – nein«, sie versucht, ihre Hand freizubekommen, aber ich lasse sie nicht los, »ich möchte nicht, daß du dich durch äußere Umstände dazu gezwungen siehst.«

»Ich habe gesagt, ich will.« Anders ist Isabell nicht stoppen, und es wäre absolut fatal, wenn sie mich gleich wieder in den Schatten stellt.

»Das ist wirklich lieb von dir, Philipp, aber –«

»Du glaubst mir nicht.« Ich würde sonst ewig der Mann an ihrer Seite bleiben. »Warum glaubst du mir nicht?«

»Ich bin im zweiten Monat schwanger.«

Ah.

»Isabell, du ...?«

Sie sieht nicht aus, als würde sie Witze machen.

»Du bist ... also wirklich!«

»Ich wußte nicht, wie ich es dir sagen soll.« Tränen laufen ihr über die Wangen – oder habe ich aus Versehen den Tau auf ihrem Gesicht berührt?

»Also, du bist wirklich, ich meine, ich freue mich wahnsinnig, aber ...« Unterm Strich sind das noch vergleichsweise gute Nachrichten. »Du bist immer für eine Überraschung –«

»Geh jetzt.«

Im Prinzip habe ich gerade genau das bekommen, was ich will ...

»Hast du gehört?«

Isabell war wieder einmal nur ein bißchen schneller.

»Philipp, Frau Stickroth wartet.«

»Wie bitte?« Ich bin völlig perplex.

Sie beugt sich mit einem milden Lächeln zu mir herunter. Ich starre auf ihre Brüste, die mir eine Spur voller erscheinen als sonst. Behutsam streicht sie mir die Haare aus der Stirn und richtet mit einem gekonnten Griff meine Krawatte.

»Na los, sei pünktlich. Du mußt schließlich eine Familie ernähren.«

Lesen Sie vom gleichen Autor

JOHN VON DÜFFEL
VOM WASSER
Roman, 288 Seiten, gebunden, 1998

»Der Hauptvorzug dieses Debüts: Es vereint Präzision und Poesie. John von Düffel ist mit seinem Romandebüt ein großer Wurf gelungen. In einer Prosa, die vollständig auf Dialoge verzichtet, die weit ausgreift und erzählerische Bögen zu schlagen weiß, entwirft Düffel Figuren, die im Gedächtnis haften bleiben.«

Frankfurter Allgemeine Zeitung

FÜR *VOM WASSER* ERHIELT JOHN VON DÜFFEL 1998 DEN ASPEKTE-LITERATURPREIS UND 1999 DEN MARA CASSENS PREIS

JOHN VON DÜFFEL
ZEIT DES VERSCHWINDENS
Roman, 205 Seiten, gebunden, 2000

»John von Düffel schreibt abseits modischer Trends. Seine Innenwelten, die er schildert, sind ungeschönt und assoziativ.«

Berliner Morgenpost

Literatur bei DuMont

JOHN BARKER. TERMINGESCHÄFTE.
Roman. 2001, 431 Seiten

MARCEL BEYER. SPIONE.
Roman. 2000, 308 Seiten

MIRKO BONNÉ. DER JUNGE FORDT.
Roman. 1999, 277 Seiten

JAMES BUCHAN. MEINE PERSISCHE BRAUT.
Roman. 2001, 366 Seiten

JAMES COLTRANE. ORTEGAS FINALE.
Roman. 2000, 239 Seiten

VASILIJ DIMOV.
DIE VIER LEBEN DES HEILIGEN POSSEKEL.
Roman. 1999, 220 Seiten

JOHN VON DÜFFEL. EGO.
Roman. 2001, 281 Seiten

JOHN VON DÜFFEL. VOM WASSER.
Roman. 1998, 288 Seiten

JOHN VON DÜFFEL.
ZEIT DES VERSCHWINDENS.
Roman. 2000, 206 Seiten

GERHARD FALKNER. ALTE HELDEN.
Schauspiel und deklamatorische Farce. 1998, 60 Seiten

GERHARD FALKNER. DER QUÄLMEISTER.
Nachbürgerliches Trauerspiel. 1998, 90 Seiten

ALICE FERNEY. LIEBENDE.
Roman. 2001, etwa 320 Seiten

ARIS FIORETOS. DIE SEELENSUCHERIN.
Roman. 2000, 357 Seiten

JULIA FRANCK. BAUCHLANDUNG.
Geschichten zum Anfassen. 2000, 120 Seiten

JULIA FRANCK. LIEBEDIENER.
Roman. 1999, 238 Seiten

GUSTAVO MARTÍN GARZO. DER KLEINE ERBE.
Roman. 1999, 410 Seiten

ALAIN GLUCKSTEIN.
UNSERE GROSSEN MÄNNER.
Roman. 1998, 344 Seiten

JEGOR GRAN. IPSO FACTO.
Roman. 1998, 186 Seiten

LAVINIA GREENLAW.
DIE VISION DER MARY GEORGE.
Roman. 2001, etwa 350 Seiten

THOMAS HETTCHE. ANIMATIONEN.
1999, 200 Seiten mit 30 Abbildungen

THOMAS HETTCHE. DER FALL ARBOGAST.
Roman. 2001, 352 Seiten

OSCAR HEYM. KURKONZERT.
Roman. 1998, 246 Seiten

MICHEL HOUELLEBECQ. ELEMENTARTEILCHEN.
Roman. 1999, 360 Seiten

MICHEL HOUELLEBECQ. LANZAROTE.
Erzählung und Fotografien. 2000, je 80 Seiten Foto- und Textband in Kassette

MICHEL HOUELLEBECQ. DIE WELT ALS SUPERMARKT. INTERVENTIONEN.
Essays. 1999, 120 Seiten

DAS PHÄNOMEN HOUELLEBECQ.
Hg. von Thomas Steinfeld. 2001, etwa 200 Seiten

JORGI JATROMANOLAKIS. BERICHT VON EINEM VORBESTIMMTEN MORD.
Roman. 1998, 268 Seiten

JORGI JATROMANOLAKIS. EROTIKON.
2001, etwa 240 Seiten

THOMAS KLING. BOTENSTOFFE.
2001, 249 Seiten

JAN KONEFFKE. PAUL SCHATZ IM UHRENKASTEN.
Roman. 2000, 276 Seiten

MARIANA LEKY. LIEBESPERLEN.
Erzählungen. 2001, 108 Seiten

CHRISTIAN LINDER. DIE BURG IN DEN WOLKEN. BLICKE INS RHEINTAL UND ANDERSWOHIN.
Reiseerzählungen. 2001, etwa 300 Seiten mit etwa 100 Fotogafien

CARLO LUCARELLI. DER GRÜNE LEGUAN.
Roman. 1999, 208 Seiten

CARLO LUCARELLI. SCHUTZENGEL.
Roman. 2001, 180 Seiten

JAN LURVINK. WINDLADEN.
Roman. 1998, 190 Seiten

CHRISTIAN MÄHR. DIE LETZTE INSEL.
Roman. 2001, 215 Seiten

CHRISTIAN MÄHR. SIMON FLIEGT.
Roman. 1998, 266 Seiten

MULTATULI.
DIE ABENTEUER DES KLEINEN WALTHER.
Roman. 1999, 958 Seiten

HARUKI MURAKAMI. GEFÄHRLICHE GELIEBTE.
Roman. 2000, 230 Seiten

HARUKI MURAKAMI. MISTER AUFZIEHVOGEL.
Roman. 1998, 684 Seiten

HARUKI MURAKAMI. NAOKOS LÄCHELN.
Roman. 2001, 428 Seiten

GERT NEUMANN. ANSCHLAG.
Roman. 1999, 271 Seiten

GERT NEUMANN. ELF UHR.
Roman. 1999, 432 Seiten

NULL. LITERATUR IM NETZ.
Hg. von Thomas Hettche und Jana Hensel. 2000, 406 Seiten

KEM NUNN. WO LEGENDEN STERBEN.
Roman. 2001, 393 Seiten

SANTO PIAZZESE. DAS DOPPELLEBEN VON M. LAURENT.
Roman. 2000, 347 Seiten

SANTO PIAZZESE.
DIE VERBRECHEN IN DER VIA MEDINA-SIDONIA.
Roman. 1998, 372 Seiten

GUNDEGA REPŠE. UNSICHTBARE SCHATTEN.
Roman. 1998, 212 Seiten

JULÍAN RÍOS. LIEBE ALS SCHÖNE KUNST.
Roman. 2001, etwa 300 Seiten

ARNE ROSS. FRAU ARLETTE.
Roman. 1999, 176 Seiten

FRANZ SCHUH. SCHREIBKRÄFTE.
ÜBER LITERATUR, GLÜCK UND UNGLÜCK.
2000, 305 Seiten

GARY SCHWARTZ. LIEBE EINES KUNSTHÄNDLERS.
Roman. 2000, 287 Seiten

CLAUDE SIMON. GESCHICHTE.
Roman. 1999, 387 Seiten

CLAUDE SIMON. JARDIN DES PLANTES.
Roman. 1998, 368 Seiten

CLAUDE SIMON. DER WIND
Roman. 2001, 271 Seiten

VLADIMIR SOROKIN. DER HIMMELBLAUE SPECK.
Roman. 2000, 440 Seiten

VLADIMIR SOROKIN. NORMA.
Roman. 1999, 380 Seiten

ARNOLD STADLER. EIN HINREISSENDER SCHROTTHÄNDLER.
Roman. 1999, 237 Seiten

ARNOLD STADLER. ERBARMEN MIT DEM SEZIERMESSER.
Über Literatur, Menschen und Orte. 2000. 218 Seiten

THOMAS STEINFELD. RIFF.
Tonspuren des Lebens. 2000, 275 Seiten

VALÉRIE TONG CUONG. BIG.
Roman. 1999, 310 Seiten

JANETTE TURNER HOSPITAL. OYSTER.
Roman. 1999, 416 Seiten

UNSER GRUNDGESETZ – MEINE VERFASSUNG.
Schriftsteller äußern sich. Hg. von Karin Hempel-Soos.
2001, etwa 120 Seiten

JEAN-PIERRE VERNANT. GÖTTER UND MENSCHEN.
Jean-Pierre Vernant erzählt griechische Geschichte von den Ursprüngen. 2000, 225 Seiten

DIRK VAN WEELDEN. ORVILLES GÄSTE.
Roman. 1999, 290 Seiten

FRANÇOIS WEYERGANS. FRANZ UND FRANÇOIS.
Roman. 1999, 422 Seiten

BITTE BEACHTEN SIE AUCH DIE BÄNDE AUS UNSERER REIHE »DUMONT LYRIK«